愚石 著

山东文艺出版社

目录
Contents

第一章　23:59 或 0:00　　　　　　1

第二章　辰时之 8:00　　　　　　103

第三章　午时之 12:00　　　　　　203

第四章　申时之 16:00　　　　　　291

第一章
23:59或0:00

第一章 23:59或0:00

1 幕

病房里的日光灯突然灭掉,几声啪啪,又刺眼地亮起来。

"你……恨……我……啵?"

说这句话的时候,父亲的眼睛是闭着的,浑浊不清的两滴泪慢慢渗出,凝固在眼角处,很快就只剩下风干的痕迹。"啵"字的音几乎听不到,只看到父亲的两片嘴唇轻轻一触。看得出,那个时刻,父亲是努力想睁开眼的。一条细细的缝,就像继续活下去的希望一样,渺茫,终至于无。

这是父亲留给母亲的最后一句话,断断续续的,像散乱的岁月。几个字的音调黯然无力,再没有以往可以敲击任何一面铁皮鼓的雄浑和孔武。

父亲的右手被母亲捧着,或者是父亲抓紧了母亲的手,一动不动。父亲的左手向上摊开,我想抓住时,被他松松垮垮半拢起的手指推开。我在想,父亲或许在等另一只手——大姐的手,带着体温、关切、永远都不可能说出口的愧疚和时间的风霜。算起来,父亲已经有五十多年未曾见过大姐了。

往 生

当然，父亲左手的等待还有更多的可能性，比如出继且仍在服刑的大哥，一生纠缠不休的大脚奶奶，远在国外的妹妹，在北京求学的他的孙子，还有他所剩无几的战友，或者是他最近一直念念不忘的部队征召令。不管父亲最后的心愿是什么，他给母亲留下的最后一句话，已经是他时昏时醒的半年多来，说得最真切、最动情的一句了。我没有听见母亲的回答，或者她根本无法回答。自这句话后，父亲的嘴一直张着，偶尔轻微地张合，似乎是在努力咬紧世界赐予他的最后的生命气息。父亲的舌头在上下牙齿的围城里，无力地动了动，似乎还想说点什么，或者盼着母亲说点什么。"还要叫医生吗？"我问。母亲摇了摇头。她看着父亲的呼吸越来越微弱，渐渐成为游丝。我想，我看到了父亲的最后一缕气息，如蜡烛熄灭时淡淡的烟，在四周疑惑地打转，与从窗外钻进来的冷风，一同消失。夜，黑暗、深邃且遥远，一定能容得下父亲最后的气息。

母亲并没有号啕大哭，深深浅浅的皱纹，每一根都很冷静，疼，时不时地抽搐着。母亲用干瘦如柴的手，捏着白色的蚕丝手绢，在父亲脸上慢慢擦着。我想起母亲常说父亲的话，"算命的人说，上天注定，他这个人，天庭饱满，地阁方圆，单腿走天下，肩膀挑起山。咱也不知道他挑起的是哪座山。他这一辈子，一锹土都铲不起。"母亲的话里有话，母亲不说，任我们自己去猜。我更多体会到的，是母亲的委屈和不甘，谁知道呢。此时的父亲，天庭不再饱满，曾经发亮的印堂也已暗淡，成空空的灰，灰得没有一丝重量。

母亲把父亲衣服的扣眼捋了捋，然后把上面红绳拴着的一枚铜钱，颤巍巍地塞进父亲的嘴里，为他合拢起张着的下巴，托着。母

第一章 23:59或0:00

亲松手的瞬间,父亲的嘴巴再次张开,铜钱脱落。我看见母亲左手虎口位置的疤痕,即使在昏暗的灯光下,即使手上布满了一层黑黑的老年斑,依然如此醒目和不情愿。那是父亲用盘子或者斧头,砸给母亲的深刻记忆,与她左胳膊的几次骨折一样深刻。究竟是盘子还是斧头,父亲和母亲各执一词,从未形成统一的说法。时至今日,这一问题的答案已不再重要,并且会成为父亲今生带走的疑团之一,盖棺亦无定论。母亲右胳膊揽过父亲的头,不计前嫌的左手再次拿起那枚几个月前就被擦得锃亮的铜钱,塞进父亲的上下牙齿之间,并以此宣告父亲的离世。母亲喃喃着,"老头子,这是升天买路的钱。别再吐了,你可要看好喽。没有买路的钱,你寸步难行啊。"母亲把前额抵在父亲的脸颊上,耐心地等着父亲的身体变冷,变硬。也许,母亲还在等父亲的一声回应。

我透过半拉着的窗帘,看着外面微弱的光,远远近近,与我们的悲喜没有任何关联,与父亲的死没有任何关联。那个窗帘,从父亲住院之后,他就从来不让拉合。几次陪夜,我都想拉上,都被父亲严厉的手指或者孩子似的哭泣阻止了。母亲告诉我,住进医院后,父亲突然怕黑,他曾经指着其中的某一盏灯说,"那是咱故城大队的灯",或者还会说,"我想提着马灯,看《红灯记》,我才是地地道道的李玉和"。此时的窗帘,依然安静无语。但我似乎感觉到窗帘之后有一双窥视的眼,闪着幽绿的光,在偷看着病房中的一切。我想把窗帘拉上,被母亲轻轻地抓了抓衣服。窗帘与夜幕,光明与黑暗的开合。我抓了抓自己的头发,摇摇头,继续专注于母亲轻抚父亲的每一个细节。

往 生

父亲咽下最后一口气的时间,大约是在前半夜的11:59。我一遍遍地看手机。母亲则坚决地说,是在零点以后。母亲不说零点,说的是十二点。母亲说她看到了父亲的魂魄升天,像所有电影里穿墙而过的影子,走得悠闲,轻飘飘的,像风,没有任何痛苦。那个影子没有穿父亲一生最爱的军装。如果追究穿着什么衣服的话,或许是白麻衣服,上下身一体。母亲说,她看了看表,是十二点十几分或者二十几分,百分之百是在第二天的凌晨。我知道母亲这样坚持的缘由。按老家的风俗,在入夜之后十二点之前吃完三顿饭走的,都是坑人鬼,没有给子女留下一口饭,预示着家境会慢慢败落;凌晨走的,则寓意着给子女留下了无穷的财富和光明。

父亲穿了五层的寿衣,好像享尽了荣华富贵。母亲五年前开始给父亲做寿衣,一年一套,面料越来越好,棉花却越来越薄。她是担心父亲有些肥硕的身体穿不下。按照老家的风俗,做寿衣是祝福增寿的另一种方式,类似给娇儿取一个下贱的名字。因此,许多老人临终前会有多套寿衣。家境稍差一点,买不起新的,就年年翻新,不管有多少的不情愿。即使说着这样那样的闲言碎语,但是谁也不敢中断,以免落下不孝的骂名。给老人做寿衣,按理应是女儿们的职责。但母亲坚持自己做,问她为什么,她从不解释。

"你去天庭享福了,留下俺一个人。你这个狠心的东西,到死还这样问。你说吧,我恨不恨你。"母亲突然出声,把我和四姐棉棉吓了一跳。母亲说天庭,不说天堂。天堂是西方的,母亲不信,母亲只信有玉皇大帝主持公道、恩泽凡夫众生的天庭。我和棉棉一直在控制着泪水和哭声,我们担心不合礼数的哭泣,会惊扰父亲上路时

第一章 23:59或0:00

的宁静与安详。我坚信父亲还有许多挂念和不甘,他摊开的左手似乎证明了这一点。我突然意识到,父亲还是那个终生坚定的左撇子,即使在弥留之际,左手仍然比右手多了些优雅和从容。而他的离世也留给我诸多终将成为悬案的谜团。

此时,我们才把父亲当成过往,当成离世的亲人,放声大哭起来。母亲一边提醒我们不要把眼泪滴到父亲身上,一边摩挲着父亲的脸,像轻抚一个婴儿。母亲的泪,渗出,被她的袖子擦掉。流不出的时候,没有节奏的抽泣也是饱含悲伤,像苦痛的河水,全部流进心里。

"声音小一点,还有其他病号。"医生像一个幽灵,站在门口,一身的白。

"让他们进来吧。"母亲嘴里的他们,是我远房的堂兄弟。十几天来,每天两个人在医院的走廊里休息,等着父亲咽气,料理后事。这样的安排,总让我感觉有些诅咒的意味。似乎这个世界上的所有人,都在等待父亲的死亡。这种感觉让我异常难过。依父亲一生的宽厚仁爱和磊落光明,一定不是所有人都希望他死掉的。还差十多天,他就能到九十周岁,算得上高寿,但仍然可以再活十年八年的。尤其对我来说,父亲享清福的日子并不长,他疼爱着的孙子,还在读研究生。如果能让他实现四世同堂的愿望,该有多好。世间的事,有多少渴望,就有多少失望。母亲这样提醒过我,但我并不甘心。

两个堂兄弟进来,随手带了火纸和火盆。他们先是把火盆放在父亲的病床前,点燃火纸,等火烧旺了,才跪下去,干叫了几声"我的二大爷,我的二大爷……"后,便自己起身,扑打着并没有沾

往　生

上尘土的膝盖。

"领路的鸡呢?"一位堂兄问。

"在这里呢。"另一位堂兄抱过来一个纸箱子,一只手提溜着鸡的翅膀根部,"跑不了的。"

堂兄说完,四处看了看,他一定意识到了什么。父亲一辈子常说的话,有几句在村子里无人不知,"多大点事?放心,天塌不下来","天圆地方,他跑不了","记住,这是党的恩情",如此等等。我不知道街坊们说这些话的时候,是一种什么样的心情。但堂兄此刻的话,确实有点不伦不类。

好在,没人计较他的这句话。

堂兄提溜着鸡,围着父亲的病床,左转三圈,接着右转三圈。公鸡在堂兄的前面,堂兄在公鸡的后面。公鸡不停地咯咯叫,脑袋伸伸缩缩,像是尽职尽责地巡视自己的领地。

"还没净面呢。"母亲说。

"医院里不方便,回去再说吧。"堂兄答,"家里那帮人都准备好了。"

所有人都在准备着父亲的死亡,我的心再次被锥子尖深深地刺出了血。这一切让我感觉,父亲似乎从来都是一个让人讨厌的人,所有的人都盼着他死,并且为他准备了死亡所需要的一切。我的泪流得更猛了,抽泣声比大孔扬水站提水机的声音都大。堂兄拍了拍我的肩膀,"兄弟别难过了,谁都会死。二大爷这是喜寿。"

"喜寿?"我狠毒的目光是从泪水中穿过去的,我听到了泪幕被目光刺穿的破裂声。堂兄的身体抖了一下,不再说话。

第一章 23:59或0:00

"不是喜寿,是喜丧,俺说错了。"堂兄说。

"是喜丧?"我眼里的光似乎吓到了堂兄。

"不不不,什么喜都不是。俺嘴笨,嘴笨。别跟俺一般见识。"堂兄嗫嚅着。

母亲搂过我的肩。母亲一定体会到了我心里的所思所想。母亲身上,有干枯的气息,如岁月里弥漫着的轻尘。母亲常说,当了作家的人,心思与平常人是不一样的,比女人的心还细。心细不要紧,心胸一定要开阔,要有气吞万里如虎的英雄气。母亲常常红着脸告诉我,"为娘以前也写过诗"。我因此常常揣测,如果不是社会动荡,母亲一定可以有一个更好的未来,即使成为世界级的流行诗人,也没什么好奇怪的。不是说悲苦出诗人吗?那么母亲的一生,则是诗人必备的阅历。我问母亲,"你那时候写的东西,还有吗?"母亲更是红了脸,不好意思地说,"匆匆忙忙写在草纸上的,都是郎啊妹的,学着红娘的腔调,架势不小。别再提了,怪丢人的。娘只给你一个人说噢。"

我已没有任何与堂兄过招的情绪,目光再次停留在被风吹得摇动起来的窗帘上。似有灵魂的依附。似有山水的回音。似有一个人的脚步声。似有从此生至来世的留恋与不舍。

"灵车在下边吧?"母亲问。

"候了两天啦。这种挣钱的活,他们不会放过的。生意人嘛,鼻子比细狗子都好使。"堂兄一边答话,一边摸出电话喊,"你们几个,上来吧。"

堂兄提溜着突然沉默不语的公鸡,走在最前面,灵车上的人拖着病床跟在后面，病床滑轮的声音，干涩而刺耳，如同轧在心脏上一样。母亲、我和棉棉走在最后面，突然听到堂兄的一声大叫，便见他像遇到猎物的蛇一样，弓起身子，在走廊里追起了公鸡。公鸡扑棱着翅膀，上蹿下跳，叫声响亮而怪异。

母亲的脸变得煞白，腰更深地佝偻下去。我和棉棉不知所措，看到堂兄终于满头大汗地回来，提着鸡在父亲的病床前，扑通一声，无比虔诚地跪下去。"二大爷，好二大爷，咱回家吧，好好回家。"

我在医院走廊的尽头回身，发现护士推着另一个病号，进了父亲刚刚腾挪出来的房间。我看到了那个从门口飘过来的窗帘的影子，像一张巨大的幕布，犹豫着是开还是合。

2　士孺叔

今年的天气异常，惯常不出手的初九天，夜间的最低气温竟然降到了零下五度。刚刚失去父亲的我们，感受到的是比寒冬更刺骨的凛冽。即使裹紧了羽绒服，我仍然感觉到从脚底生发出来的巨大冷意，在身上的每条骨缝间窜来窜去。

冬至，北半球白昼最短的一天，黎明来得也晚。

早上六点多的时候，等在家里的街坊忙人，拖着圆圆鼓鼓的棉衣，慢腾腾地扎起了灵棚，在大门两侧门板上斜刷上外撇的两条白纸，一侧墙上吊上了火纸嘟噜。天光不清不白，混沌得像镜片上的雾气。霜打了一切，白白的一片，连同刚刚挂上去的火纸。

第一章 23:59或0:00

我打电话给出门在外的妻子,让她抓紧时间回老家守灵,送父亲最后一程。

"我下午才能回,订了四点多的高铁。"妻子声音模糊,似乎还没从睡梦中醒来。

"坐不上高铁,就不能坐飞机回来?我告诉过你,这几天不让你出发。"

"你吼什么吼,我不出门,你给儿子挣钱?"妻子没好气地回了我一句,"再说了,那是你爹,不是我爹。"

"你爹也会有这么一天。"我挂断电话,回想起父亲从一开始就对这个儿媳看不顺眼,儿媳也从没有像闺女一样叫声爹,心底陡然感到些许悲凉。妻子常常说,"你那个爹呀,就是封建榆木疙瘩头。""胡说,我爹是老革命,革了一辈子封建主义的命。""喊,谁信?"及至我从政府部门辞去工作,专职从事写作,父亲更是以为我受妻子的蛊惑,分不清好歹了。"有几个臭钱有什么了不起?政府机关是谁想进就能进去的?这山望着那山高,哪座山上不长草?你们早晚会后悔的。"

我不知道妻子是不是能够理解我此时的情绪。强烈的孤独感掏空了我的心肺。我们兄弟姊妹六人,此时,只有我和四姐,守在父亲的身旁。父亲的躯体早已冰凉,他已经感觉不到人世间的热闹和温暖,也不会去计较谁会送他最后一段路,而谁又会在咫尺或遥远的地方,真真假假地凭吊他,怀想他绵长的一生,他的对与错,他的好和坏。作为家中目前唯一的男人,我多么希望父亲最后的路,是充满温情和荣光的,像他跌宕的人生,丰盈而坚韧。

往 生

　　我给儿子发了信息,让他请假回家。信息里我并没有说父亲离世,我只说,"你爷爷天天晚上睡不着觉,只想看你最后一眼。""我正在准备期末考试,有点小忙。想让我哪天必须回去?"必须回去?此一世界,哪有什么是必须,哪有谁是必须。但我相信,儿子读懂了我的信息,他的回复后面,是一个流泪的表情。隔辈的疼爱,骨子深处的感应和纠缠,在儿子简短的话里,在我的回味和揣度里,慢慢升腾起来。

　　八十八岁的士孺叔来了。瘦小的身子在父亲头顶处,快速地跪了下去,像一粒枣核掉在地上般,轻飘飘的。士孺叔的干瘦是出了名的,年轻时如此,年老亦如此,体重从未超过九十斤。我听到了他的额头磕在地上的声响,然后便似哭似喊,"我的二哥,我的好二哥,我早走的二哥……"末了,他还掀起父亲的蒙脸纸,端详了好一阵子,嘟囔着,"这家伙,没怎么瘦哇。"然后他开始摩挲自己的额头,"老话讲得对,瘦死的骆驼比马大。"

　　母亲倚在床头的墙上,厚厚的被子盖在身上。她并没有看见士孺叔进门,却听到了他的贫嘴,"二嫂,你可摆脱这个累赘了。解放了是吧,穷苦农奴得解放啦,咱是不是得扭个秧歌,放挂火鞭?"

　　母亲努力地挤出一个表情,像是笑,算是打过招呼。接着便是两行泪,不声不响地落了下来。母亲脸色苍白,比她这辈子任何时候的脸都白。再加上寥落稀疏的白发,母亲浑身上下,散发着淡淡的悲凉气息。

　　"看看,看看,越老越小性了。就我这张破嘴,你又不是不知道,三岁小孩的驴腚改的。这话可是你说的。想想这么多年,全故

第一章 23:59或0:00

城村的人都夸你,什么明礼贤淑,女中豪杰。怎么这么不禁夸,跟我一般见识呢?"士孺叔对母亲说话,从来不着调,今天依然。

对于士孺叔的嘴,母亲曾经当面嗔怪他,"你这张破锣似的嘴,哪还有点读书人的样子?千句话万句理儿,不要辱没了书香世家的门风。祖传的德行,是块宝,不能丢哇。""你就是说我没脸没皮,不是读书人呗。说来说去,就'之乎者也'那几个字,都是旧社会的。不认识也罢,没什么了不起。"士孺叔为自己辩白。自损,甚至是略带臭味的自贬,是士孺叔的杀手锏。

士孺叔费力地坐上母亲的床沿。他的坐,有些跳的味道。母亲的床是老式的,对只有一米五几的士孺叔来说,似乎有点儿高。他坐上床的时候,两条短短的腿,不自觉地摇晃起来。

士孺叔是父亲一生中,最依赖的兄弟和帮手。他们有着共同的命运起点和相似的苦痛悲欢。两个人都是在十岁上下,失去了双亲。我的爷爷遭遇意外离世,奶奶受到刺激不久离世。士孺叔的父母离世,则有好多故事。士孺叔的祖上几代都是读书人兼生意人,留下了几十间房舍,经营着近百亩良田,在十里八村中属于家境殷实的显赫一族。曾经有一代的读书人,捐了一个登仕郎的官职,虽然只是一个闲差,但多少也沾到了朝廷命官的荣耀。有一次,我问他,"叔,登仕郎是个多大的官哪?"他先是翻了翻眼皮,露出大大的眼白,想了有那么几秒钟,"我当然知道有多大。比皇帝宰相之类,差不了几个级别。到底有多大,我凭什么告诉你?"

到士孺叔的父亲这一代,突然有些不走正道。有人说他是被共产党的游击队除掉的,不但窝藏土匪,给他们通风报信,还经常供

往 生

给他们吃喝,明里暗里帮着土匪,打压农会干部。他的母亲则是在自己的男人死去之后,带了一箱子的金银财宝,投了土匪,做了压寨夫人,在1950年最后的凤凰山剿匪斗争中,和土匪头子一起被消灭。关于这段历史的真假,没人做过真实性的考究。我曾经向士孺叔求证,被他一边骂着"狗崽子",一边拧住耳朵转了三圈,身子几乎被耳朵牵到天上去,疼得我龇牙咧嘴,以后再也不敢问。

当时,跟着奶妈过日子的士孺叔,虽然只有十岁,头脑却十分灵活。士孺叔让奶妈一家,三代十几口人,包括奶妈改嫁出走的小脚母亲,一夜之间全部搬进了他们家的三进院落,自己只留下父亲的书房,学习带居住。他还把家里传下来的几十亩地,交给奶妈一家。正因如此,在划定阶级成分时,士孺叔成了地地道道的贫农,没有一分地,更没有几分钱财。土地改革时,曾经有人提出,要把士孺叔划成地主。听到这个消息,奶妈便带着家里的男女老少,到工作组领头人那里去闹。由此,士孺叔和奶妈一家,便得了个赤贫的成分。每次运动,奶妈都成了士孺叔最坚强的保护神。不仅如此,奶妈还把自己貌美如花的女儿,嫁给瘦小单薄的士孺叔。据说,那位留了一辈子长辫子的婶婶,起初并不同意,闹得死去活来,话也很难听,说抓到手里不够一把,抱在怀里不值一搂,像带着三个月大的娃儿。不管怎样闹,奶妈铁了心,辫子婶最终还是依了父母。及至后来,大辫子婶低着头,像做了天大的亏心事,和士孺叔一起出行,两个人一前一后,一高一矮,一胖一瘦,长辫子牵猴子,瘦猴子托辫子,这慢慢成为故城村最恩爱、最和谐的美丽场景。

或许是因为得益于奶妈一家的庇佑,士孺叔躲过了所有的运动

第一章 23:59或0:00

和批判。他从不斗人,也从来没有挨过斗。士孺叔曾经说过,"我就是孤儿,费事巴拉地娶了佃农的闺女,是穷上加穷,我有什么资格挨斗?"士孺叔的嘴虽然强硬,但每每有针对"地富反坏右"的政策出台,士孺叔都要躲在家里,假装称病好长时间。曾经有人看见,那期间他天天从门缝里往外瞧,观察村子里一草一木的动静,警觉地看着每一个进村的陌生人,高度近视眼镜反射的光,把路上积存的水,照得像一面镜子。

村里人给士孺叔取外号叫"猴子",一方面是他瘦得像猴子,更重要的是他的脑子灵活,一眨眼就是一个或好或坏的心眼子,聪明得像成了精的猴子。但"猴子"似乎也有犯傻的时候。割资本主义尾巴那一年,士孺叔感觉到形势不对,便让辫子婶把她留了二十多年、长过膝盖的辫子剪掉。辫子婶死活不同意。士孺叔平生仅有的一次动手打了自己的老婆。"今天不剪掉辫子,明天就有人要你的命。你看不透现在是什么形势?"

"啥形势?你说是啥形势?割资本主义的尾巴,不是剪农民的辫子。"

"不剪辫子,割头。要是有人说,你的辫子就是资本主义的尾巴呢?要是有人说,你留辫子的目的是换钱搞副业呢?咱有嘴说不清。"

据说那次的"辫子事件",士孺叔发动了丈母娘、小舅子、自己的孩子,对辫子婶进行围追堵截。他们硬是把辫子婶按到长凳上,而士孺叔拿着菜刀,亲自割掉了辫子婶的辫子。是割,不是剪。等辫子婶哭着起身,士孺叔说,"这样吧,也不让你天天和缺了什么似的，这割下来的辫子，就放在咱俩床头，我当祖宗的牌位供着。"话没说完，奶妈就高高举起巴掌，又慢慢放下，"真想抽你这张嘴，不像嘴。"

士孺叔原名刘世儒。解放以后，他把自己的名字改为刘士孺。他逢人便讲，"我要做一名坚定的共产主义战士，还要像鲁迅先生写的那样，俯首甘为孺子牛。"他做村里的文书几十年，如同天生吃这碗饭的，写写画画，拢拢算算，一手好字成了故城村最大的招牌，一把算盘也打成了远近闻名的铁算盘。村里的黑板报，他坚持一天一换，天天都要工工整整地抄《人民日报》的社论。白色的粉笔字像美轮美奂的天书，每一个笔画都充满了无限的虔诚。这让我父亲感动，也让村里其他不管是识字还是不识字的人感动。每每下雨天，便有不少的人站在他身后，轮流给他撑一把旧伞。那雨伞或许少了撑骨，或许少了搭布，士孺叔根本不在乎，即使冒雨，也要完成自己每天的必修课。遇到这种天气，他这边还没写完，那边的字便被雨淋得没有了模样。士孺叔便哭，紧一阵慢一阵，声音大一阵小一阵，哭得比雨还委屈。

在写完第一个人民公社的社论之后，天上突然下起了雨。那篇社论他从黎明写到下午，一笔一画，精致如女人为千里之外情郎做的花红——

今年的7月1日，全国第一个人民公社在河南诞生了。遂平县建立嵖岈山卫星人民公社，共27个农业社、9360户参加。他们精心制定了《嵖岈山卫星人民公社试行简章》，规定各农业

第一章 23:59或0:00

社的一切生产资料和公共财产转为公社所有,由公社统一核算,统一分配;社员分配实行工资制和口粮供给制相结合;推广公共食堂,同时成立托儿所、幼儿园、敬老院、缝纫组。公社设立了农业、林业、畜牧、工交、粮食、供销、卫生、武装保卫等若干部门、委员会,下设生产大队和生产队,实行统一领导,分级管理和组织军事化、生产战斗化、生活集体化。8月5日晚11时,毛主席来到河南的新乡视察。7日凌晨,在专列上毛泽东听了嵖岈山卫星人民公社的汇报情况。当谈到《嵖岈山卫星人民公社试行简章》时,毛主席聚精会神,边听边问,他说,人民公社这个名字好,包括工、农、商、学、兵,管理生产,管理生活,管理政权。他指出人民公社的特点:一曰大,二曰公。毛主席视察三省的消息和他"还是办人民公社好"的点评,很快在报纸上发表,各地随即掀起建立人民公社的高潮。

突如其来的雨把士孺叔浇疯了,他傻站在那里,号啕大哭,"我的眼,我的眼,我的眼让老天爷给杀了……"士孺叔先是蹲下身子,抱住头往地上磕,接着站起身不停地转圈。等他再次睁开眼的时候,一脸麻木。正是从那天开始,刘士孺眼里的世界,摇身为一成不变的红色。有人谈起,士孺叔曾经一把鼻涕一把泪,拉着父亲的手说,"兄弟,你得救救我,我病得太厉害了,连做梦都有病。我就是红色的后代,绝对的红色,谁骗你谁是王八蛋。"

父亲打岔,"你的心着魔了,哪有这样的事?"

士孺叔接着说,"谁骗你谁是王八蛋。我看见路是红的,墙是红的，风是红的。眼里看见的，看不见的，都是红的。梦里边的千千万万，梦外边的万万千千，都是红的。红得发烫，像猪刚被宰杀时流出的血。一睁开眼所看到的，家里女人的衣服是红的，头发是红的，天天对着的那张脸还是红的，张开嘴就是要吃人的样子。呜呜……我这是上辈子作了什么孽？"

在揪斗成风的某个时期，曾经有几个农会干部的后代，合起伙要批斗他，提着镢头、锄头、斧子、铁锨，来到他家的院子。士孺叔一看架势不对，先是嬉皮笑脸地打了自己几巴掌，"我自己改造，我自己好好改造，不要各位老少爷们儿动手，累了你们的身子骨，脏了你们的手。"接着便装疯卖傻，"血……血……你看你，脸上到处是血。快去找医生看看，头发上怎么也流血？谁的头发上能流血？来来来，让我看看你们的裤裆，是不是也在流血。"士孺叔的眼珠子瞪得老大，眼里布满血丝，如同真的要流出血一样。瞬间，几个人吓得跑掉了鞋。

士孺叔为了治这"色红"病，曾经跑去北京上海的大小医院，然而没有医生能查出根源，更不知如何治疗。曾经有一位老中医告诉他，是急火攻心。在吃了两个月的败火药，败得几乎站不直身子之后，士孺叔不得不放弃。那时，他倾倒在路口的中药渣，几乎堆成了山。至于后来他的"色红"病是不是自愈了，或者又变成了其他颜色，他不说，也没人问。自中国成功发射第一颗人造卫星之后，他再也没有如神似鬼地喊，也便没有人再去关注。

因为士孺叔聪明，更因为他对党和社会主义绝对忠诚，他成了革命战士出身的父亲最好的朋友，成为他须臾不能离开的"小诸

第一章 23：59或0：00

葛"。父亲在前面走,他在后面跟,半步的距离,一个大步流星,一个小步快追,虽然步伐不一致,两个人的身影却成了村里经年不变的图景。及至后来,甚至士孺叔走路的姿势,都有父亲半颠不颠的模样,于是有人与他开起玩笑,"老猴子,你快成半个残疾了,聪明猴变成残废猴。人家残废情有可原,打仗打的。你怎么残废的?被娘们儿打的?"士孺叔一边骂,一边脱掉鞋子,做出要鞋劈挑事者的架势。挑事者一句,"你敢?"士孺叔便嬉笑着给自个儿找台阶下,"谁敢谁是孙子。"

某一天,父亲心血来潮,对士孺叔说,"你天天满嘴仁义礼智信、温良恭俭让,村里新添孩子们的名字,你都取了吧。"士孺叔求之不得,给村里每一个新出生的孩子取名。不管谁家的媳妇怀孕,临产的那几日,士孺叔都要抱着一本厚厚的康熙字典,天天去那人家里,端坐在上首的位置,一本正经地翻看皇历,寻找字典里最恰当的字。我向来对士孺叔取名字的功夫不屑一顾,比如他把我们兄弟姐妹几个的名字,取得像是从饥荒年代里走过来的一样——大姐麦子,二姐谷穗,夭亡的姐姐叫苹果,出继的哥哥叫碾盘,三姐叫青秧,四姐叫棉花,我则被叫了犁铧。这些名字,起初母亲是坚决反对的,问士孺叔,"这是你从你的字典里边找的?"

士孺叔拍拍胸脯,"字典加胸怀,还要结合皇历,三合一。"

母亲不以为然,但父亲坚持,说坷垃地里生的,就得长成庄稼或者农具,土一点儿没啥,命硬。我私以为,父母对士孺叔给我取的名字最不满意,所以他们极少叫我犁铧,更愿意叫我五妮。我曾经问母亲,"五妮比犁铧好听?"母亲笑笑,"总比小猫小狗好听,也好养。"

"我已经让通信员去镇里送信了,一会儿就应该有镇里的人来。再就是孩子们,不管离得远近,都得让他们回来。人这一辈子,只能死一次。"士孺叔端起我递过去的茶,开口说话。

"哪个通信员?时间、地点、人物都能弄错的那个?"我问。

"我咂摸着,他这次一准儿错不了。起码,他知道老哥的名讳。"士孺叔回答。

我还停留在士孺叔刚才那句话里,心里想,没有谁能死两次的。

那个经常弄错时间、地点、人物的通信员,一定能记得住父亲的名字吗?父亲,于我是天大的父亲,于他会是什么呢?我想起他常说的一句话,"我代表党委办公室给你下通知",多么铿锵有力,权威而有尊严。这个曾经与父亲打了几十年交道的通信员,一定能记得父亲的名字吗?

大辫子婶突然哭着进来,"狠心的大哥呀,你怎么说走就走了呢?呜呜……"被四姐劝住哭,大辫子婶要陪母亲说话。士孺叔猛地从床上跳下来,比树上的猴子跳下来的动作都敏捷。他拍了拍床沿,"来,孩儿他娘,你老人家坐。"士孺叔表现得谦恭而卑微。他背着手踱出屋子的时候,外面有人与他开起玩笑,"老猴子,你家老婆还等着你托辫子呢。"

"让给你们这些不孝子孙,好好尽尽孝。"士孺叔的眼睛眯成一条线,"都给我听好喽,来人吊孝的时候,都给我大声哭。不管哭大爷、叔叔,还是爷爷、老爷爷,都得像哭自己的亲爹,比亲爹还得亲。"

"你昨天晚上拉的那二胡,不就是哭亲爹吗?"旁边有人说。

士孺叔抓起地下的一根柳条,对着说话的人抽过去,"我让你没老没少。"

我听见了外面的对话,也似乎听到了士孺叔头一天晚上拉着二胡哭泣。士孺叔最喜欢瞎子阿炳的曲子,一辈子都想拉出那种凄惶与悲咽,却总隔了一层似的,无法让人悲切丛生。为此,士孺叔曾经问我,是不是没有经过烟花柳巷的人,都拉不出那样的失意和悲情。我点头称是。士孺叔开始为自己没有阿炳那样的经历自责,如同他真的想成为流传千古的二胡演奏家一样。

"我手里的二胡,有点儿二。"士孺叔最终总结出拉不成好曲子的根本缘由。

3 麦子

麦子非常像农人的小麦,普通而金贵,说不出收成和价格。

这里的麦子,是我的大姐。

基于大姐的这个名字,所以我从小就对麦子有很深的感情。我愿意和父亲一起,从麦子的耕播开始,一遍遍数着一沟地里可以有几耧,一耧可以有几腿,一亩地需要用多少麦种,谈论着来年可以有多少收成。我盼望着每一粒种子都能发芽,盼望一股股涓涓井水,能让每一棵麦子都喝得饱饱的。我看着那条条细细的阳沟,水不多,清澈得能看到水下的每一棵草,想着这一条条细细的水沟,其实就是大地的血管，滋养着每一棵生长的庄稼。我为麦子在薄霜下如何生长担心，疑惑过厚厚的积雪，是不是真的像农人们希望的那样，冻死滋长在麦子里的每一个细菌。麦子在分蘖，像大姐茁壮青春的头发在生长。我希望自己能把分蘖的麦子当成一朵盛开的花，戴到大姐的头上。等麦子满仁，偷偷用树叶或干草烤熟，或者干脆偷偷拿回家，在锅灶下把麦子烧熟，把透着清香和焦烤味的麦仁，大把大把地塞进嘴里。彼时，我是幸福的，满口的幸福。这幸福曾经记录着我的童年，记录着我整个成长的时代。对这样的烤麦子，大姐是不吃的，母亲曾经聊起，"她就一句话，我不吃我自己"。

除了烤制的新鲜的麦子，我还特别喜欢比正常麦子高出一截的乌麦。多少年后我才知道，乌麦其实就是麦子的变种，或者说是一种病态的麦子。俗话讲，"麦种浸得好，来年乌麦少"。在我看来，它乌黑的模样并不俊俏，可塞满嘴里的感觉却是奇妙无比——干干的甜，我甚至盼望着地里有更多的乌麦，可以让我和小玩伴满足口舌之快。

正因如此，我更想如同渴望亲近大姐一样，了解麦子耕种生产的历史。我专门查找故城村的史志，从中发现，自村里开始种小麦开始，历年的小麦产量起起伏伏，就像村里人的命运。1949年，村里的小麦亩产72斤，1958年128斤，1966年220斤；在我出生的1968年，只有175斤；至2019年，则达到了创纪录的1600斤。小麦经历过白粉病、赤霉病、锈病和全蚀病，灾情每年不同，收成千差万别，价格也时而贵如黄金，时而贱如白菜，没有办法预测。纵然"风调雨顺"的牌匾时时挂在村大院的门楣上——这也是故城村每一位普通百姓的心之所向,庄稼的收成还是无法永远保持在一种高水平上。日月自有阴阳,用老百姓的话说,大小进赶的,没办法。

庄稼如此,人生亦如此。

我的大姐麦子,几乎是在懂事之后,就开始思考自己的命运。那时,饱读诗书的母亲天天给她讲古书,先是讲《女训》《女诫》《女论语》《女范捷录》等等,然后便是讲《西厢记》《李娃传》。一句"骨气像父,性情像母",让麦子明白了自己的性格日常。麦子想,自己与父亲像是一根青筋的反正两面,时不时地会暴露在肌肤表面;自己与母亲,却恰恰相反,刚强与阴柔,有太大的差距。麦子无法按照母亲的要求,每走一步路都要带出三寸金莲的优雅和端庄。

父亲说,"就这样好。女孩当男孩子养,皮实。"

"哪位祖宗这样告诉过你?富养闺女穷养儿,天理。这你都不懂?"母亲反驳,抬头看了父亲一眼,"这个,你还真不懂。女孩子最应该学的是琴棋书画,是描眉画眼,不是爬树和偷瓜。"

父亲低声,有些理亏的样子,"你们这些大小姐,唉,真难伺候。我们是无产阶级,不能动摇立场。"

母亲先是一愣,一阵沉默之后,长出一口气,缓缓说道,"孩子们不分阶级,只分男女。女孩子应该像低声唱歌的鸟,躲在树叶的浓密处,悄悄飞来飞去;也应该像一阵风吹过就会害起羞来的云彩,陪着月亮,离得不远不近,不左不右。"

母亲讲的这些,略带浪漫气息,像书里写的,麦子恰恰做不到。麦子更愿自己成为原野上一条追逐兔子的猎狗,既有奔跑的激情,也有收获的乐趣。

往 生

"我为什么要像你说的那样?"麦子问母亲。

"为什么不能像我说的那样?"母亲反问。娘俩儿谁都说服不了谁。

站在一旁的"猴子"叔刘士孺问麦子,"你今年几岁了?"

"五岁。"

"不错,五岁就这么伶牙俐齿。你名字叫麦子,你得告诉我,你是大麦还是小麦?"

麦子毫不犹豫地说,"做人就做大麦。"

"大麦呀,好。那可是喂牲口的饲料。"

麦子知道自己上了当,放下狠话,"那我就做一条狼,吃光像你一样的坏人。"

士孺叔哈哈大笑,"你人小鬼大,了不起。你想咋吃?"

"放到坷垃堆里,大火烤着吃,像烤芋头,烤得烘烂烘烂的。"

大炼钢铁那年,九岁的麦子带领学校的文艺宣传队,要给社会主义改造的有功之臣,扭秧歌,唱赞歌。那时,麦子是学校的文艺宣传队队长。麦子说,"同学们,大家一定不知道,咱村里大炼钢铁的高炉,是全县最高的,比学校门口的杨树都高。学校里的杨树长多少年啦?一百年吧。一百年算啥?咱村里的高炉,比一百年的杨树高多了。俺爹还说,咱村里的炼钢炉,炼出的铁,产量最高,质量最优,全县的人都要来学习。咱打小没见过那么多的大小车辆,村里的老老少少,跑着追,那才叫个热闹。"

麦子和队员们约好,这次演出都要穿得比过年还漂亮,要把最好的衣服穿出来,震一震到故城村来学习的那些人。他们来到村外

第一章 23:59或0:00

的炼钢现场,首先看到了站在红地毯上的县领导、公社领导,全是白色的短褂。麦子想,只有风一吹就哆嗦的白洋布,才可以让每个人都显得精神而洋气。麦子四处寻找父亲,见他站在领导一排的边缘位置,脸庞通红,比高炉里的炭火还鲜艳。那一刻,麦子突然担心起父亲的假腿来,千万不要出岔子,一定要扎进地底下,让父亲站得像碌碡一样稳固。麦子再看酷暑之下的劳动人民,光着膀子推车运煤,一股脑儿地把脸盆、铁锅、门鼻子、旧钉子,哗啦哗啦地抛进沸腾的炉膛。同学们像见了西洋镜一般,带着童音的尖叫声,一波又一波,比火苗蹿得还高。麦子招呼满头大汗的同学们站好,先是唱《社会主义好》,接着便开始表演他们自己编排的舞蹈《一座高炉比天高》。麦子站在最前面领唱,"钢水奔流闪金光,灌满大海和大洋。嫦娥月宫不起舞,愿到人间学炼钢——"麦子和她的队友舞步轻盈,每个人拇指和食指捏成的指尖,都指向天空的最高处,像仰天长歌的孔雀,更像已经做好准备,以最盛大的礼仪迎接嫦娥仙子下凡。

村里的傻子突然不知从哪里冒了出来,疯子似的跑过来,一把掀开麦子的裙子,露出她小小的底裤。孩子们尖叫,刘士孺举起铁锨,对着傻子猛拍。傻子跑掉了,孩子们变得慌乱,没有节奏地继续表演。麦子偷偷地看父亲,发现他的脸由红变青又变紫,最后变黑,比扔进炼钢炉的废铁还吓人。父亲的表情和目光里,既没有看到大股大股的钢水呼啸着出炉的喜悦,也没有对女儿才艺的夸赞,甚至没有对受到突如其来的惊吓的女儿一丝一毫的安慰。

晚上,父亲回到家,二话没说就抄起一根木棍,打在母亲的胳膊上。"你是怎么当娘的？给孩子穿那些乱七八糟的衣服？还要不要脸？"父亲抡起第二棍的时候，麦子挡在了母亲的前面。噗……啪……棍子的闷响是从她弱小的后背上发出的。这一棍，让麦子肩胛骨骨折，住了一个多月的院。让麦子更伤心的，是她在同学面前炫耀的裙子，竟然成为父亲暴怒的缘由。那么，自己以后还能穿裙子吗？母亲把裙子送给她的时候，她高兴得围着母亲转了几十圈。淡绿的底色，细碎的青艳，喇叭形状灿烂开放。她感觉自己马上就要飞起来，简直比小人书中的仙子还美。梦碎，是醒来之后的痛。麦子感觉自己童年成长中的所有快乐，都随着父亲把那条美丽的小裙子烧掉，戛然而止。布丝燃烧的声响和味道，给麦子的听觉和嗅觉打下了深深的烙印。从此以后，她再也闻不得这种味道，头痛和心悸成了最直接的表现，每次看到炊烟升起，都要呕吐一番。

　　对父亲的恐惧，突然成了麦子最深的心事。当父亲因为她感冒没去上学，再次举起木棍的时候，麦子逃掉了。她躲进村西头不知谁家的地窖里，三天三夜没有出来。麦子被举着火把的人找到时，满脸是泥。母亲见到这一幕，晕了过去。麦子像受到惊吓的兔子，不敢睡觉。这次，她又住了一个多月的院。

　　出院之后，麦子似乎病得更重了，她再也不愿意多说一句话。麦子把自己住院时打过针的药水瓶子带回家，像看一个未知的世界一样，一看便是一天。麦子似乎看到，在空荡荡的瓶子里，有美丽温暖的童话故事，幻想着，如果自己住在那个小瓶子里，该有多好。那时，麦子总是感觉冷，便裹了冬日的棉衣，直到大汗淋漓。

　　"把你大爷叫过来吃饭。"

第一章 23:59或0:00

"我不去。"

"给你妹妹穿上衣服。"

"我不会。"

时间、空间和空气，都凝固在那里。父亲随手抓起一件东西砸过来时，麦子从来不躲。"她爹，你不能总是打她。她还是个孩子，大了还得找个好人家，总得给她留个听话的名声。你不会是想打死她吧？"母亲在一旁边哭边扯着父亲的胳膊，"你个傻闺女，快跑哇。"

"就不跑，看他能打死我！站着一棵树，躺下一座山！他教给我的，就是不跑。"

麦子倔强得像水泡过的麻绳，生发出一股即使沤烂也破不了的拧劲儿。麦子再也不称呼爹为"爹"，给母亲说话的时候，总是以"他"或者"那个人"代替。

"他就够心烦的了，你就让当娘的省省心吧。"母亲几乎哭出声来。

母亲所说的烦心事，麦子其实是知道的，她也因此难过着。这件事，是家里绝对的大事，甚至成了故城村每个人都在谈论的话题——大爷要过继我的大哥。

在农村，无后的兄弟过继本家弟兄的一个男孩传后，是多年的传统。但这事对我们家和父亲来说，绝对不是说起来那么简单。母亲曾经给我说过，父亲对大爷，并没有多少兄弟之间的情分。爷爷奶奶去世之后，家里只剩下了大爷、姑姑和父亲，父亲最小。大爷从小娇生惯养，不会洗衣做饭，更不会下地耕作。他会做的，就是

往 生

让弟弟妹妹像下人一样,给他洗衣做饭,捶背捏腿,弟妹稍不服从便是拳脚相加。没钱了,他先是卖地,然后卖房,到最后把家里所有值钱的东西,包括金银珠宝、玉器字画,都卖了。不到三年时间,当家里最后三间正房被大爷卖掉的时候,祖上几代人的勤劳和留给后世的家产,灰飞烟灭。兄妹三人成了名副其实的流浪儿,没有地方可去,只好东家一晚西家一晚地借住。更可气的是,大爷卖地卖房的钱,并没有多少用于吃喝穿用,而是被他用来赌了,赌斗鸡,赌斗狗,也赌斗虫。一些赌徒看准他好赌的脾性,设了圈套让他往里钻。好心人看着兄妹三人可怜,规劝大爷,反而被大爷打了一顿。又有好心人看着姑姑瘦弱可怜,便要给姑姑找个好人家。姑姑出嫁那天,连成丝的雨,从天上到地下,像织布机上的线,从早下到晚。姑姑没有嫁妆,没有送行的娘家人,没有迎亲的唢呐和壮观的队伍,只有娶亲人家的一辆马车,马车上胡乱贴着的几片红纸,也都被雨淋湿。红纸上的颜色流下来,像血。知情人曾经谈起,姑姑出嫁之前,大爷收了她婆家十块大洋,还在人家胡吃海喝三天。母亲也曾经谈起,有一次姑姑问父亲,"老二,大哥说,是你俩合伙卖的我。十块大洋,一人五块。这事儿,是真的吧?"父亲满脸愤怒,高高举起手中齅着大口子的茶碗,摔得粉碎。至于姑姑到婆家后因死活不与男人同房,被打得遍体鳞伤,以及之后的所有悲欢,这些都不在大爷的思考范围之内。

大爷的浪荡脾性,在故城村逐渐出了名,与他年龄相仿的青年人,都被父母勒令,不得与大爷混在一起。

后来在某一个大集上,大爷对着一壶小酒,品了半天,散集之

第一章 23:59或0:00

后,大爷如同执掌命运的菩萨,收留了一个外乡女人,随意得像被一大泡尿憋急之后的慌不择路,也像酒醒之后的猛一抬头。

"哪里人?"

"外乡。"

"怎么跑这里来了?"

"被男人打出来啦。"

"为吗打你?"

"不生养。"

"打你活该,女人不生养还有啥用处?"

女人翻着白眼,说不出话。

"对着我瞪眼算什么本事?走吧,跟我回家。我不嫌你不生养,也不嫌你又脏又丑,只要会给我洗衣做饭就行。"

"洗衣做饭我会,就是皇帝的御衣,只要你给我个尺寸,我也会做。"

"吹吧你。真会做龙袍,还能沦落到这种地步?不过,我实话实说,你确实够丑的。"

足够丑的女人跟着大爷回了他看场的院子。这女人成了我的大娘,成了母亲的妯娌,成了父亲的嫂子,成了故城村平添的一个户口。三十多岁的大爷第一次有了女人,把她当作天上的星星地下的金疙瘩,哪还管什么嘴大唇厚眼睛小,鼻孔外翻,耳朵招风。大娘好吃懒做的脾性和大爷如此相似,以至于人们谈起她的时候,从来说不出几句夸奖的话。

"这女人,耳垂又小又薄,下巴尖而前探,额窄面狭,一看就不主贵。"

"这女人，不会挣钱，花钱大手大脚，地地道道的败家娘们儿。"

"这娘们儿不正干，看哪个男人都眉来眼去的，也不撒泡尿照照自己啥模样。"

"看看，看看，哪个集上都少不了她。年纪轻轻的，地桩一样矗在那里，真成了站街筒子的主儿。不买不卖的，图个啥呢？"

"外乡来赶集的人，都躲着她。硬抢人家的东西，也不怕天打五雷轰。"

"喂牲口的草料把她养肥了。到年底呀，生产队就不用杀猪了。"

除了大队里所有人的编派之外，大娘还借着大爷看管场院的便利，偷吃喂牛的豆饼，被生产队队长抓了现行，要拉出去批斗。大娘耍泼使赖，瞬间脱下上衣，把生产队队长的头使劲儿往自己怀里摁，一边喊着"抓流氓，抓流氓了——"随手还把一块豆饼塞进队长的口袋。此后，大娘成了故城大队的头号泼妇，活得更像故城大队的毒瘤。为了达到某种目的，她也不问时间和地点，不是大声嚎叫，就是装疯卖傻，让自己的病毒随意释放和传播，她满嘴吐出的白色泡沫几乎成了故城村的一道"景观"。

母亲让父亲劝劝大爷，好好管一管大娘。父亲几次跟大爷红了脸，说过好几次难听的话，可从来不起任何作用。

"要不是你干大队书记，她敢？"大脚奶奶说。

如此一句话，让父亲羞愧无语。他夺过车把式的鞭子，猛地抽向拉车的牛。牛没命地跑，父亲没命地追。车上的粪撒落下来，整个村子的街道上，弥漫着久不散去的臭气。

第一章 23:59或0:00

村头的田老七精于象棋,常年在集上摆摊下残棋,并以此谋生。因善于用炮绝杀,被称为"双响炮""绝命炮"。"你们知道这叫啥?这叫炮打隔山。"有人问他啥意思,他只是摇头。

"双响炮"常来找父亲下棋,尤其是父亲遇到难事的时候。那年,有人诬告父亲贪污,父亲被公社停职检查,"双响炮"找到父亲。"听说你的棋下得不错。来,下一盘。"无论父亲如何用力,思考多长时间,甚至几次悔棋,都赢不下田老七。田老七开口说话,"人这一辈子啊,就是在下一盘棋,从生下来,就在棋局里面。有人当将,就有人当炮灰。不管谁有多大能耐,多数时候,面对的都是残局。我只坚信一点,再复杂的棋面,哪怕是一步绝杀,也都有生还的机会。"

父亲不说话,也不再下棋。此时,母亲已经炒好几个下酒的小菜。父亲敬田老七,田老七敬父亲。喝多了,父亲便问,"你说,这天上是不是也有楚河汉界?"

"天上有银河,有牛郎织女。神仙的生活,肯定要比凡世人间,好过,好看,好玩无数倍。"田老七满脸羡慕,透过泛起的红晕倾洒出来,如同他真的经历过"神仙的生活"一般。田老七的绝世聪明,被村里人看作是骗小孩子的小把戏,是杂耍。改革开放后,南方的大小老板开着各种好车,专程来接田老七,请他看风水,看阴宅阳宅,田老七才被故城村里的人,真正地当作"双响炮"。田老七的发家故事,像一个传奇,引爆了故城村的大街小巷,惊呆了全村的男女老少。至于他迅速积累起财富,在老家盖起三层小洋楼,在南方又建起方圆几里的临山别墅,则是后话。田老七最初的一句话,让父亲一辈子受益，也成为他教育子女的座右铭——再复杂的棋面，哪怕是一步绝杀，也都有生还的机会。

"你和大闺女命里相克，要找人破解一下。"田老七说，"碾盘过继，不见得是坏事。"

父亲不说话。

"你和闺女，总有一个人，要先低头。"田老七又说。

父亲依然不说话。

临近傍晚，有鸟归巢，叫声略带凄惶。"听到那只鸟的叫声了吧？它飞了一天，没有给小鸟带来一粒粮食。在哭。"

或许是听懂了田老七的话，或许是受其感动，第二天，早起的父亲，从地里带回来一束盛开着的紫色蒲公英，递给母亲，"喏，给麦子吧。"

"你是让她戴，让她养，还是让她喝？"母亲没有弄懂父亲的意思。

母亲的话音未落地，父亲便抓起我们俗称婆婆丁的蒲公英，扔到了院子里。父亲一高一低的脚步声回响在大队街道上的时候，麦子从里屋出来，捡起地上的蒲公英，抱在怀里。"娘，紫色的婆婆丁，这么多年，我还是第一次见。你看它开得多漂亮，世上稀有。"

那束紫色的婆婆丁，像一个寓言，常常萦绕在我的眼前。我曾经尝试寻找有关蒲公英的传说，慢慢知道了，它的花语是"无法停留的爱"。还有一个美妙的传说，谁能找到紫色的蒲公英，谁就能得到完美的爱情。父亲从大地深处摘来婆婆丁，或许是他的无心之举，但这束婆婆丁却被命运赋予了更多的含义和使命。

第一章 23:59或0:00

4 过继

大爷过继大哥,专门挑了初八这天,故城集,也是老皇历上写着的好日子。过继仪式像村豫剧团的大戏,三天不变调,场场爆满。所有的亲戚朋友,故城村、故城集所有与大爷和大娘交好的人,几乎一个都没落下。大大小小的贺礼塞满了大娘的口袋,堆成了她脸上的笑容。

不知道从什么时候开始,大娘不仅仅成为故城村的头号泼妇,还成了故城集上的头号经纪人。或许后者的潜质和可能性,比前者展现得更早,更充分。

故城村自古就有东门、北门和西门,独独没有南门,据说是依了风水先生的建议。大爷给大队看护场院的地方,在故城村的北门以里,与故城集的牲口市相邻。在故城集林林总总的粮食市、青菜市、鱼鲜市、干货市、日用百货市等几大市场中,牲口市属于面积最大、外来人口最多的市面。当然,牲口市的大,更多的是因为每个集几百头的牛、马、骡子、驴,以及不可计数的鸡、鸭、猪、羊,都聚集在十几亩地的场院里。

在收了大娘之前,故城集上的大爷,叼着长长的烟袋,只给来往的客人提供茶水。用木柴或者玉米芯慢慢燎热的黑皮壶,散发出烟熏火燎的味儿,一壶茶两三分钱,一个集一天的收入可以让大爷在剩余的几天,吃着油条馒头,喝着小酒,配以手指长的烤咸鱼,品咂出拐着弯的唑唑的声响。

等大娘陪着他成了村里大小几十头牲口的饲养员，大爷在集市上的收入就像惊蛰之后的蛤蟆，一夜之间跳得老高——大娘入了"捂行"。

关于"捂行"，我是在做了作家多年以后，在一次专门对古老文化的采访中，才知道有这么一个神秘、低下而又双手流油的行业的。捂住了，不让别人看得到，一切都私密进行，像见不得光的事业。依现在的行业术语，应该叫"经纪人"。

至于"捂行"的出现和生存之道，我将其归于普通百姓的不善言辞，归于他们对朝夕相处的牲畜并不完全的认知和了解，归于他们对"捂行"的一无所知。但我更愿意归于那个具有纯净水般清澈心灵的时代，那时，每一个善良而朴素的村人，都有以谈钱为耻的情结，恰像文人们关于阿堵物的典故。

当然，那个时期，"捂行"也只是一个业内人才说的行话，更多的人则说"经纪子"。故城人口中的"经纪子"，发音像一首长短分明的歌。"经"字占了八拍中的四拍多一点点，它的音调是从汉字四声中的去声开始，到上声结束，在上声的最高处转入"纪"字；"纪"字是汉字四声中的阴平声，占了八拍中的三拍；"子"字则是轻声，只占了八拍的不到一个节拍，只需舌尖轻触上颚。"经纪子"又根据各自的特长，分为牛经纪子、羊经纪子和驴经纪子。大娘更像一个杂食动物，什么挣钱多就做什么行当，所以在不长的时间内，她已经成为牲口门类无一不通、无一不贩的"全才"。更关键的一点，大娘是方圆几百里的大小集市上，唯一的"女经纪子"。对这一点,作为晚辈,我不知道是不是应该引以为傲,或者深以为耻。大娘对所有人都说,"我的恩师,是东述大伯集的戴文甲。"他是"捂行"师爷辈的人物,绝不会看走眼任何一只牲口。这也让大娘成了故城集最权威的人物,几乎每一笔交易,都要经她的眼,这也让她抽了更多的油水和彩头。

"多少眼抹子(多少钱)?"

"留曼嘎(1500元)。"

"高喽,重留嘎(1100元)。"

"那你再看看。"

为了避免与其他男人在赤裸着胳膊的袖子里比画价格,即所谓的袖里来袖里去,大娘专门做了一个花格子套袖,宽宽大大的,几乎能装得下半头毛驴。花格子套袖,是大娘的领地和主场,她熟稔于此,并与所有的"男经纪子"手来指去。

"你去看看,那个摆岔子(女人在行内的称谓,有贬低的意思),有头极品好牛,男人近不了身。"讲"摆岔子"的这人,似乎没有把大娘当作女人看。甚至有人要让大娘看看自己相中的母牛,是不是可以生下几窝壮牛犊子,大娘并不认为是在揭自己的短。

"看看,这杵在眼皮底下的褶子,撑得开不(能不能生)?"

大娘像真正的专家一样,指点每一头牲口的优劣。

旁边有人低声笑着说,"她自己都不生养,看她怎么说?"

对这些话,大娘置若罔闻。大娘看中和在意的,是她在每一笔交易中的收益。"三一三剩下一,我占三分之一,剩下的一,还得归我",或者"三七或者四六,你看着办"。看着办的结果,自然是大

往　生

娘占了大头的。谁让她是站集头子的人呢。俗话讲得好，集头子上的人难缠。这一点，在大娘身上表现得淋漓尽致。当然，这一切的基础，缘于她对于这些牛、马、骡子、驴的优劣做出的分毫不差的准确评判，其专业水准简直让人难以相信。鸭子爪，蝼蛄蹄，光摆架子没力气；后蹄压在前蹄中，力气再小也能撑；后蹄压在前蹄前，万千力气使不完……她察看任何一头牛、一匹马、一头驴或者一头骡子，都要先看牙口，再让它们围着场子走一圈，看看它们的腿、蹄、姿势，甚至小跑时尾巴摇摆的姿势，是不是"准而当"。这也让我想起某个小品中的台词，"来，走两步"。大娘说，马穴道中滴泪、拉伤两个部位，如果看不准、看不清，是可以让牲口主人家破人亡的。大娘把刘备的江山易主，归因于刘备骑了一匹"滴泪马"。大娘说，"刘备那马，一眼看过去，就知道它克主。刘备身边的诸葛亮，懂天，懂道，不懂马。"大娘的话，有人信，有人不信，终不知是真是假。

　　大娘在集上做着美丽而专业的"经纪子"的时候，大爷也正在场院之内，雇了人烧水做饭，为那些喜欢大酒大肉的大娘的同行们，提供着最坚实的生活保障。大爷的脸长长的，有人戏言是比着鞋样子画的，黝黑，皮肤松弛，眼睛不远不近地看着，有些蹲卧姿势的鼻尖显不出多少生机。他的牙齿被茶锈和烟渍折磨得失去了本色，像大小不一的炭渣。大爷常常用小指的指甲，随便一抠牙齿，便掉下一块黑疙瘩。对于大爷的长相，我一直不敢恭维，他与父亲南辕北辙的差异，让许多人怀疑他们是不是来自同一家庭。

　　在每一个大集，大爷都要架起一根三尺长的旱烟袋，靠近烟嘴

第一章 23:59或0:00

的地方，悬着用红色的绸子面做成的烟包，他大口大口地吸进去，然后缓缓地吐出。烟包早已经变成油乎乎的，黑得发亮，被旁边的人取笑是牲口的赘物。大爷在一个六十厘米见方的木桌前，摆了一副围棋，棋罐里的黑白棋子，像泾渭分明的两种人生。只是那副棋，从来没有人动过。偶尔是大爷的手，满满一把抓起棋子，一粒一粒任其自由自在地落下，恰恰像他无关输赢的人生。据我所知，大爷摆出的围棋，在十里八庄的男女老少眼里，更像是祖上的遗风——读书人的雅好而已，只是用来装点门面，没有任何实际意义。大爷遇到的人，没有一个人懂，更别说会下。只是大爷仍然每天都要把棋盘摆出来，像亏欠了它们一辈子的光阴。

　　大爷吸进去一口烟的工夫，大娘也端平了烟杆，眼睛眯向天空，惬意地吐出一口烟，接着是一句"门子嘎（2000元）？""两杆好烟枪"是大爷大娘的另一个称谓。平心而论，大娘的旱烟袋绝对不及大爷的长，大约只有大爷的三分之二长。即便如此，它依然像一面招摇的旗帜，让许许多多的牲口买卖人，尾随在大娘身后。"看那两杆烟枪，比吸大烟的还能摆谱。就她那身份，配得上那么长的烟杆子？再看看脏乎乎的两个烟包，像锤过的牛蛋，瞎拽，不懂一点儿规矩。"

　　"那个摆岔子，哪村的？"大爷问旁边站着的一个牲口贩子，嘴努向不远处的一位良家妇女。"怎么？相中了？我当回说客，给你牵下线？事成了，请我喝杯小酒就行。""那敢情好，三里五庄的。"两个人的对话有一搭无一搭。那个时候，大娘正像牲口界的泰斗和权威，摸着一头牛两侧的额阔，看它是不是突出青筋的豹头，适不适

37

合做一头不知疲倦、能够长期保持发情状态的种牛。"这个好，我喜欢。"大娘说，"像十八的小年轻，钢硬。"

大娘的牙也是黑色的，吐出的烟似乎也被她的牙齿染黑了。烟雾里的腥辣臭气，在集市上弥漫，消散。

大哥过继仪式的酒席，大爷办了三天三夜。他请了八个鼓乐班子，从早晨到晚上，每一秒都是燕舞笙歌。

据说，大娘把做"经纪子"挣的钱，全都拿出来了，还有她贩牲口的钱。有人讲，她最厉害的时候，一头牛可以赚到别人两头牛的钱。也有人说，大爷卖掉了最后一件心爱的宝贝，得到一大笔钱，只为这样一场隆重而热烈的过继仪式。

那件宝贝，叫幻影杯。

关于幻影杯，故城村一直有各种各样的传言。比如，有人说幻影杯是宋徽宗的手上爱物，杯子下半部刻的"彻夜西风撼破扉，萧条孤馆一灯微。家山回首三千里，目断天南无雁飞"的诗句，正是宋徽宗的晚年作品，字是淡淡的墨绿色，也符合宋徽宗的喜好。只是村里人，并不知晓这首诗的真正含义，不知身处北国的皇帝，寂寥无望地徘徊在荒漠草原上的孤独和凄凉。据说，幻影杯被起义的梁山将领从宫中掠走后，几经辗转，来到了故城村，我们家族的某一代先祖，以五十亩肥沃的土地换得。对这个杯子，县博物馆的专家曾经提出过质疑，说流传至今的宋代官窑瓷器，大约有碗、盘、碟、盏托、洗、瓶、炉、尊等样式，专门用于喝水的杯子并不多见。

至于幻影杯上的奇异幻象，更难以说清真假。村里人口中的种种异象，并没有多少人亲眼看见。比如杯子在夜色中是通体透亮的，

第一章 23:59或0:00

比如杯子在不同的水温下，会呈现出不同的人物，有仕女，有武士，有笙歌燕舞的夜宴图。

如此真假难辨、生死相关的传言，让杯子曾经的主人——我的大爷，几乎成了故城村最具权威意义和传播功能的人物。关于幻影杯的各种流言蜚语，几乎都是从他的嘴里传出来的。曾经有一段时间，他还在村子里公开讲，谁给钱就让谁看一眼。然而一旦有好事者拿出钱，想一睹幻影杯的真容，大爷都以各种理由搪塞而过，不过钱却被他一把抓过，塞进自己的口袋。有一次，大爷故技重演，不料反被一武猛硬汉摁倒在臭水中，哭爹叫娘地告饶。此后，大爷开始三缄其口，不再撩拨村里人的好奇心。

也有人说，大爷拿那件幻影杯跟父亲换了碾盘。关于此事，根本无须任何解释，村里没几个人相信。

大爷把过继儿子的场面，制造得如同天地间突然刮起飞沙走石。他把几间破房子全部贴上了红纸，院子里铺上了红布，他和大娘也都是一身的红。大爷让人到堙城里和后辛村，请来两家鼓乐，足有十六个人。巧的是两家都姓朱，以前就互不服气，这次更是使出浑身解数，要比个水平高低。每次有客人走进院子，先是二声上炮，接着便是鼓乐齐鸣，鼓、锣、镲、笙、梆子、笛子、二胡、扬琴，一样不少。堂屋的八仙桌上摆了整个的猪头、牛头、羊头，摆了苹果、柿饼、圆红枣，摆了口酥、饼干、花生饼三种甜点，方的圆的都有。三炷高香烧得骄傲而热烈，从早晨点到晚上，沉香淡淡的味道弥漫于故城村的大街小巷。

庄重而神圣的午时终于来临，司仪宣布过继仪式正式开始。九

往 生

声土炮震裂了天空,鼓乐声就像奸猾的妖怪,填充起一道道裂缝。此时,父亲和母亲都应该在场的,并且由他们将孩子交到大爷大娘手里。但父亲和母亲,都拒绝出席。彼时,大脚奶奶坐在我们家院子里的马扎上,看两只麻雀为一粒小米打得死去活来。谷穗坐在大脚奶奶的腿上,脸上毫无表情。突然,她猛地从大脚奶奶腿上跳下来,往家门外跑去。堂屋里,父亲正和"猴子"叔喝酒,喝得泪流满面。眼前的酒盅子,盛满的不知道是酒,还是眼泪。泪流得无声,酒也喝得无声。在县里和公社被当作样板、被几万公社社员当作主心骨的父亲,完全没有了男人威猛无比的模样和指点江山的气概。他把自己的额头砸在桌沿上,士孺叔拿手托住,却被父亲拨拉开。他一次又一次,直到磕出了血。

"他说,这叫嫡长子,可以占在族谱的第一位。他说我们家孩子多,穷。家族里的第一个男孩子,不能受了委屈。他说他有那么多家产需要继承。你说说,谁见过他有什么家产?他说长兄为父,是他把我养大的,我得有良心,得知恩图报。他说如果不把这个孩子给他,他就趁月黑风高,把孩子偷偷扔到西沙河里去,淹死他,让王八吃掉他。你说,我能有什么办法?"父亲的话是说给士孺叔的,也是说给母亲的。

士孺叔说,"老哥,你不能哭,你一哭,天就塌了。你是英雄的汉子铁打的兵,是顶梁柱,是一村之主,更是一家之主。你那些英雄气概跑哪儿去了?上战场的那股子气,打土匪的那股子气,咋就说没就没啦?你年纪轻轻,嫂子更年轻,送出去一个,再生。再生十个八个,江山代有才人出,这有啥难的?历史上的程婴救主,老

第一章 23:59或0:00

哥一定听说过吧？那是拿儿子的命去换主子的命。你这只不过是把自己的骨肉给了亲哥，江山不改，姓氏不变。有啥难过的？"这话，士孺叔是说给父亲的，也是说给母亲的。

母亲躺在床上哭，趴在床上哽咽。

"嫂子，你使劲儿哭吧，哭出来就好受了。"士孺叔喊。

母亲一遍遍地捶打自己的胸膛，直到把胸腔里最后一口气吐干净，才吸进第二口气。"我们的第三个孩子刚刚没了，刚刚没了啊。这是俺的第一个男孩，盼了十年，十年的苦日子。我的儿子，他还没满月……"母亲哭诉，也是说给父亲听。

大姐抱紧母亲的腿，哭，哭得再没有一滴眼泪，哭声像患上白口仔病、几乎干硬的蚕，努力吐出的丝，一样是得过病的。

此时，阳光是混沌一片的，天空的云像人沉着的脸，泪水和愤怒，隐在巨大的悲痛之后。没有风，没有树枝的摇动，没有任何一朵盛开的花，也没有鸟的飞翔和鸣叫。活着的世界，只有大哥的过继仪式，隆重而热烈。大哥被老孬大嫂（因为一位远房堂哥的外号叫老孬，他的老婆自然就被村里人公称为"老孬大嫂"。因为她的年龄比大娘还大，自然多了些威望和说话的分量。村里人说，只有老孬家，能镇得住大娘）抱着，祭天拜地，然后给大爷大娘磕头。大爷大娘的脸上，蚯蚓似的皱纹闪着光，喜庆得像一条条不规则的红丝带。尚未满月的大哥，被天地间胡蹦乱跳的声响吓得嗷嗷乱叫，眼里充满恐惧，蹬散了花格子的蓝色包被，似乎想分辨这个世间的杂乱无章，却愈加看不清。大哥一定不懂这个世界发生了什么，以及自此以后他的人生，又会步入怎样一种变幻莫测的生命轨道。如果他清楚自己今后的所有悲喜纠缠,他一定会从任人摆布的襁褓中拼命挣脱,然后逃跑。

"过裤裆,过裤裆。"有人在旁边喊。这是过继仪式的中心环节,大哥要从大娘肥大的裤腿中钻出来,如同他真的经历过这个女人的生养一般。老孬大嫂解开包裹大哥的薄棉袄和所有贴身衣物,想把他肥嘟嘟的身体,缓缓放进大娘的裤腰处。

此时,老孬大嫂突然说了一句,"你这个狗屁不通的娘们儿,怎么连裤衩子也不脱?"

"俺去脱,这就去脱。"

满屋子的人,笑得前仰后合。

大娘再次站到祭祖的桌子前,挣开了裤腰,让老孬大嫂把哥哥放进去,粗布腰带落到地上,如一条半死不活的蛇。

老孬大嫂扯着又高又尖的嗓门喊,"你这个邋遢的娘们儿,多长时间没洗了?浑身的牲口尿臊,简直臭死人。把孩子熏出毛病,拿你千刀万剐。"大娘满脸通红,所有人哄堂大笑。老孬大嫂端起旁边的水杯,不管冷热,对着大娘的裤腿倒了下去。

许多年之后,村里人每每谈起这件事,都说老孬大嫂像仗义执言的侠客,敢说敢做,狠狠治了大娘一回。只是老孬大嫂的嘴太毒,在祖宗面前的话如同咒语,成了大哥一生的魔障。似乎从那时起,大哥整个的生命经历,就像是被大娘身上散发出的臭气所笼罩,其所作所为,完全没有父亲身上毫无保留地遗传给他的丁点儿良善和正直。

村里的傻子拾起大娘的腰带,甩来甩去。"长虫,长虫,快看快

第一章 23：59或0：00

看，花皮长虫。"然后他指着大娘的脸，"你看看脸，变了变了，变成蝎子啦。黑蝎子，黑蝎子，黑蝎子要蜇人啦——"看热闹的人对傻子的话惊恐不已。

姑姑曾经煞有介事地说起，傻子每次喊出的那些变化，是他通灵的眼睛看到的真实，傻子是开了天眼的人。有人夺过傻子手中的腰带，扔给大娘，不至于让她一只手提着的裤子，真的掉落下去。我想象着傻子彼时的傻模样，想象着大娘的腰带褶皱得像老去的树皮，散发着恶臭，如一条来自地狱深处、裹挟着所有原罪的毒蛇。父亲和母亲多次谈起，正是因为大娘蛊惑，甚至以死相逼，大爷才拿定主意要过继大哥的。麦子不止一次地给邻居们讲，一条毒蛇缠于腰身的女人，还有什么坏主意想不出来呢？

我不知道父母是何时解开心结的。他们一次次绕开大爷大娘的家门，从不去听他们的欢声笑语，装作不理会饥饿的大哥没命的哭声。母亲又一次次走到大爷的门前，停住，听一会儿，再转过身。转身的动作，真难哪。母亲用袖子擦掉泪，袖子瞬间就像在河水里泡过。等大哥能够咿呀学语，把爹娘叫成叔叔婶子之时，父母是一种什么样的心情，该是何等沮丧和绝望？骨肉，成了旁系血亲，又会是一把多么有力的尖刀，一次又一次地刺向父亲和母亲的心脏。血和泪的奔流，有什么可以阻止？我似乎慢慢能够理解，彼时父亲对母亲和大姐、二姐的严厉和毒打，以及在三姐、四姐和我的成长过程中他的种种暴力和冷漠，是不是由此而生。将暴力无情宣泄到至亲至爱的人身心之上，我们应该选择原谅和遗忘吗？我切身体会到，这种宣泄如果没有节制，便少了疼爱，变得冷漠寡情。如果那

往　生

时我已然降于人世，父亲或许不会是那种样子。我或许还会对父亲说，打自己最爱的女人和活生生的骨肉，真的不如去鞭打一棵树，一棵不懂人情冷暖的树。

那个幻影杯，有多少是真，又有多少是假？它能盛装下人世间多少的正义与邪恶、真相与假象？我不得而知。

大爷对所有参加大哥过继仪式的人说，"各位乡亲，碾盘从今天开始，不再叫碾盘。俺——给他改名——叫碌碡。"

在父亲与母亲几十年的默默怀恋和言谈话语之中，大哥一直叫碾盘。大哥一身变成两个人，像卡尔维诺笔下被分成两半的子爵，一个叫碾盘，一个叫碌碡。被大爷改成碌碡的大哥，似乎成了一个连影子都附在身上的人，所有的真实与虚幻、丑陋与险恶，都天衣无缝地缠绕在他的身上，如同他天生就是流淌着黑色血液、扛着两杆烟枪的大爷大娘的亲生儿子。

第二天的黎明，一夜未睡的父亲，对同样两眼未闭的母亲说，"人这一辈子，像打麻绳，就怕破劲儿。一破劲儿，啥都没了。拧上劲儿，越拧越紧，肯定能打出好绳。丢掉一截绳子，不怕，咱挑最好的麻种，种麻沤麻，重新再打。"母亲把头埋在父亲胸前，父亲的手抚着母亲的后背，"我也想通了。人总有拐弯处，前后左右，都是眨眼间的事。"

母亲后来说，父亲对妻子儿女的温情，只有在大灾大难面前，才能慢慢被唤醒。

不得不提一句，油爷——母亲的堂兄，与大爷是玩虫的同道，本想借机来看看母亲，却被大爷一把拉住。"日子长着哩，不急。我正想着，什么时候把陶十一也叫过来，你们真刀真枪地赛一场。那个时候，不迟。"

雨突然落下，淅淅沥沥，落下凄惶无数。

5　谷穗

母亲把每一粒小米都放在手心里，看了又看，挑出掺杂其中的石子和空壳皮，然后倒进开水锅里，煮了好长时间。待小米差不多涨熟，母亲给父亲盛了满满一碗倒头饭，空干净锅里的水，再撒上锅灰，斜插上一双用白纸条贴绑捏紧的筷子。"老头子，这是你在人世间的最后一顿饭。你一定要吃饱哇。还有这三个打狗饼子，你可得看住喽。真遇上恶狗，掰开了扔，别一下子全给它们。一小块一小块扔，扔得远远的，越远越好。"

招魂幡摇晃着黄到寥落的草纸片，哗哗的声音似有若无，算是对母亲的应答。

我看见一阵风流着泪进来，旋在父亲的头部，偷偷看了父亲好长一段时间，又哭着跑了出去。我听见一只鸟凄厉的鸣叫，或许是早归的燕子，或者是失家的麻雀，叫声让人揪心地疼。鸟儿飞走时的哀鸣，在父亲的身旁摔碎，落进火盆里，由明变暗，成为灰烬。世间所有熟悉和陌生的，坚硬和柔软的，在这样的情境之下，都蒙上了一层淡淡的哀伤，如薄雾般，缭绕不绝。

母亲捏起一撮刚刚燃尽的纸灰，撒在父亲的倒头饭上。记起父

往 生

亲曾经给我讲过一个故事,说村头有一户人家,老人去世后,一只老鼠在逝者的头前经过,把倒头饭吃了。接着怪异的事情发生,死去的老人突然间站了起来。"你猜怎么着?诈尸啦!"父亲夸张的表情和我彼时哇地放声大哭的景象,依然清晰分明。父亲并不在乎我尖厉的哭声,自顾说,"那具尸体追着人跑,见谁追谁。别看是小脚老太太,跑得飞快。这个时候,你知道应该怎么做吗?拐弯。尸体不会拐弯,只能走直线,一拐弯它就会摔倒。唉,想想,也难怪,她的几个儿子都没有长大成人,它有挂心事啊。当娘的人,死了,也放不下儿女的事。"

父亲的一生,一直以沉默坚韧的形象示人,恰如此时的状态。父亲依然挺拔伟岸,即使躺下,也要躺成一座沉默的山,绵延起伏,棱角分明。此时的父亲,或许变成了一座蓄势喷发的火山,说不定什么时候,他就会像突然接到战斗命令一样,或者是像那诈尸的村人,忽地站起来。我知道父亲不会。在他最后的几年,父亲已忘却人间的俗事尘杂,没有了任何的烦恼。安详吉顺地离开,是父亲的意愿,也是儿女的福气。

陆续有各式各样的男男女女,干吼着几声不同的腔调来过,然后拍着屁股或者膝盖上的灰尘离开。没有人愿意再看一眼死去的父亲的样子。在经历过几年的老年痴呆症、心肌梗死、糖尿病等等病痛之后,在母亲的照料之下,父亲依然活得像一个阳光沐浴下的快乐君主。当士孺叔最后一次掀开父亲的蒙脸纸,看到父亲依然饱满的脸颊时,便摇着头说,"多亏了嫂子你呀,照顾成这样儿,不容易,不容易。"士孺叔拍了拍母亲的膝盖,问起,"是不是也该叫谷

第一章 23：59或0：00

穗回来？"

母亲没有搭话。

对于谷穗，母亲有一种特殊的情感。有人谈起她的时候，母亲总是先捂住胸口，然后便是不停地摩挲挂在胸前的一块玉鱼莲。曾经有一次，我央求母亲摘下她的挂坠来看看。我发现鱼的玉体通润，飘在尾鳍处的绿，像清潭中刚刚萌生的青苔，侧鳍的湛蓝像清澈的天空，莲盛开处则又是一片更深的绿。我常常惊于世间竟有如此的绝品，让我爱不释手。我乞求母亲让我把玩几日，却被母亲一把夺过去。"男孩子家，最该做的是顶天立地。"母亲长出一口气，又慢慢说，"这是我们家的传家宝，你姥姥传给我的。唉，本想传给你二姐，留个念想。"后面的话，母亲没说，但我懂。

多次听村里人讲，谷穗出生的时候，天呈异象。

谷穗是在1952年农历七月初一晚7时生的。老话讲，"初一的娘娘十五的官"，可姑姑不那样认为。那天，多年不回娘家的姑姑，一大早就来到我家，非要给母亲接生不可。母亲告诉姑姑，已经找好了村里的接生婆，姑姑黑着脸，硬是把接生婆撵了回去。母亲碍于姑嫂情面，没有多说，只是一个劲儿地问，"为什么？为什么？你能行吗？这可是人命关天的大事。万一有个三长两短，我不怪你，你弟弟会不怪你？""弟妹，你一定要相信我。世上的娃娃千千万，能过我手的，不多。"

父亲的脸笼罩在时粗时细、东西摇摆的烟雾里，眼里的光满是狐疑，斜睨着时时跳动的眼角，对姑姑没有一句话。父亲还在生气，多少年来，父亲一直生姑姑的气。父亲对姑姑的气，不但来自她对

往 生

娘家人的不管不问，更多来自对她不争脸的气愤和恼怒。年纪轻轻的，不在家好好过日子，非要给人算命看宅子。方圆百里的人都说，姑姑确实像是通灵的人，算一个准一个。有了这话，父亲又不知道该说什么，毕竟有人信。

父亲从来不信姑姑那一套。"我只相信枪杆子里面出政权，少一颗枪子，就可能被敌人打死。我相信只有共产党才能救中国，才会为普通百姓考虑，关心老百姓的油盐酱醋。我还相信，只有打破旧世界，才能建立新秩序。"父亲信的这些，姑姑偏偏不信。父亲劝姑姑走正道，甚至鼓励姑父去抗美援朝。姑夫不听，父亲自然少不了暗地里发脾气。

"是岁逢壬辰，蚕娘空度春。禾苗多有损，田家又虚身。"姑姑说。

"别给我说那些，我不信。"父亲喊。

"五鬼为天符，当门阴女谋，相克无好事，行路阻中途。走失难寻觅，道逢有尼姑，此事当门值，万事有灾除。"姑姑又说。

父亲起身出了堂屋，边走边斥骂，"瞎掰，胡扯，乱弹琴。"

天刚刚黑下去的时候，姑姑把所有人都撵了出去，包括只有三岁的大姐。家里只剩下母亲和姑姑。姑姑关上大门，又用三根粗壮的木棍顶上。姑姑准备了三大堆纸元宝，扎了八个童男童女，一炷几乎长到房顶的高香。姑姑上下一身的白，赤着脚，抹在脸上的木香灰，突兀而怪异。新月初升的时辰，母亲开始阵痛，姑姑随即点燃早就准备好的香烛，然后虔诚地跪下去，嘴里念念有词。十几分钟光景，半空中突然出现一轮半明半暗的月亮，透着幽幽的蓝光。

第一章 23:59或0:00

再有十几分钟,月亮的轮廓越来越清晰,竟成了蒙着薄纱的一轮满月,里面的嫦娥仙子轻移脚步,从月亮中踏进云层,慢慢踱了下来。嫦娥仙子笑容恬淡,手里捏了一只长长的莲花。她的衣襟在七彩云中飘来飘去,缓缓的琴声恰是从袖口流出来,漫天的莲花香气弥散开。只有几分钟的样子,嫦娥仙子便来到了我家的庭院之内,然后就听到了一声婴儿的啼哭。

姑姑说,母亲一点儿罪没受。母亲说,她疼得要死过去了。村里有人说,老辈里讲,初一新月不可见,只缘身陷日地中。大初一的,怎么会有满月?俺俺俺——看到嫦娥仙子了。士孺叔对村里人说,哪有什么嫦娥仙子,只有一个丫头片子的哭声。多少年后,士孺叔依然记得,那哭声响亮清脆,像是谁不小心摔碎了一个上好的瓷器,瓷片划在地上的后音,带着心疼和惋惜。对于那颗初一升在半空的月亮,由虚变实,由暗变亮,最后像萤火一样消失的异象,村里人有着不谋而合的描绘,并且随着时光流逝,亲历者加入了更多的神秘色彩,传得越来越夸张,越来越像子虚乌有。

我问父亲,这些都是真的吗?父亲说,我在你士孺叔家喝酒,什么都没看见。

我问士孺叔,这些是真的吗?士孺叔说,什么是真,什么是假?我喝多了,啥也不知道。况且,你知道的,老叔是老牌正宗的色盲,眼里所有的东西,都是红色。

姑姑给母亲接完生,把母亲安顿好,把谷穗抱在怀里。姑姑哄谷穗,刚出生的她竟然笑了。姑姑流下泪来,无论如何都止不住。母亲接过孩子,小心翼翼地把她放在自己身边。母亲看谷穗的眼光,

49

往 生

透着被掏空了的疼。而姑姑,哭着站在院子里,足足有半个时辰。直到父亲重重的敲门声惊醒姑姑,她才慢慢平复情绪。

"弟妹,这孩子,我必须得给你打个预防针——是福,也是祸。好好待她,八岁的时候,我来带她走。"姑姑抓紧母亲的手,眼睛盯着谷穗,说,"从今天以后,咱家会养啥啥旺,种啥啥香,就是种一沟旱葱,都能挣大钱。只是,她三岁之后,家里会有不少变故。不要怪她,命里带来的,谁都躲不开。"

姑姑的话让母亲毛骨悚然,眼里透出被惊吓的恐惧和不安。

"弟妹,不要怕,有我在,一切都会逢凶化吉。"姑姑安慰母亲。

谷穗出生时的异象和她命硬的传说,传遍故城村的每一棵青草和每一片砖瓦,连蚊子都在纳凉的人耳边,悄声细语。说来也怪,谷穗自出生之后,从来没有摔倒过一次,没有刮破过一次,没有被蚊子叮咬过一次。她走过的每一个地方,都会有奇花异草的香。有人说,那是楝花的香,更多的人说,那是荷花的香,香得让人沉醉,灵魂变得纯洁、干净。

母亲没有把姑姑的话告诉父亲,她害怕遭到父亲的训斥。父亲曾经对母亲说,"以后,谁也不能给我瞎扯什么命。"

"命怎么是瞎扯呢?你不想想,你的命是谁给的?"母亲问。

"我的命是国家的。"

"国家的命是谁的?"母亲追问。

"国家的命也就是我的命。"

"你认一次命会怎样?"母亲再问。

"认命是女人的事,男人从来不认命。"

第一章 23:59或0:00

关于谷穗的出生,母亲有点儿相信姑姑的话,但她更相信父亲的一身正气和勇武正直,可以给我们家带来幸福和安康。私底下,母亲像伺候父亲一样仔细地精心打点着谷穗的衣食起居。

随着年龄的增长,大姐与父亲的隔阂深而又深,她坚定地把母亲当作自己的依靠和支撑。自谷穗降生后,大姐越来越感到强烈的失落感。她常常看到母亲偏心地把好吃的、好穿的,一股脑儿地堆到谷穗身上,而自己,则像一个没人疼爱的弃儿。

可结果呢?有一次大姐大声地问母亲,可结果呢?大姐所说的结果,其实是应了姑姑所说的变故。在我的二姐之后,母亲再次生下一个女婴,没有满月,便莫名其妙地夭折了。并且,自此以后,母亲总是陷入无药可治的浑身疼痛之中,不到六十斤的体重,面色灰暗,根本不像只有二十三岁年纪的人。母亲日复一日,吃各种西药、各类中药,连呼出的气都是疼的、苦的,最后发展到看见碗就吐,听见搓涮筷子时的哗哗声,便要晕厥过去。

有人说,谷穗命硬,带给母亲数不清的磨难。

有人说,是母亲身上的苦味,换来谷穗身上的香。

有人说,谷穗还会计我们家不消停,直到她离开。

大爷恰好抓住了母亲的软肋,"二妮命硬,不把碾盘过继给我,还会克他的。你天天生病就说明了一切。还有那个三妮,不是说没就没了吗?她招谁惹谁啦?"

母亲如遭到雷轰,傻了一般。她对大姐吼,"麦子,去把你姑姑叫来。我要扇她的嘴,拔掉她的牙。养啥啥旺,种啥啥香,这话怎么说的?!"

往　生

　　大哥出继的当天，谷穗也是在旁边的。待大哥从大娘的裤裆中没天没地地哭着出来，六岁的谷穗上前，摸着大哥的额头。大哥静下来，胡乱张舞着的两只胳膊，没命地伸向谷穗。谷穗没有抱他，只是把额头抵过去。谷穗的泪滴在大哥的左腮上。说来奇怪，那滴泪竟然慢慢变成一颗痣，淡淡的、浅紫色的痣，永远地留存于大哥的左腮之上。

　　谷穗从大爷家里回来，看见父亲和士孺叔喝着酒，母亲在里屋哭，便悄无声息地走到父亲跟前，擦掉父亲的泪说，"爹爹不哭，碾盘，变了，变了。"

　　母亲急慌慌从里屋出来，"你说什么？"

　　"碾盘变了，变了。"

　　"什么变了？"

　　"命，命变了。"谷穗的话像一句咒语，让父亲的筷子和酒杯，一起摔落在地上。

　　"小孩子家，瞎说的。"士孺叔一边擦着额头上的汗，一边站起身，准备离开，"你也不要只管着难过，家里的事一团麻，慢慢扒。嫂子聪慧过人，没有过不去的火焰山。工作上的事，你也不能丢松。我听县里的人说，泗店人民公社要和城关人民公社合并，叫卫星人民公社。也不知道是真是假。《人民日报》讲，宁夏基本实现了人民公社化，我估摸着，咱这里也快了。我明天一早去抄社论，你也咂摸咂摸。"

　　"你在这儿待了一天，是不是还有其他事？"父亲的声音很低，像刚刚经历过一场大病。

第一章 23:59或0:00

士孺叔嘴唇动了几下，终于说，"公社里来人了，要调查炼钢炉是谁设计、谁建设的。他们说，高炉倒塌，是严重的、不可饶恕的政治事故。公社要派出专门的工作组，深挖细查根源。"

不可饶恕，政治事故，父亲念叨着。

1958年之后的一段时间，父亲所经历的折磨和苦难，有人曾经向我描述过，我自己也可以想象。几十年过去，我愿意从更长的时间流里，理性分析、客观看待这一年，以及其间父亲和我家发生的所有变故。我几乎笃信，只要有"8"的年份，我家总要发生一些大事：

1948年，我父亲丢了半条性命，回家娶了我的母亲；

1958年，大哥出生，既而出继，其后父亲被关了三个多月；

1968年，我出生，父亲遇到车祸，健康的左腿骨裂，大姐与家里断绝所有联系；

1978年，大哥从工厂的脚手架上摔下来，几乎丧命；

1988年，三姐入美国国籍，嫁给美国老头，被虐待致残；

1998年，四姐欠下一屁股债，父亲不得不把刚盖好的房子抵押给债主；

2008年，汶川大地震发生的时候，我的儿子拿到了全国物理比赛大奖，父亲患心肌梗死，险离人世；

2018年，老年痴呆的父亲病情突然加剧，半夜走出一百多公里，差一点儿走失；

……

"8"像一个魔咒，更像一条锁链，或者老百姓口中的黄楝豆子，

往 生

有粗有细，有悲有喜，让我心存忌惮。我是一个坚定的唯物主义者，我只是想穿透时间和空间，揭开生活表象之下的真实和某些不为人知的规律。比如为何我要在新型冠状病毒肆虐的深夜，写下这段文字，认定"8"字下面包含着真与假、善与恶、好与坏；比如"8"字为何成为我们家族里面魔咒一样的禁忌，成为生活中至亲至近的人无法回避的冰冷锁铐；比如我该如何研判生命日常中的可测与不测，让爱深爱，让亲情更亲……

在我参加工作做了专业作家之后，我曾经问父亲，"经历过那么多的苦，你有什么感想？"

只在夜校读过三个月书的父亲，只说了一句，"没有苦，哪知道甜。"

"那么，你一生最大的理想是什么？有没有一直记挂在心里的关键词？"我又问。我以为"感想"和"关键词"会成为父亲的理解障碍，没想他非常准确而快速地把握住了问题的核心，满足了我作为作家的全部好奇心和探究欲。

"斗争得解放。"父亲捏着蓝彩的小酒盅，举在眉心处来回转了几下，轻抿一口，"老了，斗不动了，更不想斗了。斗来斗去，没意思。还不如你大爷，抓几只蟋蟀斗着玩儿。"

长期以来，我一直把父亲作为我创作和生活的标本，对他朴素的世界观、人生观，追根溯源，思之又思，却一直不得要领。父亲这一生，在与谁斗争，又如何解放，像一道无力破解的难题，让我陷入深深的思考。

土孺叔刚走出家门，父亲便一脚踢在谷穗身上，"你给我跪下！"

第一章　23:59或0:00

谷穗被父亲用麻绳绑起来，被推搡着，在堂屋祖宗的牌位前跪下，"给我跪一夜。"

第二天，姑姑便将谷穗接走，没有等到她说的谷穗八岁。临走的时候，谷穗给父亲、母亲分别磕了九个响头。谷穗娇嫩的额头撞在地上，渗出了血。父亲从来没有见过谷穗流过血，只有那次。谷穗额头上的血止不住，直到流满了脸。母亲划取了土墙上经年不褪的雨淋土，点按在谷穗的额头上，最后竟凝固成一个高高的血土包。

谷穗一步三回首，走出家门。

母亲起身，她想去送送谷穗，被父亲一把拉住。

父亲的目光，盯着高高的天空，天空没有飞鸟，也没有流云，只有虚空的一片。父亲额头低下的时候，眼泪哗的一下流了下来，像村西的洸河从天而降。

那天以后，母亲常常听到谷穗喊娘。母亲四顾，什么都没有。母亲捂住耳朵，闭上眼睛摇头，直到泪水奔涌而出。母亲整个人瘫下去，如同瞬间被抽走了骨头。父亲也常常在半夜，突然从床上坐起，愣上一段时间，披衣下床。父亲穿过整个村子，在村头向姑姑家的方向看过去。黑暗淹没了父亲的目光，父亲说，他只能竖起耳朵听，如同谷穗会那个时间醒来，轻轻叫他一声爹。

村里人给父亲讲，谷穗到姑姑家之后，就改名了，叫妙音。自此之后，母亲常常拱在父亲的脸膛上说，"我做梦听到鸟叫声了，妙音鸟的叫声。"

谷穗也好，妙音也罢，只不过是我其中的一个姐姐，父亲和母亲的一个女儿。至于她离家之后的生命经历和万千磨难，此刻，不

往　生

说也罢。

　　那一年，父亲让大队种了三百亩的谷子，并且让大队里最好的生产能手，天天靠在地里，只求一个好收成。从播种开始，父亲几乎天天都要到地里去一趟。当父亲看到满地的谷穗低头弯腰的时候，心里乐开了花。父亲给母亲说，"没事的时候，去谷子地里看看。"父亲根本不知道，母亲也与他一样，几乎每天都要到地里坐一坐。母亲坐在地头上，触着谷子中间穿过的风，看着时从天而降的麻雀，看着间隔十几步远的一个个稻草人，心里的伤慢慢结痂。母亲甚至拿出谷穗的小衣服，给稻草人穿上，淡蓝色的条纹，像小片小片的云。稻草人如随风起舞的娇儿，驱赶着各种贪吃的鸟。眼看着丰收在即，一场从天而降的大雨和冰雹，将所有的庄稼都砸埋在地下。几天阴雨之后，谷子烂在地里，成了横七竖八缠在一起的乱草，无人收割。

　　父亲长叹一口气，"收成一束谷穗，真难哪。"接着是旋在眼里的泪，忍了又忍。

6　青秧

　　把三官庙改造成完全小学，大姐麦子不出村就能上学，那是在1959年。

　　父母常常谈起，三官庙里摆了那么多的神像，改就改了，没多少可惜。对于这种说法，士孺叔有着不同的观点。"祖上流传下来的

第一章 23:59或0:00

东西，动不得，谁动谁不吉利。"士孺叔的话代表了一部分群众，他还为此受到公社批判。

"你动动脑子想想，咱的卫星人民公社，已经创办了红专大学，改建了五六处共产主义小学。我们故城村，能没学校吗？不但要建，还要建成全公社最好的。在我看来，你不是怕建学校，是怕让你去当老师。放心，公社里已经统一招了一批高水平的老师，能力肯定在你之上。你老学究的那一套，不适应形势啦。"父亲的话说得有些刻薄，却正纾解了士孺叔的心结。

"老哥，有你这句话，好！"士孺叔把肋骨突出的胸脯拍得嘣嘣响，"放心，我一百二十个支持。话又说回来，我也不全是因为这个。有座庙在那里，人心还有个敬畏之处。庙都没了，逢年过节，要到哪里去祭神求安？孩子们怎么能知道，善有善报，恶有恶报？中国人的传统里，讲学堂、祠堂和中堂。学堂教人读书明理，祠堂教人敬天法祖，中堂教人仁义孝悌。"

"你说的三堂，没有三官庙哇。猴子啊，明白人不要干糊涂事。话再说回来，我们都是坚定的布尔维克，建设共产主义，还需要鬼神吗？"

"我再给老哥纠正一下，叫布尔什维克，不是布尔维克。放心，我绝对不拉后腿。只要老哥你认准的事，我一百个支持。"

"你看看，明明就是私心重嘛。不让你当老师就坚定支持了？还有，怎么就这一小会儿，就一下子少了二十个支持？"

关于村里的三官庙，如今已少有人知，史料里也没有更多记载。时至今日，村里的学校已经撤走，所有教学班全部合并到镇里。后

往　生

来又有人想恢复老庙的样子，却不知如何规划建设，结果只是长时间将其搁置起来，任凭它木制的梁架，一块一块地腐朽掉落。至于三官庙旧时供奉的神像，父亲说是三元大帝——上元天官、中元地官、下元水官。士孺叔说，除了三官，墙壁上还画有十八层地狱的各种刑罚，侧殿里还供着阎王和十殿阎罗的泥像。父亲与士孺叔说法不一，因为改建学校时庙被拆拆补补，现已无法深入考证和辨别谁说得更准确。县博物馆馆长于勇，是省内外文物界的学术权威，他通过各种渠道，下大功夫搜寻三官庙的资料，也未收集到更多有用的东西。

据父亲回忆，更早的时候，三官庙旁边，还有一座净空寺，里面的女长老叫妙云。至于净空寺何时兴建，何时损毁，又因何被毁，父亲一概不知。我曾经问过村里人，也只有一句"听老辈人讲的"，一语带过。每一次采访，我都能听到关于妙云长老的各种传说，有人说她是汉代皇帝出家的公主，也有人说她本来是狐狸精，占了净空寺，祸害了不少故城村的男人。但有一点是大家共同的认知，供奉她极其灵验，几乎是有求必应。直到今日，在净空寺原址，依然斜放着一块基石模样的石碑。谁家若有孩子受到惊吓发烧，在石碑前面，烧完几张草纸，孩子便能活蹦乱跳了。从来不信神鬼的父亲，对此无言以对，一句"瞎猫碰着死老鼠"，算是结语。

求子心切的母亲，在1959年的中秋节，趁父亲外出巡夜的空当，对着净空寺的基石摆供上香，磕头许愿，跪求妙云长老的恩典，让她能怀孕生子。母亲还没来得及说出自己的心愿是什么，便看到又有人提着篮子，一溜小跑悄悄赶来。母亲抬起小脚，快速逃离。

第一章 23:59或0:00

那个时候,母亲是不适宜再要孩子的。父亲多次笑话母亲,身子压不住大秤的定盘星,胃里的药渣子都能药死孩子,还成天想三想四的。母亲偏偏不信父亲,憋足了劲儿要再生一个。在祈求妙云长老福庇之后的第三个月,母亲真的有了身孕。母亲没有告诉父亲,待她脸上的红晕渐渐浮起,父亲问她,"你是不是得了浮肿病?"

坐在旁边的士孺叔突然哭起来,鼻涕一把泪一把。父亲卷起一支旱烟,不劝。等士孺叔哭完,眼角再也挤不出一滴泪,父亲终于开口,"哭完了?你说说,一个大老爷们儿,哭啥?不是还有我吗?天塌不下来。上级掌握的数字,是去年卫星上天的数字。上级开展反瞒产、反本位主义的运动,这是国家的形势,我们管不了。我们只要管好自己。现在上报的数字,丁是丁,卯是卯,四面子见线,没一点儿水分。公社强行征调的粮食,我还是那句话,我们有多少交多少,这是党员的觉悟吧?这是领导干部的品质吧?话说千遍万遍,总得讲道理。嘴大不见得说得对,官大不见得都正确。难道上级不知道,我们的共产主义公共食堂,吃饭不要钱,每个人都是敞开肚皮吃。集体的粮仓难道是糊弄小孩子的聚宝盆?是孙悟空的七十二变?上级要多少给多少,是政治任务,我们到哪里弄去?去偷?去抢?反正我没那个本事。咱可以让公社的干部们来查,把大队的仓库门打开。所有的粮食,连被老鼠藏在窝里的那些,全部让他们拉走,一粒都不要剩。

"1958年,多好的一年哪,鼓足干劲生产,放开肚皮吃饭。老天爷总算有了老天爷的样子,对我们老百姓是很关照的,可以说是风调雨顺。大大小小的庄稼,长势在这几年中,也是最好的。社员同志们都在唱,要让土地翻个身,要使低产变高产,定叫薄地产黄金。"

"这一年确实收成不错。"士孺叔说。

"反过头来再看,这一年,我们先是搞人民公社大兴水利,随后就是大炼钢铁,青壮年劳力全部投入到钢铁大军之中。从事农业生产的,都是些老弱病残和不中用的家庭妇女。庄稼成熟了,没有足够的劳力收割,只能眼睁睁地看着呀。你说谁能不心疼?公社还强行推广秋收放卫星,庄稼成熟不让收割,非得要等到放卫星时,青黄一起割,这是什么脑子?怎么能青黄一起割?瞎指挥,乱弹琴。成片的地瓜烂在地里没人刨,棉花蕾在地里没人拾,到年二十七了,老老少少还在地里收豆子。你以为公社的干部眼瞎吗?他们看不见吗?那些磨洋工的社员群众,害怕完不成任务不给饭吃,一个个都糊弄监工的干部,把地瓜秧子拔掉,就算是收回地瓜了,到底闹的是啥事啊。天灾抵不过人祸,丰产不丰收,到头来,还不是老百姓自己拿命抵债吗?老天爷是长眼的,看不下去了。"父亲敲着桌子,"这群乌龟王八蛋,让老子白白隔离三个月。要是我在家,我说什么也会动员社员们,抢天抢地抢粮食。哪怕用鞭子抽,也得先收粮食再说。"

"国家的大形势,你在与不在,都是一个样子。你不能总是与上级对抗吧?但这一次,你必须得顶住,大队里的粮食,一粒都不能再往外运。你一吐口,整个大队的人都得挨饿。"

和士孺叔在家里的秘密商谈,父亲从未向外人谈起过。士孺叔在一次酒后,曾经得意扬扬地告诉我,"你知道吗?我和你爹,挽救

第一章 23:59或0:00

了故城村多少老少爷们儿的命？我们把粮食装进麻袋，包上塑料，埋进村头的大坑。坑上面盖上土坯，覆上土，种满了庄稼，神不知鬼不觉。公社干部打开仓库的时候，只有三袋子地瓜干，半麻袋黑豆，十几块豆饼。那些干部们，一个个大眼瞪小眼，像疤癞眼子鸡，碰破头也找不到鸡窝门。再看看你爹和我，每次到大集的时候，就背着手，装模作样地闲溜到粮食市上，这家买一点儿，那家买一点儿。我们给上级汇报说，大队里三两二两发给老百姓的粮食，都是在故城集上买的。哈哈，公社明明知道我们做了手脚，却查无实据。党委给你爹一个处分，还被他撕成八瓣，扔到公社书记的脸上，他拍着桌子说，'老子不接受你的处分！你去问问那些社员，挨家挨户看看那些一粒粮食不剩的大缸，再去看看那些挨饿的苦人（父亲一生中极少说穷人，更多地代之以'苦人'二字），你凭什么要我交那么多粮食？'公社书记干瞪着白眼，屁都不敢放，那才叫过瘾。"

即便如此，村里仍然有许多人得了浮肿病，母亲便是其中的一位。大姐和别人一样，先是到地里，捡各种各样被遗落的粮食，三粒两粒发芽的豆子或者玉米。接着便是挖各种野菜吃。荠菜，从冒芽到开花，见到就要挖回家，再老点儿嚼不动的时候，就晒干磨成粉；灰灰菜，先是吃嫩嫩的尖，然后便是叶，最后连根也要吃掉。野菜没有了，就扒榆树皮，把它和仅有的一点儿粮食轧在一起，蒸窝窝头。到了半年滴雨不下的暮春时节，大队的高音喇叭天天喊"抗旱抗到天低头"，天却从来不低头。所有的草，完全失去了从地底下挣扎出地面的力气和心劲儿。地里挖野菜的人比草还多，低下的头几乎要扎进土地里。实在找不到可以入口的野菜，大姐便挖了

往 生

只有懒牛才吃的蛤蟆草。大姐说，那一次，她被吓坏了。母亲吃了她挖的蛤蟆草之后，肚子突然就疼起来，疼得死去活来，找了医生看过，才知道是蛤蟆草吃多了。蛤蟆草性凉，味苦，根本不适合人多吃，体质偏弱的母亲尤其不适合吃。我曾经问父亲，"你当着大队的书记，为什么不给自己家里多留一点儿粮食？"父亲黑着脸说，"那是我能办的事吗？老爹和别人不一样。"

"和别人不一样"，父亲总是这样说。以至于我们家里的所有人，都会以此应对所有的人和事——我父亲和别人不一样。可我的大姐，常常私下嘀咕，"和别人不一样，确实不一样，比正常人短半条腿。幸亏不是少半条命"。

恰是在最艰难的贫苦之际，我的母亲，在"和别人不一样的父亲"去公社开会的时候，生下了不到三斤重的青秧——我的三姐——一个只有七个月大的早产儿。浑身浮肿的母亲，冒着生命危险，生下贫穷时代的孩子，是生活的无奈，也是生命的坚强。母亲喜极而泣，一个劲儿地亲着青秧的脸。刚刚生下来的青秧不会哭，或者她根本就没有哭的力气，只是不停地扭动鸡蛋大小的头颅，寻找母亲的奶头。意识到母亲干瘪的乳房根本没有奶水，青秧才开始哭起来，像受了几个世纪的委屈。青秧的声音小得可怜，母亲忍不住笑了，脸上依然挂满泪水。

父亲从代销店赊来红糖、鸡蛋和五斤小米，那是母亲过月子的所有食物了。于那个艰难的岁月，这些物品该是怎样奢侈，我不得而知。在母亲经历过多少年的富足之后，我依然能从她的只言片语之中，感受到彼时母亲满满的知足和怀恋。我私下揣测，那种强烈

第一章 23:59或0:00

的幸福感,像寒夜中的星,或者空旷场院中的一堆篝火。它不见得带来多少温暖,更多的是生活和生命的点滴希望罢了。对,仅仅是希望而已。

青秧苦苦挣扎地活着的轨迹,也恰恰证明了这一点。

由于营养严重缺乏,青秧几乎每个月都要去公社医院看病、打针或者住院。每次去医院,青秧哭,母亲也哭。青秧哭得像世界末日来临,母亲哭得无奈和无助。等青秧稍大一些,她不再哭,母亲仍然哭。父亲一声长叹,"可怜的苦人。"接着便是长时间的沉默。父亲的烟吸得越来越多,脸色黑黄,如同一场灾祸即将到来。

让人没有想到的是,青秧自小表现出的聪慧,超出了父母的想象。母亲教她背《三字经》《女儿经》,背《弟子规》,教她背唐诗宋词,只需要一遍,她便能倒背如流。两岁时,她逢人便背,"闺门训,女儿经,女儿经要女儿听;每日五更清早起,莫教睡到日头红;旧手帕,包鬃髻,急忙去扫堂前地;休教地下起灰尘,洁净闺门父母喜;光梳头,净洗面,早到闺房做针线;绣鸾描凤刺鸳鸯,等闲莫与人相见……"三岁的时候,青秧已经能认识两千多个字。聪慧之外,青秧还表现出对身边一切人和事的高度敏感:她不让父亲的嘴靠近她,说太臭;不让姐姐为她洗澡,说姐姐的手指太粗,刮人;不让碾盘进家门,说他是一条流浪狗;对大爷大娘,她更是毫不客气地拿起扫帚往外撵。一向严厉的父亲,对青秧采取了极度容忍的态度,如同青秧真的是世界上最苦的人一般。

及至青秧上了学,她对学习的兴趣,超过了其他任何一件事。她读完了学校里的每一本书,又央求父亲和老师,从县城为她借来

往 生

更多的书。士孺叔说,在故城村几百年的历史中,青秧简直就是一个奇迹,更是我们家族最大的荣耀。他还说,如果仍然实行科举制度,青秧百分之百能考上状元。士孺叔还如此补充道,"再听听这名字,青秧,多好!青秧是什么?是春天的禾苗、夏天的秧,是未来和希望。也就只有我这种有大智慧的人,才能想到如此美丽动人、婉约聪明的名字。以前你大叔——我,是故城村最有学问的人。现在江山更替,最有学问的成了青秧。啧啧——好!"士孺叔似乎对任何人都不吝赞美之词,对青秧,更是好不离口。这也让父亲母亲,天天如同呷过蜂蜜一般。

大姐悄悄问母亲,"娘,你知道青秧为什么脑子那么聪明吗?"

"为什么?"

"因为你怀着她的时候,吃了那么多的野菜,营养丰富呗。最最重要的是,你还吃了那么多的蛤蟆草。药书上说,蛤蟆草能够让人变得聪明。"

"瞎说。"

"你不信?你看看妹妹脸上,是不是有那么一点点坑洼不平?多像嫩绿嫩绿的蛤蟆草。"

到了十岁的时候,青秧到县城的中学读书,教她课的宁阳一中的所有老师,几乎都有过借书给她的经历。母亲说,"青秧唯一不变的姿势,就是在煤油灯下读书。麻秆粗的两条小胳膊,像一对压不住厚书的镇纸。她一次次与书本治气,非要把每一页纸都揉到服服帖帖。在家里和学校,都是这个样子。"

多少年后,我无意翻找到青秧留在家里的小学三年级作业本,

第一章 23:59或0:00

看到了一篇作文,题目是《我的将来》,里面有几句话让我印象深刻:"我无法预测自己的将来,或许在蓝天如白云,在大海似水草,在土地的沟畦间,像一粒等待发芽的种子。但我更希望自己是一片雪花,覆盖美丽世界的所有丑恶。我更希望世间的每一位来者,都能给不善言辞的雪人,一个晴朗的明天和可期的未来。"在作文的最后,是老师大大的"优"字。给青秧改作文的夏老师,后来也成了我的语文老师,她常常拿我的愚笨和青秧的聪慧相比,讥笑我和青秧不是一个娘生的。在一次次的比较中,我滋生出的并不是自卑,而是以青秧为骄傲的自豪感。"怎么越说你越堕落,你一辈子都撵不上青秧的。"老师补充道。那又怎么样呢?我心里想:那是我姐姐,不是你姐姐。我可以抓住她的小辫子不松手,可以赖在她身上不下来,你能吗?曾经有一次,我原封不动地抄了一篇青秧的作文交作业,被夏老师提溜着领子拽到讲台上。"青秧的作文你也敢抄?你说说,你哪点儿比她强?你永远不会有她聪明。给老师耍小把戏,屁股是不是痒痒啦?"

"我绝对能写好,老师,不信你看看另一篇。"我把口袋里叠着的一张纸,毕恭毕敬地递给夏老师。"不恨此花飞尽,恨西园、落红难缀。晓来雨过,遗踪何在?一池萍碎。春色三分,二分尘土,一分流水。细看来,不是杨花点点,是离人泪。"夏老师念出声,"怎么?这是你写的?你有这本事?这分明也是青秧写的嘛。"我一边暗笑,一边强压着从胸腔里发出的声音,不让它从嘴角流出。我不知道夏老师为何能够如此坚定地以为是青秧写的,难道她没有读过宋词吗?说实话,青秧是我一生追赶的目标,即便我成了专业作家,

往 生

我仍然不觉得自己的文笔比她三年级时候的学生作文好多少。我曾经无数次分析，三姐青秧的开阔和悲悯，或许更多地是来自母亲，来自母亲家族血脉中，恒久流传的高贵品质和妙想奇思。而她自身特有的敏感细腻，又让她比平常人多了些从不同角度观察和思考的敏锐触角。

1977年，国家恢复高考的第一年，青秧便以山东省前二十名的优异成绩，被清华大学录取。土孺叔逢人便讲，"故城村，终于有人出息了。生子当如孙仲谋，添女还是小青秧。"从县里到公社，从亲戚朋友到素不相识的人，大家都跑到家里来祝贺。不少陌生人从外县市区赶过来，只为看一看传说中长了三只眼的清华大学生，到底是什么样子。

青秧成了故城村的骄傲，这也让吃尽生活酸苦的父母，高兴得合不拢嘴。大爷大娘身后跟着碾盘，大娘手里提了两只大红公鸡，拿着一百块钱，说是要沾沾喜气。他们身上牛马骡驴的气息如此强烈，几乎掩盖了家里所有的快乐。青秧一如既往地没有丁点儿好气，甚至几次吸着鼻子说了一句"真臭"。父亲没有在意青秧的话，和大爷喝酒喝得天昏地暗。碾盘不说话，只顾喝酒。碾盘不敢看父亲，偶尔瞥向青秧的目光，像被失主逮个正着的窃贼。刚开始，大娘远远地坐在一旁，和母亲有一句没一句地说话。后来实在忍不住，便自己拿了一个马扎，凑到大爷跟前，抓起大爷的酒杯，一饮而尽，发出长长的"吱——嘻——哈——"，然后捏住一个鸡腿，一口吃下去半个，含混着说，"新时代新风粗（俗），女人也能上大觉（桌）子。咱家得蛋（带）这个头。这才叫移风易俗，叫女人能登（顶）

第一章 23:59或0:00

半边天。"临走，语调含混的大娘拍着父亲的肩膀，"还有个事，你得去给县化肥厂的人说说，得让碌碡去厂里，当一名正经八百的工人。"大娘的语调含糊，语气轻松自在，如同化肥厂厂长是父亲的干儿子，化肥厂就是父亲名下一块说种啥就种啥的责任田，而她，则是父亲的太上皇。

到了清华大学之后的青秧，更加如鱼得水，学习愈加勤奋和刻苦。大学毕业那年，她作为国家的重点培养人才，被公派出国，读完硕士，再读博士。毕业之后，青秧没有按约定回国。国家有关部门专门为此事来到家里，他们跟父亲谈话，让他劝青秧回来，甚至提出，要让家里拿钱赔偿国家支出的教育资金。父亲让士孺叔写了一封义正词严的家信，并且特别说，"一定要写上，忘记家国的人，就是叛徒。叛徒就要被枪毙，虽人舍不得，我舍得。"那封信让来人带回去，通过相关渠道寄给了青秧，终没有起任何作用。

某一天，青秧突然寄给父亲一千美元。父亲看着邮电局的汇款单，余怒未消，"连国家都不要的人，给我寄什么钱？不要，捐！"

父亲真的把青秧寄给他的钱，捐给了县里的红十字会。红十字会要表彰父亲，父亲一声拒绝：别让我丢人现眼啦，这点儿钱，我担不起。

至于青秧在美国嫁给她的导师，因为家暴离婚，并且没有再婚的事，是改革开放之后，她在回家探亲的一个多小时里，几句话就带过了。那次回来，青秧被自己的母校清华大学聘请为外国专家库的特聘专家，并且承担了相应的研究课题。就在几天前，她猛然间来了音信，说武汉正在肆虐的冠状病毒引起了国际关注，她要去武

往　生

汉看一眼。而此时，距离父亲去世刚刚过去两个多月。父亲等待出葬的那个时候，我曾发过微信，问她能不能回来送父亲最后一程，没有得到她一个字的回复。为此，我还特意追问了一句，"夏老师说，一池萍碎，点点离人泪，是你写的（笑的表情）。真的吗？还有，那个又短又小的辫子，你现在还扎吗？"

在告诉我要去武汉之后，青秧的微信头像就再也没有闪动过。

7　棉棉

我给母亲说，"青秧一直没有回话，不知道她能不能回国。"

母亲长叹一口气，"她是有志向的人，一直是。"

"有志向，没人情。"我说。

我继续跪在父亲的东侧，听着来来往往的人声，错乱嘈杂。外面的风时大时小，刮起墙角的几片白纸。我似乎看到一个脸部扭曲的小人，像面泥一样被撕扯，纠缠，最后被揉成一团。我感到浑身发冷，打了一个寒战。不一会儿，棉棉便从里屋拿出一件军大衣，披在我身上。我抬头，叫了一声，"姐"。

士孺叔给四姐棉棉起的名字，似乎体现出他很多很多的先见之明。比如，棉棉的出生地，竟然是棉花地里。母亲经常回忆，那天的夕阳真好，又圆又大，像娘做女红的绣架。她还说，太阳周围泛起的红晕，总让她想起《赤壁怀古》的词牌名——念奴娇。那个时候，她站起身，看到整块地里那么多的农村婆娘，五颜六色地站在

第一章 23:59或0:00

一望无际的云端。她们剪着精神抖擞的短发，系着花花绿绿的方巾，臂弯里挎着篮子，手指轻巧。啧啧，她们捏着两个指尖拾棉花的姿势，美得让人眼花，简直就是在扯着一根绣花针，绣着动人心的《西厢记》，或者唱不完的《梅花落》。母亲说，她突然就感觉到了漫天的温暖：饱满丰盈的棉花可着劲儿地开，抓在手里就像握紧了太阳晒过的一片云，真好。母亲说，这些棉花如果都能给村里多好，可以让故城村的每一个人，都能享受自己种植出来的温暖。睡在这样的被子里，北风也会变温柔，就像歌里唱的：水含情，风含笑。

满怀温暖和诗意的母亲，突然感觉到了肚子的疼痛。她蹲下身子，本想休息一下再站起来，却感到更加强烈的下坠。"她嫂子——"母亲喊。离母亲最近的，是老孬大嫂。她快速跑过来，脱下自己的对襟褂子，摆平了铺在棉花沟里，让母亲躺下。老孬大嫂穿着爷们儿的白背心，后背上已经麻花得露出皮肤。

"婶子，你躺好。我让她们回去拉地排车。"

"估计来不及了，快帮我褪下裤子。"婴儿响亮的哭声，把所有拾棉花的人，都聚拢到母亲身旁。

"男孩女孩？"有人问。

"千金。"有人回答。

"没事的赶快走，别在这里瞎胡乱。"老孬大嫂喊。缓缓离开的人群中传出嘀咕，"书记盼星星盼月亮，最盼的是带把儿的。这下可好……""人好不如命好，命好不如时运好。这人哪，最怕啥都沾不着边儿，瞎忙活一辈子。"如此这般的议论，母亲听到了，她眼角的泪水说明了她的失落和悲伤。

69

往　生

　　老孬大嫂脱下自己仅有的背心，裹在棉棉身上。当她抱起棉棉的时候，棉棉竟然顺势咬住了她松弛干瘪的乳房。这一细节，也成为老孬大嫂经常取笑棉棉的把柄，如同上辈子欠下的债，或者被她拿捏住的致命短处。

　　对谁踩的生，农村人是在乎的。老话讲，谁踩的生像谁。所以，无论谁家新添了孩子，家长总是习惯把自己喜欢的人，第一个叫到家里来。提前预约差不多的日子和时辰，临走还要塞上早就准备好的两包红糖和两包香烟。那么究竟是谁给棉棉踩的生呢？老孬大嫂，她能算吗？如果真的是她，那么街坊们常常议论的她的种种是非，就成了母亲的心病。比如她与不少男人暧昧，比如她嘴馋如猫，比如她偶尔偷人钱财，比如她会在故城集上欺负外乡人，拿了东西不给钱，硬说卖货人已经把钱塞进口袋，还要讹她第二份……所谓不是一家人，不进一家门，老孬哥"孬"的绰号和名声，恰是因此而来。如果不是老孬大嫂，那么在那么多涌过来的人里边，究竟会是谁成为四姐命运轨迹的指引和象征？对于这一点，母亲偶尔也会跟父亲闲谈。"瞎扯，哪有这种说法？"父亲吼一句，母亲便如倒下去的旗帜，再没有任何动静。

　　棉棉来到人世的喜悦，在母亲脸上还没有完全绽放，一场突如其来的天灾便悄然而至。山东省泰安水文分站周宗先《大汶河1964年暴雨洪水简介》一文（《水文》1990年第5期）曾这样记载，"1964年汛期，大汶河发生了多次大暴雨。年降水量约相当200年一遇，是这个地区自1912年有降水记录以来最大的一年。……汛期径流量51亿立方米，为多年同期平均径流量的3倍多。"

第一章 23:59或0:00

母亲说，那时棉棉还没满月，老天爷像是专门来找麻烦的。家里的三间破屋先是漏雨，接着最东边的一间屋顶塌了下来。没有办法，一家人只好搬到大队院里，和其他十几户社员挤在一起。母亲说，她怀里抱着的棉棉，似乎意识到了灾难来临，从来不哭不闹。母亲抱着她唱，"家北的棉花白了地，家南的高粱红了壳，家西的芝麻也中杀，家东的谷子正该割。谁料到老天爷爷耍威风，风雨雷电像鱼梭。七七四十九天的瓢泼雨，墙倒屋塌无处躲。苦命的棉棉没饭吃，买一头山羊挤奶喝。"这首哄着棉棉睡觉的儿歌，是母亲编的，恰是那个时期日常生活的真实写照。那头带着母性慈悲的山羊，并不是母亲买的，而是挤在大队院里的社员自己家里养的。那家人看着母亲根本喂不饱棉棉，就每天把羊奶挤在白瓷缸子里，让母亲热了喂棉棉。也正是因为那段喝羊奶的经历，在棉棉长大之后，所有与牛羊肉相关的腥味，都会让她呕吐半天。

父亲领着村里所有的共产党员和剩下的一众男劳力，战斗在村子内外所有积水的地方。他们把地里遮挡水道的庄稼拔掉，把水引到地头的沟渠，再由沟渠引入洸河河道。他们把巷子里的水引到村头的大坑里，再从大坑里引向大大小小的沟渠。他们为房顶漏雨的每一户人家，盖上塑料纸或者草苫子。我想象彼时的父亲，一定像战场上的将军，条分缕析，指挥有方。就在刺破天空的闪电闪过，接着一声惊雷响起的时候，母亲看见麦子急匆匆地跑到大队院里，带着哭腔告诉她，父亲被送到了公社医院。接着，母亲就看见了雷电之后的黑暗，比整个人掉进墨池里还黑，整个世界陷入下坠的旋涡。于是又有几个人，手忙脚乱地用床板当担架，抬起母亲，一并

往 生

送到了医院。

此后的一个多月,父亲住在公社卫生院,输着大大小小的吊瓶。直到父亲出院,医院都没有查出父亲得了什么毛病。村里中医世家出身的老中医,专门去卫生院给父亲号脉,说是急火攻心,再加上阴湿侵入,导致正邪混淆,毒气攻心。老中医给父亲开了几十服中药,每一包都有几十味,散发出浓浓的怪味。母亲陪着父亲打针,给他熬药。母亲把棉棉放在父亲的身旁,听着爷俩对视时,一前一后发出"噢——噢——"的声音,打着没人知道答案的哑语。母亲说,那是父亲一生中,陪伴孩子时间最长的一次。这也让父亲对棉棉,有着为人父后从未有过的如水般的柔情。这种温柔,父亲对大姐麦子,对二姐谷穗,对三姐青秧,似乎都没有过。即便对碾盘,父亲也从来没有过一定要搂着他才能入睡的过往。

父亲突然变得柔软起来,对棉棉的疼爱,让大姐麦子怀疑自己不是亲生的。尤其是她带着青秧住在大队院里,今天跟着这家吃一顿,明天跟着那家吃一顿,这让她感觉自己无依无靠。麦子看着说来就来的暴雨发愁,看着青秧淘气地跑到院子里水多的地方,深一脚浅一脚地踩水花发愁……

"去你大娘家住吧。"母亲对麦子说。

"死也不去,到处都是牲口的味道。他们家的所有人,身上都是那种味道。"麦子坚决地拒绝。

母亲开始对父亲唠叨,但又顾忌父亲的病情,张开的嘴慢慢合上,把想说的话全部吞咽下去。看到母亲不停地掉眼泪,士孺叔领着十几个人,很快修好了我家的屋子。士孺叔对父亲说,"二哥,这

第一章 23:59或0:00

次我才不管你那套先人后己的说教。我是替孩子们搭个窝。"

麦子带着青秧回家,她说她睡了有生以来最好的一个觉。

享尽父母恩宠和疼爱的棉棉,如果能像麦子一样勤奋和体贴,能像青秧一样好学和聪慧,或者能像谷穗一样懂事和安详,都能让父母省心许多。但棉棉不是,她从小就表现出的叛逆,是我们家所有人从来没有过的。母亲归咎于踩生的老孬大嫂,一遍遍地自责,"我为什么让她给我接生",然后便是流不完的泪。棉棉对母亲教给她的儿歌、故事和这样那样的经书,一概毫无兴趣。进了学校读书,她像一只呆坐在课桌前的玩具,不知所想,被老师提问的时候,经常引得整个教室里的同学哄堂大笑,土坯课桌几乎被震塌。棉棉经常抓着不知谁的一把头发回家,经常和某一个男同学打得头破血流。对于这些,母亲除了训斥,便是无奈。

有一天,学校校长找到家里来,探讨如何让棉棉能够更健康地成长。火暴脾气的父亲没等校长说完,便把棉棉捆在家里的枣树上,拿着鞭子抽。相信棍棒底下出孝子的父亲,以为棉棉会哭,但她没有;以为她会屈服求饶,她也没有。棉棉像她背后的老树一样,坚硬而顽强。甚至她还抬起头,张开嘴,等着会有哪一颗不谙世事的枣子,一不小心落进她的嘴里。棉棉被父亲禁止去学校读书,这恰好遂了棉棉的愿。父亲把棉棉拴在枣树上,关在黑屋子里,棉棉根本不在乎,似乎承受所有苦痛和折磨的肉体,根本就不是她的。终于有一天,母亲率先向父亲妥协,"总这样也不是个办法。女孩子家,将来还得找婆家。老是这样又打又关的,让街坊邻居笑话。"

"你还有更好的办法?"母亲摇头。父亲同样摇头,"管不了,也不管了。死了活了的，就当我没这个闺女。从明天开始，让她跟着你，去地里刨地瓜。这学，对她就是毒药。上不上的，无所谓。天底下的文盲多的是，多一个也没啥。"

被父母从学校里解放了的棉棉，并没有参加生产劳动的热情。她常常抱了各种各样的农具，放在胯下当飞机，没命地在旷野间撒欢，像一只秋收之后，让香喷喷的豆子滋养得膘肥体壮的兔子。母亲受不了棉棉如此堕落和无耻，没几天便不再让她跟着自己下地干活。棉棉无聊，便去找老孬大嫂，和她去集市上游逛。有时棉棉还会找大爷大娘，"那个㧟岔子，说她的牛老夜嘎（1000元），我看那牙口，不值啊。"或者，她会把一根绳子，套在傻子的脖子上，像牵着一条温驯的狗。或者，她还会抓住傻子的领子，骑在他身上，嘴里喊着"嘚——驾——吁——"。终于有一天，父亲再也无法忍受棉棉没脸没皮的折腾，回家拿一条铁制的锁链，把她拴在家里，再也不让她出门。十几天后，棉棉跪着求父亲，"你老人家，开开恩，放开我吧。我出去自己闯天下，不说是故城村的人，也不说是你的闺女。这样总行了吧？"那年棉棉十六岁。十六岁的棉棉在夜深人静的时候，离开故城村，离开流着泪的母亲，离开头也没抬的父亲。

棉棉的出走，再次佐证了，父亲与母亲在训教子女问题上的分歧，如黑白两极。父亲总是棍棒相加，母亲则是苦口婆心。麦子说，棉棉终于让爹知道，并不是所有的棍棒，都能把儿女打成才。青秧说，棉棉本来就是一朵云彩，谁都拴不住她的，她的心，在云之外。母亲曾经向父亲抱怨，能不能把对别人的好心肠，匀一些给自己的子女。父亲反问，我没有吗？母亲两眼瞅着父亲，陷入沉默。不满

第一章 23:59或0:00

和疑惑，或者还有其他情绪，都在慢慢滋长。

"路过咱家门口的野狗，冲你叫几声，你都知道扔块骨头。"母亲小声嘟囔着，低头做自己的针线活。

在我们姊妹几个以不同成长方式长大成人的过程中，父亲和母亲，也以各自的方式，不停地纠缠，撕扯。偶尔深情地凝视女儿，或者给她们买一两块好看的方巾，已是父亲所能表现的最大的父爱了。母亲告诉过我，"你大姐想让你爹再给她找一棵紫色的婆婆丁。你猜你爹怎么说？深山老林里多的是，自己去找。"棉棉曾经告诉我，"爹爹也给我买过方巾，他给我系上的时候，我高兴极了。我亲了爹一口。爹竟然满脸通红，像偷了人家一只下蛋的鸡。"父亲偶尔会把我扛在肩头，或者夹在胳膊底下，这些极不寻常的举动带给我的幸福和快乐，会让我偷偷地笑上好几天。

我常常记起一个画面，父亲看着我把秫秸锅盖撑起来，上面压一块砖石，下面撒一把小米，诱惑馋嘴的麻雀和其他鸟。粗粗的麻绳像一记鞭子，更像索命的蛇。或许是我的耐心不够，或许是麻雀们足够警觉，我极少有所斩获。父亲便在一旁说，"现在人比鸟更需要粮食。你说，是那一把小米值钱，还是一只麻雀值钱？什么都捉不住，你觉得是你聪明还是鸟聪明？"我不知如何回答，母亲便替我打圆场，"孩子还小，就是玩嘛。"

及至我的儿子——父亲的孙子降临这个世界，似乎一切都变了。儿子可以直接骑在父亲的脖子上，哪怕浓重的尿臊味在父亲的脖子上久久不能散去。由此，我坚定地相信，子孙们在成长，父亲也在成长。年轻时的父亲，还不知道如何做一个称职的父亲，如何表达父爱,如何与自己的子女交心交流,更不懂如何教育和引导。

这也难怪,在父亲每年八一前后外出,无端消失的三两个星期或者一两个月里,我的几个姐姐比过年还兴奋,穿着打扮如同盛开的花。一旦父亲回来,姐姐们又如深秋的蝉,不敢再发出任何声响。那时的姐姐,丝毫不会好奇父亲每次外出的目的和缘由,更不会追问父亲每次外出之前,为何都要与母亲发生一次争吵,又会伤害母亲有多深。父亲带走大包小包,再两手空空地回来。父亲出门之后,母亲都要四处举借,日子过得苦涩艰难。母亲常常对姐姐们说,"咱娘们儿啊,都是苦命的人。娘的命苦,连累了你们。谁想流泪就使劲流,用脸盆接住,熬干了当盐吃。"

此后的十几年间,没人知道棉棉去了哪里,又是如何生活的。有人说,老孬大嫂把棉棉卖给了她娘家的侄子当老婆;有人说,她被卖到了陕西的农村,在黄土高坡上生儿育女;也有人说,她嫁给了省城的高官做了"填房"。这样那样的传言,父母一概充耳不闻。直到有一天,棉棉被一帮扛着大刀、拿着火枪、操着东北口音的黑衣人,推搡着押回家,说棉棉欠了他们五万块钱,要么还钱要么取命的时候,父亲才再次见到棉棉。此时的棉棉,瘦得像一具骷髅,披头散发,曾经美丽无比的双眼凹陷下去,目光呆滞,脸色白得吓人,浑身瑟缩着往角落里躲。父亲二话没说,到里屋端出一支猎枪,上膛,指着领头男人的前额,"王八蛋,让你的狗腿子马上给我滚出院子。钱的事,咱可以商量。"

"怎么着?你还敢开枪?"

父亲真的朝天开了一枪。

第一章 23:59或0:00

男人狗熊似的跪下,"大叔大叔,你老人家消消气。我们也是拿人钱财,替人消灾。拿不回去钱,我们也没法交代。"

"明天上午十二点,过来拿钱,一万块,所有事一笔勾销。如果不同意这个价,老子明天就把你们送进公安局。"

"好,好,就这样定了,一万块,少一分都不行。就这样定了。"

一帮人黑烟似的跑掉。

父亲扔掉枪,快步跑到墙角处,抱紧棉棉,双唇颤抖不止,孩子似的放声大哭,"棉棉,棉棉,你真的是我家的棉棉吗?"

自此以后,棉棉再也没有离开家一步。她彻底变了,变得像一个没有言语、紧闭暗灰色硬皮的棉花壳,无论阴晴,都孤独地隐于冰冷的浓雾。棉棉所有的过往和经历,像永远被封档的谜,没有人再去探究和追问。她自己,也从来不会与任何人,主动交流任何事。她跟着母亲下地干活,不说一句话,也从不喊一声累。那些带着亲切和疼爱叫一声"棉棉"的乡邻,得到的只是她一个浅浅的微笑。甚至是老孬大嫂,那个给她踩生的人,也不会从她嘴里,听到任何一个音节。

父母几乎用了五年的时间,才让棉棉慢慢恢复。父亲在自己的床前,为棉棉安了另一张床,天天看着棉棉入睡,母亲则是和棉棉睡在同一张床上。在棉棉曾经光滑娇嫩的肌肤上,布满了大大小小形状不同、深浅不一的疤痕。母亲吓坏了,流着泪,不问一字,只是轻轻地揉着,像是要把棉棉的苦痛记忆和谜一般的经历,消弭于无形的时间。棉棉慢慢体态丰腴,面色渐明,几乎又恢复到她离家时白白胖胖的模样,偶尔发出的笑声,也让人感到愈来愈多的安稳和快乐。傻子偶尔闯到家里来，手里抡起一根败落的柳条，嘴里喊着"喁——驾——吁——"，棉棉也会轻轻一笑。那笑，比傻子还傻。

大概在三年之后，棉棉一个人到集市上，买来一棵高大的木棉树，栽在院子里。棉棉告诉母亲，那叫莫连花。每年春天到来之后，棉棉都会对着一树次第盛开的鲜花，小心翼翼地笑出声来。有一次，我无意间捡到她手心掉落的一张纸片，上面写着，"假若，我能将你的心跳幻化，我愿意成为一株木棉，守在你日夜经过的路口，听闻你轻盈的脚步，品嗅你的万千柔情。我渴望你能够慢踱在我的翳影之下，闭上双眼倾听我的心跳，或者依偎在我的胸膛之上，听雨声和鸟鸣，看云起和月落。"棉棉一把抢过纸片，如同我发现了她最不为人知的秘密，满脸羞红。许久，她问，"五妮，你是有学问的人，你知不知道，这木棉树，难过的时候，会不会流泪？"

我摇了摇头，算是回答。

后来有一个夏夜，我们在木棉树下乘凉，棉棉突然给我说，"你要好好学习，好好规划自己的将来。像我这样，在社会上多活一天都是难题。我就是这样的人，像蚂蚁，走着走着就不知被谁踩死了；也像坑塘里的鱼，游着游着，水就干了。"我抓紧棉棉的手，她顺势躲在凉席上，头枕着我的腿，泪悄悄流下来。"外面的世界，这样的夜晚，有多少美丽，就有多少罪恶。"

前几年，待棉棉再也不会在夜里哭喊着醒来，再也不惧怕黑暗和雷电，再也不需要母亲的轻轻拍打就能入睡了，母亲问她，"亲闺女，想不想让娘给你找个婆家？不管娘心里有多么不舍，住家里终究不是长久之计。"话音未落,棉棉的泪便唰地流了下来。许久,棉棉一个字一个字地说,"如果娘想撵我走,我就去死。"

几年前,青秋知道了棉棉归家的消息,便给我留言:飞得再远的云彩,都想归家。这句话,我不知道是在说棉棉,还是她自己。

8 麻

屋里屋外,烟雾缭绕,草纸淡淡的香味遮掩着我内心的忧愁。父亲离世之后的短短几个小时,我想了太多的词汇,比如天塌、家亡以及一切与痛苦相关的体验。但最真切的感受是,无论扮演着什么样的社会角色,一个人只会越活越孤独,直至无亲无故,独自度过风烛残年。

即使妻子已经从远方归来,即使她无法掩饰自己的舟车劳顿,即使她的脸上同样写着痛苦和悲伤,我依然无法排解自己内心深处强烈的孤独感。

此时的妻子,穿着并不合时宜,时尚而艳丽。我把她拉到里屋,随便找了棉棉的一件旧衣服,让她快速替换下来。

对于这个儿媳,父亲起初是看不上眼的。父亲一直以为,她会是我事业的绊脚石。"女人应该有女人的样子,应该像你娘,做水,做布,做一块越揉越顺的面。"父亲说,"你看看你找的那个,家里是不是开了上百个面粉厂?天天,天天,白面不少往脸上抹,香到臭了,还不自觉,到处指手画脚。她不就是仗着她那个当高官的爹,还有当教授的妈？难道你没告诉过她，媳妇到底是干啥的？哪些是媳妇该干的活？"父亲把桌子敲得当当响，"老土话讲得明白，男人往外走，带着媳妇的手。女人是巧针线还是笨猪蹄，看男人的穿着，一眼就明白。你看看你那几身烂衣裳，这儿一块补丁，那里耷拉着一条绳子，有什么好看的？"父亲越说越气，声调也越来越高，"也不知道什么人暗地里使的邪劲儿，她还当上了文化局副局长。组织上就没有认真考察？自己连做人都做不好，怎么去教育下属呢？"

父亲的抱怨和责备，是说给我听的。我曾经想过，在我出生及至成长的过程中，父亲变化很大，变得宽容和慈祥，变得大度而温暖；为何对儿媳，一直有这样那样的抱怨？有一次酒桌之上，父亲用筷子敲着桌子问我，"你知道你大脚奶奶怎么评价你娘吗？上得了厅堂，下得了厨房，享得了猴头燕窝，吃得下麸子秕糠。走得正，行得直，随得方，就得圆。这才是好女人。"坐在旁边的妻子，扭头就走。走到院子里，妻子对着正在南墙根撒尿的黄狗，猛踹三脚，黄狗嗷嗷乱叫，"我让你不长眼，乱尿不说，还乱滋。"还有一次，母亲去走一家远房的亲戚，午时我做好饭，也去外面应酬，父亲和妻子在家吃饭。吃完后妻子窝在沙发上看小人书，没有收拾碗筷，父亲一把掀翻桌子，没有摔碎的碗，又被父亲补上几脚。妻子二话没说，摸起自行车就回了娘家。父亲与我的妻子，似乎是前世的敌人，死活不对付。

母亲问父亲，"你这是何苦呢？"

父亲答，"我不能让沙子迷了眼。"

母亲又说，"那是儿子相中的，日子他们过。"

第一章 23:59或0:00

父亲答,"她还是我们家的媳妇,媳妇要有媳妇的样,不能坏了家风。"

母亲说,"年轻人,不懂人情世故,可以慢慢学。"

父亲回,"江山易改,本性难移。如果我们的孙子也学成这种样子,人家会说我们没家教。我这老脸往哪儿搁?"

在我的儿子——父亲的孙子出生之后,情况终于有所改变。那个时候,父亲像一位唠唠叨叨的婆娘,围着孙子转来转去,多半天只说一句话,"看看他饿了不?我觉得他饿了。"他把孩子举在头上,让孙子骑在自己的脖子上,即使别人提醒他孩子要尿了,他也不在意。父亲挠着孙子的腋下,听他咯咯咯的笑声。"看把你爹高兴的。这辈子,有谁敢骑在他脖子上?动他一根汗毛都不行。这回好了,敢在他脖子上拉屎撒尿的人来了。"

在给儿子取名时,母亲说起,在士孺叔拿着厚厚的皇历千挑万选,为我取好名字之前,她就想到一个绝好的名字,叫"丞"。"咱老百姓讲,天庭饱满,地阁方圆。一个人是这样,中国的汉字,其实也是这样。你看看,仔细看看这个字,无论从外形到意思,都耐看,耐嚼,像一位兼具阳刚之气和阴柔之美的、具有雄才大略的男子汉。"母亲解释道。

我明白母亲内心所有的秘密,便把母亲替我取好的名字,给了我的儿子,取名丞儿。父亲多次质疑,"我的孙子,为啥要叫这个名字?是你士孺叔给起的吗?查过他的生辰八字了吗?"

我和母亲都笑。母亲说,"如果还让猴子给起,他一定会给孙子取名叫狗蛋儿。他几次说,全村没有一个人叫这个名字,金贵着呢。"

"真叫狗蛋儿,也不错嘛。"父亲摸着头皮,笑。

儿子的名字尘埃落定,最终被确定为丞儿,全家人似乎都完成了一项重大选择。我真的希望,儿子的出生,能给我们这个家,带来与日月同长的光明和希望。实际的情况是,儿子的茁壮成长,并不能让父亲对儿媳增加多少好印象,反而对她娇生惯养的做派更加反感。父亲对儿媳妇的所有批评和不满像水涌向我,我成了蓄水池。我曾经对着父亲自嘲,"我比咱村里的大坑还有风度,什么雨水、雪水、阴沟里的水,都能盛。"我又对妻子说,"所有的委屈,都可以向我倾诉。"我成了名副其实的情绪坑塘。

妻子的脾气与父亲有太多的相似,我想,这应该是他们水火不容的最大原因。我了解妻子的脾气,只要一个"不"字,就会瞬间在咫尺之内,掀起狂风暴雨。妻子的一生,是与我不懈战斗的一生,对我的所有观点,她都要抗争到底,不管对错。母亲曾经说起,男人最大的苦,是娶到一个不懂忍让的妻子。我知道,母亲说的是我。

此时,静静躺下来的父亲,早已经没有了任何思考和批评的可能,可他的话依然像缭绕不去的晨钟暮鼓,每天都会在我的耳边回荡。对执拗任性的妻子,我早已经失去了再教育的热情和心劲。我让自己所有的疼痛变成麻木,不死不活地过日子。至此,我更加难以理解,没有多少文化、识不了几个字的父亲,如何能够与饱读诗书、温婉贤惠的母亲,成为故城村夫妻恩爱的标杆和模范?父亲和母亲,我和妻子,是完全不同的家庭模式,是两种不同形态的河流,没有多少继承和传递,更少了融合与汇流。我曾经与朋友谈起这种

第一章 23:59或0:00

不可解的祖传伦理,它合乎常规吗?朋友反问,你作为作家,不该去解答吗?我无言以对。作家——一个多么贫瘠而无助的职业。但职业之外呢?我该如何从父亲的道德传统中,汲取更多流传于历史和将来的精华,并传之于我的子女们?

我曾经突发奇想,把一块覆满浮尘的坷垃放在一本诗集之上,凝视半日之后,想,这便是父亲和母亲了——一个在风雨中年复一年,一个在年复一年中栉风沐雨。诗歌与土地,是多么不可调和,又是如此难以分割。

棉棉把妻子打扮得像一位真正的孝子。棉棉给妻子穿上白色上衣,系上白布腰带,戴上半身长短的大头,然后又给她换上缝了半截白布的黑色布鞋。妻子似乎以自己的任人摆布和满身孝服,宣示着她的贤惠和与这个家族的亲密无间。但我心里清楚,在城市里长大的她,对农村的一切都持一种排斥的态度,更无法理解和接受父母那种你说我听,然后坚决去做的夫妻模式和生活状态。即便对比我们大不了几岁、没有代沟和思想交流障碍的棉棉,妻子依然保持着强烈的好不起来、也坏不到哪里去的距离和陌生。省城一位搞社会学研究的朋友,曾做过专题研究,他把这种现象归结于中国长久以来城市和农村的二元对立。但我不敢苟同的是,在同一个屋檐下的城市和农村,难道也像社会的鸿沟一样,几十年的光阴都无法跨越和弥合?人心与人性,绝对不该如此的。

麻,生活本就一团乱麻——麻烦,无序,终至麻木。

"你给大姐夫打个电话,问问大姐能不能来,送父亲最后一程。"我给妻子说。

往　生

"你怎么不打？"妻子抢白。

"我打不如你打，姐夫跟你好说话。"我耐心地解释。

十几分钟之后，妻子告诉我，"也没接我的电话，不知又摆起了什么谱。"

大姐叫麦子。

麦子是我的大姐。

大姐离开故城这个家，已经51年了。

我的心不知被什么扎得生疼。半个世纪，国与国之间，民族与民族之间的仇恨，都能够慢慢消解。大姐对父亲的怨恨，难道真的会成为世仇？五十多年来，大姐只与我的妻子见过面，妻子说大姐活得委屈，哭得死去活来。这话我没有告诉父亲。我努力推动大姐与父亲的见面，让他们父女能够相互原谅，却一直没有机会。大姐不到黄泉不相见的决绝，父亲泰山一般长久的沉默，像磁铁的同一极，无言地推开和拒绝着彼此，谁都没有丝毫的妥协。

我给妻子说，"你给大姐说，父亲找到了紫色的婆婆丁。"

妻子把我的话说给大姐，大姐泪流满面，摇摇头。妻子说，"大姐那泪，像炸开荚的豆子。"

1968年，我出生。中年得子虽然不及老年得子更来之不易和惊喜，但对于盼了几十年男娃的父亲和母亲，同样是比天还大的喜事。我尚未来到这个世间，便享受到了前所未有的欢迎和礼遇。我出生前的一段时间，麦子、青秧、棉棉几乎是寸步不离地跟着母亲，生怕母亲有一丁点儿的差池。父亲给母亲准备的所有东西，都是新的，衣服、包被，甚至裤子都是又新又软的白洋布。就连接生用的剪子，

第一章 23:59或0:00

都是麦子兴高采烈地从供销社里新买来的。这些备用物品,母亲从怀上我之后,就开始精心准备。她说她预感到腹腔里的孩子,一定是家里唯一的男子汉,长得帅气而坚强。

"你们几个,不要光跟在我后面转,尾巴草似的。每个人给我背一首关于春分的诗,谁背得多,娘奖励谁。"母亲说。

"奖励啥?"青秧问。

"为什么是春分?"麦子问。

"你弟弟会在春分日的傍晚出生。"母亲的声音颤抖。

"真的?"

"真的。"

"我,我先背。天将小雨交春半,谁见枝头花历乱。纵目天涯,浅黛春山处处纱。焦人不过轻寒恼,问卜怕听情未了。许是今生,误把前生草踏青。"大姐丝毫没有犹豫,背出五代徐铉的《偷声木兰花·春分遇雨》。

青秧背,"野田黄雀自为群,山叟相过话旧闻。夜半饭牛呼妇起,明朝种树是春分。"

棉棉背不过,嘿嘿笑着。"我不会背诗,诗会背我。你们听,诗趴到我的脊梁骨,比蜜蜂还坏,甜甜地坏,嗡嗡嗡嗡——"

母亲的预测精准,我恰好生在了春分日,落山的太阳还有一竿子高的傍晚时分。士孺叔早就给我取好了名字,叫犁铧,父亲和母亲却异口同声地说,"小名叫五妮。"

按照老家的风俗,男孩子叫女儿名,或者起个类似狗蛋、狗剩、二黑之类的贫贱名,好养活。母亲曾经说过,"我们这一代的人,都活得战战兢兢。我们害怕那些说来就来的苦难,有天灾,也有人祸。"

俗语说得好,怕啥来啥。

头伏麻,二伏菜,三伏过了种荞麦。在我刚刚出了百天之后,正好是头伏,恰是收麻、沤麻的最好季节。《诗经》中有言,"东门之池,可以沤麻。"故城村的沤麻大坑,不在东门,在村西。生产队的铃声响过,劳力们各自出门。按照生产队长的分工,男劳力把成捆成捆沤好的麻,从近百平方米的水坑里拉上来。女劳力则将一根根的麻纰子,从透出淤泥臭味的麻秆上,轻巧地剥落,扎成粗细不等的小把儿,让男人们再去坑里洗涮。如此沤麻、剥麻的场景,像用餐时刻的火锅店,热气腾腾。

母亲说,麻绳是生活中的必需品,只要活着,就离不开麻绳。麻绳许许多多,有时,它成了锁链,锁住人的手脚,也锁住那些不着边际的烟火欲望。我常常佩服母亲这种看似随意却一语中的的比拟,她把生活的烦累,品咂成了一种哲学。比如,她常常说,那些活得像马的人,不见得有马的本领;那些活得像猪的人,一定有猪的胸怀。再比如,母亲说,集市上那些面红耳赤讲价的人,吵得越凶,越是把某种东西说得一钱不值,越说明他喜欢,他只是想更便宜一些拿到手罢了。——这叫,价讨欢喜。母亲说,一个人活着,丢啥也不能丢心劲儿。当你还在对生活批评和抱怨的时候,说明你还有这样那样的希望。母亲如此等等的生活絮语,我曾经在记录本上写下几十页。一次次的搬家之后,遍寻不见,如同丢掉了母亲的思想精华和对母亲最起码的尊重,苦恼数日,觉得自己确属罪大

第一章 23:59或0:00

恶极。

相对于简单粗暴的沤麻、扒麻，打麻绳是一个手艺活，并不是所有人都会干，所以才能成为传统的七十二行之一。

父亲喜欢打麻绳，并且特别钟情于做合股的力气活。父亲说，"合股可不是简单的事，比耕犁锄耙难得没边儿。合股要均衡每一股经子的力道，不管它是不是有足够的劲儿。要让松的变紧，紧的变松。反着劲儿拧，会让麻绳更密实，更匀和。"父亲说这话的时候，眼睛看着别处，如同在说别人的生活。

在家里的案几上，有一本《宁阳县非物质遗产名录》，里面详细记录了打麻绳这一非遗项目，并且归之于父亲名下，白纸黑字地写着，根据父亲的口述整理：麻绳分粗细，粗的大多用于生产，细的则更多用于生活。咱实话实说，生活日常中的捆扎提吊，生产运输中的车船运倒，驾驭牲口的各种绳套，每家每户的建房搭棚、打井修道，粗到井绳、拉绳、缆绳，细到做鞋、连革、缝箱包的编织线，无处不用麻绳。生产队里的麻绳，基本上都是大绳，拉车驾辕捆大件，粗，且长。打大绳一般要放在农闲时节，有力气、懂技巧的十几个人，把长长的麻绳纠缠来纠缠去，打得像时远时近的风景，过得像时紧时松的日子。

打麻绳的第一步：备麻。故城村有多年种苘的历史，但苘打绳的韧劲不足，不耐磨，所以更适合家家户户捆扎或者做鞋，苘也因此成为不少人家自留地里的景致。麻则不同，产量高，韧劲足，更适合规模化大生产。麻分多种，本地分白麻、黄麻，黑麻则被称为洋麻。洋麻打绳最好，长得又粗又高，虽然布满大大小小的刺，但

87

产量大,是生产队的首选。关于苘和麻,地道的农人是分得清的。苘和麻硬度不同,性情也不同。苘皮薄而少刺,性温而软,适用于人和生活,更能体现人性柔软的一面。如同各色捆绳、竹篮吊挂,甚至孝子们拖挂的孝绳,大多采用苘绳。麻却不同,韧性虽高,但生凉,皮厚而多刺,更多用于物和生产。麻又分生、熟,沤过的是熟麻,没沤的则是生麻。集市上成包成捆的麻,基本上都是粗生麻,大多是直接从麻秆上抽掰下来的,需要摔打柔软,清理干净,劈成细绺,打理柔顺才能使用。

打麻绳的第二步:麻皮子纺成麻线,俗称打经子。经子打完后,要缠绕成团,准备随时取用。

第三步:打麻绳。确定麻线的股数和距离,把成型木架、成型拉车、合股用的木瓜支和粗细不同的绞线板归位,打绳开始。一头是绳架、铁钩拉线,中间是合股瓜支,另一头则是成型拉车。两头配合着方向、力道、松紧,借用麻绳的拧力,牵拉着瓜支前进,麻绳便打成了。打绳的活一般都是男劳力完成,经子缠得紧,绳也坚实,硬得像钢索,软硬程度也是判断绳子好坏的重要标准。偶有强壮的女汉子加入,成了插科打诨的料儿,让男男女女都热了身。如果有谁话说得重了,急红了脸,便随手抽出旁边的苘秆子抽过去,倒也真成了苘秆子打狼。

1968年,沤麻打绳的酷暑时节,母亲让麦子在家里看着我,让她每隔一段时间,用热水为我擦拭一遍身子,免得起痱子。麦子走出堂屋,不过是把洗好的衣服晾晒到挂衣绳上的工夫,就听到我没命地哭叫。甚至远在村头的母亲,都能听到我的惊叫。母亲手都没

第一章 23:59或0:00

洗,快速地往回跑,正撞上抱着我出家门的大姐。"娘,五妮让蛇咬了。"母亲踉跄几步,几乎要倒下去。她接过比心尖还娇贵的儿子,一步不停地跑向公社卫生院。庆幸的是,我只是被蛇咬了胳膊,伤口并不深。不幸的是,此事却让大姐受尽皮肉之苦。父亲先是打劈了一个板凳,然后是一把锨杆子。母亲挡不住父亲的暴怒烈火,她紧紧地抱着我,用后背护着麦子,最后竟跪在父亲面前。

父亲和母亲,又用三天时间,四处翻找麦子口中那条一米多长的花蛇,终不见踪影。

母亲和麦子,都出现了轻度骨折。麦子没有哭,她感受到的只有绝望。母亲说,她特别害怕麦子想不开,一根麻绳一搭,或者往枯井里一跳,后悔都来不及。三天后,麦子留下一张字条,上面是硬得像门闩一样的一行字,"我走了,永远不再进这个家门。"

在麦子离开家之后,母亲发动起所有的亲戚邻居,让他们四处寻找。每一波出去的人,似乎都能见到麦子,只是捎回的都是相同的一句话,"与那家子人,黄泉不见。"

父亲的态度依然强硬,"她没脸回来,不用管她。时间长了,自然就会回来。"

麦子离家,其实有很多的理由,而我被蛇咬的事,只是一个导火索罢了。在我出生之前,麦子先是入了党,成为故城村最年轻的党员。之后,士孺叔便推荐麦子,到大队学校去代课。麦子回来给父亲说,"校长是一个痛快人,一看是我,接着就同意了。"

父亲脸一黑,"他同意了就没事啦?谁让你去的?明天就给我回来。我一会儿就去告诉这个不懂事的东西,谁代课都行,你不

往 生

能代。"

"为什么?"

"因为你是我的闺女,你爹和别人不一样。入个党就有人说三道四,说我以权谋私。再去当老师,还不得有人天天贴我的大字报?"

当一名体面的老师,给天真的孩子们讲天下大事,吟诵古诗经文,曾经是麦子最大的梦想。父亲的强行阻拦,让麦子美丽的梦境破灭。在此之前,麦子曾经无数次憧憬过,父亲说不定会在哪一天,拿着一张盖了村里公章的推荐表,让她去城市里读大学,北京或者上海,最差也应该是济南。如果真能这样,她一定会选择师范类的院校,毕业后回老家,当一名好老师。麦子希望的这一切,从来都没有发生,甚至连一点儿发生的希望都没有。看着同村的青年男女,相继有几个人到北京、上海读书,麦子心里痒痒的。她曾经问父亲,"我为什么就不能去上大学?我也接受了劳动锻炼,接受了贫下中农的再教育,我家里祖祖辈辈还都是地道的贫农。为什么你当大队书记我就得避嫌?你当英雄别人就得陪着你当烈士?"父亲把手中的碗撇到大姐身上,在空中划出弧线的稀稀的玉米粥,在阳光下飞起,反着各种的光,显得有些薄情寡义。父亲仍然没有解气,把桌上的饭盆扔到院子里,对母亲吼,"你怎么教育孩子的?是不是你在背后捣鬼?"母亲不说话,流着泪,一言不发地收拾着地上的各种碎片。

我被花蛇咬过之后,姑姑专门来到我家,给母亲说,"我就知道,这几天家里一定会发生一些事。还真是邪了!弟妹,你要听我的,五妮被蛇咬,千万不能怪大妮。要怪,就怪五妮的命硬,连看家的蛇都不放过他。知道为什么吗?蛇被五妮夺了路。你要马上给

第一章 23:59或0:00

五妮认个干娘,最好哇,就认村东头的石头桥墩。谁都不克。"母亲按照姑姑的嘱咐,在农历七月初一,备下酒肉祭果,替我认下了石头干娘。而我,每逢过年过节,都要被母亲牵着,前去磕头祭拜,向我的石头干娘,祈求一个更加美好、安定且幸福的未来。

关于麦子后续的消息,有很多的好心人不断传递给母亲。有人说,"麦子要嫁给大伯集崔老七的儿子。崔家是宁阳出了名的大地主,被政府专政过。这事如果成了,麦子以后还能有什么好果子吃?"母亲便哭。

又有人说,"那个小地主,天天神经兮兮的,有毛病。看人的眼光魔怔,绿绿的,像野猫的眼。再看那模样,站不是站,坐不是坐,满脸的皱纹,一看就是营养不良。看个人都是低着头,从下眼皮往上翻着看,一定受到过惊吓,落下了严重的后遗症。好好的名字——崔克文,给大队书记跪着,非要改成崔徒孙。"母亲再哭。

老孬大嫂自告奋勇地前去劝说,回来一脸沮丧,"这个傻瓜妮子,说地主羔子也是人,她非嫁不可。还说要让和别人不一样的爹看看,大姨(义)……大姨(义)灭的是什么亲。"

父亲敲着桌子说,"这种不知好歹的东西,滚得越远越好。地主的徒子徒孙,如果在故城,我一定把他绑了,拉出去——"

"净说这些没头没脑的话,有什么用?"母亲哭着,"麦子这孩子,性格脾气都像你,怪她还不如怪你自己。这么多年,她一直都想巴结你,讨好你。你看不到?她每天早晨醒来,都给我说,娘,今天是新天新地新气象,一切都会变好。她还给你买过背心,亲手绣上一只蝴蝶,想送给你当生日礼物。十几天犹犹豫豫,前怕狼,后怕虎,最怕只能换来你一句呲啦。"母亲越哭越伤心,"她把那背心,一剪子一剪子,剪成碎片,边哭边剪。我这当娘的,不敢看她那个哭样。我觉得她剪的不是背心,是我的心头肉。呜……"

父亲不再说话,转身走到大街上,再漫无目的地走到坡地里。

姑姑曾经说过,父亲和大姐结怨,源自家里房梁上的一根钉。如果把那根钉拔了,父女就会和好如初。对姑姑的话,父亲坚决不信。父亲明明看到房梁上的那根钉从最初还能折射出些许的光,到最后锈得如同失神的木头,但他对那根钉的态度,依然没有表现出一丝一毫的松动。姑姑告诉我这话的时候,我在想,父亲是不是把自己当成了那根铁钉,支撑起房梁、坚韧的屋顶和整个家。拔出那根钉,父亲就垮了,家也就塌了。我问姑姑,"我爹是不是那根钉?"姑姑瞪大了眼,嘴巴张得像一只茶碗,"你怎么会这样想?"

麦子离家之后的岁月和生活,几乎成了父母的禁忌,谁都不提,不说。偶尔有好事者有意无意地说起,他们扭头便走。

据我所知,士孺叔每年两次,瞒着父亲,一个人跑到大伯集去,与大队书记和会计一起,喝得天昏地暗。至于士孺叔是否给麦子送过什么,大伯集大队是否给过麦子关照,士孺叔从未说过。

我大学毕业那年,专门去大伯集找过麦子。前后去过三次,麦子一直闭门不见。从众人零零碎碎的闲谈之中,我大致能够描摹出麦子的生活经历:麦子嫁给大地主的后代崔克文,陪着他挨斗,帮着他扫大街,吃着大伯集最差的饭,住着最差的土坯房。好在有士孺叔的奔走和大队暗地里的关照,对两个人的批斗大多只是走个过场。崔克文一手好字,能写会画,但性情孤僻。他家的门联几十年

第一章 23:59或0:00

不变,是他自己编写的。"家窨室陋多谢客,耳聩目眊少见人",横批是"君子勿怪"。崔克文和麦子前期死活不要孩子,四十好几才有一个男孩出生,取名错生。错生愚钝木讷,性情孤僻,从小就与他爹下棋。据看见的人讲,爷俩的棋下得有学问,有意思,棋盘摆开就是一天,风吹不走,雨淋不走。哪怕天上下冰雹,也不兴动弹一下的。即便如此,他们一天也走不了几步棋,没有结束,不论输赢。错生天生胆小,加之家庭环境封闭和自身愚钝,他对学校充满恐惧。崔克文便自己教他,教的什么,学到什么程度,没有人知道。错生长大后,依然身无长物。说话前他的嘴唇要动好多次,似乎要做出充分的准备动作,蹦出的字一个一个的,几乎连不成一个句子。三十好几的人,连个对象也没找到。一家三口的日子,过得艰涩阴冷,像不见日头的三九天。改革开放之后,三里五村要编村志,要搞墙绘,哪个姓氏要编家谱,崔克文似乎成了远近学问人中的首选。

几年前,妻子在一次县里组织的文化活动中,偶然遇到崔克文,说起有个大姐在大伯集。崔克文先是羞红了脸,接着便眼含热泪。妻子问他和麦子认识的过程,他先是沉默,后来在一支浓烟的笼罩下,慢慢道出原委。

"我们是上高中时,一起参加县里的作文大赛认识的。在决赛中,我拿了第一,麦子第二。我做梦也没有想到,麦子会去找我。她出生在革命家庭,我是地主家庭,俺俩一个天上,一个地下,本不是一个槽里的。"他缓缓抽了口低劣的旱烟,继续说,"麦子非常可惜。"

妻子不知道崔克文口中的"可惜",说的是那次比赛,还是麦子的生命经历，又或者是她的婚姻。妻子没再说什么。是啊，她又能说什么呢？自此以后，妻子在各乡镇的墙画宣传工程中，竭力推荐崔克文担任县里派出的首席画师。在这一点上，我感谢自己的妻子。

有一年，妻子把"齐鲁文化之星"的荣誉证书送给崔克文，他泪流满面，终于说了句，"你姐，让我——谢谢你们。"

我知道，崔克文和麦子嘴里的你们，一定会有我的份儿。

麦子——我五十一年从未见过的大姐，现在究竟是什么模样？

此刻，妻子一直拿着手机，一遍遍地看屏幕，急等着崔克文的回电。

天没有放晴的迹象，风依然冷得刺骨。

9　碌碡

碌碡的老婆——"我叔兄弟"家的嫂子心莲进来，哭得热泪翻滚。她侧身蹲坐在父亲的左侧，放开了嗓子哭。

碾盘的儿子——"我亲哥"家的侄子，进门后竟不知如何下跪，手和头一并着地，直接扑到地上，哭了几声爷爷。

关于碾盘，或说碌碡，我该怎么去写他呢？他活得完全像虚构小说中的人物，像故城大集上一"头"没有被锤过的牲口，那么多的曲折故事，那么多的烂事陈章。从碾盘改名成碌碡，他就像被暴躁乖戾的冲动黑客按下了电脑中的替换键，所有的生活轨迹和行为方式，完全变成了另一种样子。我想起碾盘出继时，谷穗回家说起的话——变了，命变了，一切都变了。是真的变了吗？谷穗是一切改变的预言者吗？或许，他本来就应该是那种样子，即便在我父亲严厉的棍棒之下，也有可能走的是同一条道路。谁知道呢？

碌碡跟着大爷大娘，游走于周边的所有牲口市，无论阴晴。大爷的身躯高大威猛，无论是抱着他、背着他，还是夹着他，碌碡都高兴得像坐上了皇帝的辇乘。大娘给碌碡买各种各样好吃的，油条、煎包只是小意思，猪头、狗耳朵和驴唇、马嘴也不在话下，完全随大娘的心意。偶尔阴天下雨，三口人便在市集找个小酒馆，大爷喝一口，大娘也喝一口，大爷再喝一口，大娘同样再喝一口。他们间或用筷子往只有三岁的碌碡嘴里，抹一点儿酒，看碌碡龇牙咧嘴的怪模样，这成了他们拿来开心的娱乐和把戏。在大爷和大娘身体力行的教育之下，碌碡迅速且熟练地掌握了识牛看马的本领。虽然他还弄不清楚价码高低，却能快速从上百头牲口中，认出哪一匹是纯正的种马，哪一头是耕地的好牛。

碌碡脑子好使，聪明。不赶集贩卖牲口的时候，他就找田老七下棋。田老七不与他下，他便站在旁边看，手发痒，牙根子也发痒。别人与田老七下的时候，碌碡便在旁边使横劲儿，脱口而出，"马后藏车，干死他。"

田老七拿烟杆敲着棋盘说，"观棋不语真君子。"

"谁做君子谁是干八。"碌碡说。

八岁那年，他放出话来，要和田老七摆擂台，如果田老七赢了，可以牵走他家里的任何一头牛。大娘也是酒壮英雄胆，拍着大腿说，"老子英雄儿好汉。老娘坚决支持俺们家碌碡，干田老七一票。"

往　生

故城大集，碌碡和田老七真的摆开擂台。田老七怕大爷大娘耍赖，专门叫来村会计刘士孺当保人。士孺叔最初是不愿意蹚这趟浑水的，终究是好奇心作怪，应承了做保人的事情，并把落地为棋、五局三胜等等条款，写成了专门的文书。田老七为了体现自己的大度，全部让碌碡走先手。结果五局棋下来，碌碡一局没赢。碌碡踢翻棋盘跑了。大爷只顾抽烟不说话，大娘直接耍赖，说自己不认字，写什么她都不承认。田老七一直对大娘气不顺，尤其对碾盘出继一事，经常替父亲母亲打抱不平，所以这次硬是杠上了，非要把牛牵走不可。做保人的士孺叔一看不妙，开溜了。田老七在大爷的八仙桌前，从上午坐到晚上，屁股不挪动一寸，吃随着大爷吃，喝随着大爷喝，一副要和大爷一同上床睡觉的架势。无奈之下，大娘趁着天黑，挑出一头准备送去屠宰的病牛，交给了田老七。

"大嫂，一头病牛，我认了。事儿，说到底，真的不重要，重要的是人品。今天的比试，就算是用一头病牛给碌碡换一个教训。狂妄自大，没有规矩，终究是要吃苦头的。"田老七撂下的这几句话，让大娘好久缓不过劲儿来。

输掉一头病牛，成了碌碡痛恨田老七的原点，他开始时不时地对田家的庄稼、墙头、大门实施恶意报复。田老七的儿子守了十天，终于抓到碌碡的现行。兄弟三个把碌碡暴打一顿，换来的是碌碡计划时间更长久、后果更恶劣的报复。大爷把碌碡送到学校，盼着老师们能管一管，让碌碡收收性子，不再如此孟浪和无理。碌碡进学校之后，不是睡觉就是打架，好歹坚持了三年。其间，他把同学们打了个遍，三天两头爬上女生厕所的墙头。校长喝了半斤酒，壮起

第一章 23：59或0：00

胆，不再考虑各种情面，痛下决心将碌碡开除了。

被学校开除的碌碡，成了大爷大娘的专职跟班。碌碡背着手，踱来踱去的步态，与大爷无异。碌碡随着大娘与人杀价，既杀生也杀熟。每一次拼命杀价时，碌碡都把对方当成田老七和他的三个儿子。碌碡提醒自己，必须报仇。君子报仇，十年不晚。自命不凡的碌碡，觉得自己不需要十年。大娘提出要父亲帮碌碡进化肥厂当工人，父亲没有答应，她又托了远房的亲戚，花了不少钱，终于填完表格，完成外调。在之后的一个夜晚，碌碡趁着电闪雷鸣，强奸了田老七最小的女儿。满城风雨，七嘴八舌，故城村的每一个人心里都五味杂陈。公安助理员武大炮迅速锁定碌碡，把他五花大绑地羁押到公社大院，铐在花坛前边的松树上，饿了他三天。

大娘哭着让父亲出面，让武大炮高抬贵手。父亲虽然与武大炮有着不一般的深交，但托人情找关系的事，父亲从来不干。更何况，碌碡犯下的是重罪。大娘走后，母亲小声对父亲说，"你该打个招呼的。毕竟，他还是从我身上掉下来的肉。"话一出口，泪也跟着流。

"多管闲事。"父亲责备母亲。

父亲并不知道，母亲偷偷为碌碡做过的"闲事"，从来不少。比如偷偷给他点儿好吃的，或者过年买一两件新衣。

大娘又去找士孺叔，她说，"这事儿啊，要怨就怨当年的象棋比赛，你没有替俺碌碡主持公道。"

"你这不讲理的娘们儿，求我办事，还找碴儿，找到十年前的事情上了。十年前就是你们一家不要脸，不讲理，耍赖皮。怎么，今天还想翻旧账？"

往 生

"你看看大兄弟,我一个妇道人家,不会说话,你大人不计小人过,碌碡的事,你一定要去周旋周旋,千万不要把他判了刑。他还年轻,年轻人哪有不犯点错误的?话又说回来,这种事,好比偷鸡摸狗,没什么大不了的。你给那个武助理说说,就先饶过他这一回。"

士孺叔推了大娘一把,"你觉得公安局是你们家开的?法律条文是你们家定的?强奸,是重罪。还说什么偷鸡摸狗。"

"那可怎么办?呜呜——这不是要俺的命吗?养到十八岁,活蹦乱跳的。他要是被枪毙了,俺也不活了。"

"别在这儿狼嚎啦。这事啊,要办还得找准根儿。你想想,那田老七家的闺女,可是黄花大闺女呀。他愿意像扬场一样,让十里八村的都知道?那将来还怎么找婆家?依我看,这事不如这样,你先应承下来,就说那闺女,叫什么来着——心莲,在和碌碡谈恋爱。女孩子小性,不知深浅报了案。再加上两家以前有过矛盾,存在反向报复的可能。武助理那边有个活口,我再去做田老七的工作。说不准哪,这样能行。"士孺叔边走边琢磨。

"大兄弟,你怎么说我就怎么办。如果需要花钱,你尽管开口,多少都行。我拿出钱来,等于给田家的彩礼钱,不就结了?"

此事最后的处理,完全是按着士孺叔的思路走的,这让故城村的所有人,都不得不佩服他的周旋能力。田老七狠狠地要了一大笔彩礼,大爷大娘二话没说,痛痛快快地给了。碌碡不但没有坐牢,还娶回了一个漂亮媳妇,完全没有影响他当工人的大事,热热闹闹地娶完亲,便成了化肥厂的合同制工人。各得其所的妥协,恰好应

第一章 23:59或0:00

了田老七给父亲说过的那些话,"人这一辈子,就是在下一盘棋,从生下来就在棋局里面。有人当将,就有人当炮灰。不管谁有多大能耐,大多数时候,面对的都是残局。但我坚信一点,再复杂的局面,哪怕是一步绝杀,也都有生还的机会"。

当再次面临绝杀的时候,碌碡会怎么样?是不是每一次都会有生还的机会?

碌碡做了化肥厂的工人之后,并不安分。起初嫌车间太累,托人换到销售科。被人发现有收取货款不上交的行为之后,又求爷爷告奶奶,背着处分,被下放到保卫科。谁又能想到,他监守自盗,先是偷厂区的配件和钢筋,三十斤五十斤地卖到废品收购站,后来竟然偷到了家属区。经过半年的踩点蹲守,在中国女排在洛杉矶夏季奥运会夺得冠军,成就"四连冠"佳绩的当夜,碌碡趁着夜色,破窗爬进分管销售的副厂长家中。男人出发在外,女人被黑衣蒙面的碌碡逼着,交出全部现金。女人还聪明地交给碌碡一个存折,说上面还有几万块钱,并且把密码告诉给了他。碌碡一高兴,兴奋地把女人推倒在床上。自作聪明的碌碡,第二天一早便去银行取钱,被公安局逮个正着。碌碡在全国"严打"的巨大声威之下顶风作案,最后落得个抢劫强奸数罪并罚的结果,被判了个无期徒刑。

大爷听到消息,中风倒地,三个月后离开人世。大娘一下子变得沉默寡言,坐在大爷的破旧竹椅上,提着一根再也不冒烟的旱烟袋,旁边早已煮熟的茶,水开了又开。大娘面前是大爷经常摆着的围棋罐,一黑一白,泾渭分明。大爷在世时,偶尔会抓起棋子,自上而下一粒一粒地抛下,像他无关输赢的人生。而大娘,早已经没有了大爷那样的心情。被迫入嫁的心莲嫂子,带着六岁的儿子回了娘家。大娘在一个人的孤苦里,得了重病,她坚持不去医院,最后疼死在老房子里。老孬大嫂替她收拾的时候,用毛巾捂住鼻子,"这个娘们,死了也不甜欢人。简直能把人臭死。"待给大娘穿上一层薄薄的寿衣,老孬大嫂摇着头说,"也怪可怜的,死这么长时间了,眼睛始终合不上。"

父亲让士孺叔出面,打理大娘的后事。出殡时,父亲跪下,拈香祭酒,哭过之后,竟然无法站立。

碌碡在监狱里依然不消停,据说有次差点儿成功越狱。被人举报后,刑罚加重,出狱的日子变得更加遥遥无期。有一天,碌碡突然写信回来,告诉心莲嫂子不能改嫁,好好把孩子拉扯大。还说如果她不听话,只要他出来,就会灭了田老七全家。

穿着一身花衣,只有三岁模样的小姑娘,被田老七气喘吁吁地追进门来。田老七先是跪在地上,哭了几声大哥。待我以磕头礼还了他,田老七开口说话,"小侄子回来了。这天,够冷的。"我知道他这是没话找话的寒暄。这样的情境之下,叙旧或者安慰,或许都是多余。田老七深知这一点。

"这个女娃,谁家的宝贝?"我问。

"家旺的老二,老大是男孩,读初中呢。"田老七答。

家旺是碾盘的儿子,那么眼前的这个小姑娘,就是碾盘的孙女了。按照辈分,她应该叫我爷爷的。我瞬间伤感起来,在数次回家与父母的团聚当中,家旺和他的两个子女,都不在我们的交谈范围之内。是父母故意不提还是无心疏忽?他们真的不再把变成碌碡的

第一章 23:59或0:00

碾盘当作自己的骨肉,不再把亲生儿子的骨肉,当成我们家的血脉传承了吗?或者父亲是在担心,一旦他们与我家扯上关系,可能会带来麻烦和悲伤。

"家旺",如此朴素而坚定的渴望,像一把刀,让我心疼不已。我内心最想探明的是,"家旺"的"家",是不是仍然以父亲为中心向外辐射,枝枝叶叶,根脉相连;而我,是不是也应该有一个骨血相连的位置。

且不论,父亲在家旺出生的时候,是不是也像丞儿降临一样,高兴到手舞足蹈;在家旺成长的历程中,父亲是不是真的把他当成自己的亲孙子,给他钱物的关照和情感的体恤;及至家旺的子女出生,他是不是为自己的四世同堂兴奋不已。如今,答案已无从知晓。但不可更改的事实是,父亲的血脉,坚定而鲜活地流淌在家旺和他两个子女的身体里,生生不息,代代相传。再回过头来看家旺,我蓦然生发出看到丞儿一样的亲近感。他的身材与长相,竟然与我的父亲——他的爷爷,有着那么多的相似点;他与尚在归途的丞儿,有着近乎一模一样的傲视天下的鼻梁和坦然发亮的印堂与额阔。

血脉,该是多么奇妙的事情啊。曾经有一次,我把自己的梦境描述给母亲,她两眼睁得老大,说,"怎么这么奇怪,你爹,竟然做过与你一样的梦。"我梦见身旁来来往往的人,有的身着盛装,有的破衣烂衫,或笑或哭,不与我说一句话。空旷的寂野里,只剩下我一个人,天是阴着的,大地也混沌。突然一道阳光飞来,阳光中飞翔着一只翠绿的鸟,叫得欢快和自由。鸟围着我转了两圈,也飞走了。最后仅剩下我一个人,在北风中冻得浑身发抖。我四处张望着,寻找一条河的彼岸，或者河中的一条船。我不知该对这个世界说些什么。醒来，满是惊恐和泪水。做这梦的时候，恰是父亲突发心肌梗死的那个夜晚。我几乎是在 120 急救车赶到家的同一时刻，来到父亲的床前，把速效救心丸，放进父亲的嘴里。

此刻，我想弄清楚的是，家旺，是否也会在某一时刻，与我，与他的爷爷，做同样的梦呢？

我蹲下身子，朝着穿花衣服的小姑娘伸出手，"来，让爷爷抱抱。告诉爷爷，你叫什么名字？"

"画儿，快告诉爷爷，你叫画儿。"家旺揽住女儿，满脸幸福。

碾盘、家旺、画儿，这是怎样的逻辑和循环。生活不需要逻辑，只需要爱和被爱，需要我们的血脉中，流淌着像画儿一样蓬勃向上的力量和诗意，生生不息，连绵不绝。

当我叙写父亲的时候，我努力靠近最真实的父亲，血肉丰满，鲜活生动，并以他的思维方式，思考世间的冷暖悲欢。父亲最后一个活着的姿势——摊开的左手，是不是也在渴望着碾盘、家旺，甚至家旺两个子女的温情和重量？

父亲是天生的左撇子，他一定想把最重要的东西，放在左手的掌心。

父亲掌心的那颗痣，在我的记忆里，总是随着季节更替变换颜色。

第二章
辰时之8:00

第二章 辰时之8:00

1　议丧

时间像一条河流,没有边界,不露深浅。当我们回忆过往的时候,总是想把所有的事物,像珍珠一样串起来。殊不知,我们历经的是与非,均已被时间击得粉碎。那些三三两两的碎片,沉沉浮浮,与患病之后的父亲,没有任何差别。记得的,不记得的,都像或新或旧的补丁,光怪陆离,或暗无天光,或艳如牡丹,层层叠叠地缀满我们的生活。

自从在县城上学之后,老家发生了诸多事,我不是亲历者,也不是旁观者,只是一个并不称职的倾听者。基于对故土的留恋与热爱,我试图从时间的最深处,打捞历史的真相,极其努力,却总是失之毫厘,混沌的愈加混沌,清晰的也慢慢变得混沌。

此时的父亲,突然成了被时间遗弃的人。而我,正努力地,透过覆在他身上的那层薄如人情的白纸,拼凑起他丰富而坚韧的一生。我以此时的感伤为基点,推断母亲和我的姐姐们,与父亲性格、性情相关联的苦乐悲欢,寻找我与故土家乡、与父亲相毗连的世事人情之间的因果。我不得不承认,我的几个姐姐,并不是幸运的人,

往 生

她们在父亲坚硬的躯体和冷涩的情感荫蔽下的成长经历中,体会到太多的贫穷和苦涩。或许故城村的孩子们大都如此,这与她们渴望迥异甚至比其他孩子高贵的心理期望,有太大的差距,以致她们对父亲,甚至包括母亲,都有了或多或少的抱怨和抵触。多少年后,再怀想我的姐姐们,以及我自己的经历时,我不得不说,谁对故土不是充满怀恋,谁的童年不是暗怀忧伤呢?姐姐们是,我也是。

我渴望每年蒲公英盛开的时节,渴望看着它白色的绒球,像蜘蛛网似的躺在我手里,让我展开无穷的想象。我喜欢看着那些白色的绒毛,被轻轻一吹之后,争先恐后飞向远处的场景。我知道,那些绒毛如我一样,心都是野的,都是希望和种子。它们飘往的,一定是理想中的圣地,在诗意或殿堂般圣洁的地方,生根,发芽,成为另一个生命。我羡慕它们的自由,羡慕它们随季节更替游戏生死的达观和快乐。我坚定地相信,只有人是有生死的,而草木,只有草木,可以把生死当游戏,并快乐永生。如此,世人所言的人活一世,草木一秋,便成为谬言,成为替自己的一事无成开脱的借口。草木尚能绿过满地,人为何不能?

我不知道,自己对蒲公英的热爱,与大姐对紫色婆婆丁的渴望,有多少暗合之处,是否为宿命的安排。

母亲叫我,我应。

烦琐复杂的程序和礼仪,陌生而悲伤的丧葬用品,村子里有一班专门的人在做。孝子贤孙如同真的不堪悲伤,只负责装模作样地哭。需要花钱的事,则需要家里的主事人,拍板定案。母亲把事交给我,让我拿主意。我看看士孺叔,说,"人家怎样咱怎样,不浪费

第二章 辰时之8:00

铺张,也别失了礼节。"

"孝布,就让你心莲嫂子撕吧。"母亲说。

撕孝亦称破孝。母亲曾经与我聊起,撕孝是有学问的。大头需要七尺白布破两个;帽子需要一尺二破四个;扎腰则要看去世的老人是单还是双,单就需要七尺布破二条,双就要六尺或八尺破两条。母亲嘴里所说的尺,是传统的大尺。现在的尺她说叫彩尺,一彩尺是一大尺的六寸。撕孝的人如果掌握不好尺寸,故意把孝撕小,就会丢了事主的脸面;故意把孝撕大,则又浪费事主的钱财。所以撕孝的人,不见得是主家的人,但必须是懂礼且公道的人。要知道谁该戴重孝,谁可以一个孝帽子就可以打发。

在我看来,母亲让心莲嫂子撕孝,远远超出撕孝本身的意义。母亲定然不是怕有人多撕或少撕了孝布,而是在以这件事,宣示着我们家及她——碾盘的生母,与心莲的亲密关系和对她的信任。我欣喜于此,同时又心存疑惑。我想知道的是,在父亲去世之前,心莲与母亲,是不是也像真正的婆媳。难道不应该成为真正的婆媳吗?

"我的孝,怎么撕?"心莲嫂子额头低垂,眼睛看着手里的白布,问的声音很小。

"和五妮家里的,一个样儿。"母亲答得随意。

"家旺的孝呢?"

"和丞儿的一样吧。"

我与母亲隔了五米的距离,我与嫂子心莲也隔了五米的距离。心莲与母亲,坐在一张床的两端,中间堆着白布。如此,我以前随口而出的心莲嫂子,如今要变成嫂子心莲了。

往　生

"老盆，还是要五妮摔的。"母亲似乎看出了士孺叔的疑惑，扭过头对他说，"毕竟，碾盘是出了继的。"

所谓的"老盆"，便是父亲头前摆放着的泥制陶盆。老盆里装着从父亲去世之后至送他下葬前所有草纸的灰。那些纸，那些灰，是他此生最后的行囊，是他往生依仗的资财。我常常想，那些草纸的明明灭灭，其实就是人在宇宙时空中鲜活着的光阴，一闪即逝。有的亮得时间长一些，发出耀眼的光；有的则暗淡飘摇，像必然不能逃脱的命运。摔老盆是家中长子与生俱来的权利，是家族身份的别样认证，代表的是权威与尊严，也是责任和担当。如果碾盘没有出继，毫无疑问他来摔老盆。即便如现在的状态——他在狱中，家旺也要代表他，作为孝子孝眷的打头人，背着白纸褡子，挑着纸幡，把老盆子顶在头上，痛哭流涕，悲伤如海。出继的碾盘，成了碌碡，也成了外人。远一层，隔一层，即便是亲儿子，也只能在堂屋之外的灵棚里，和其他的侄孙儿一样，装出悲痛的样子，不痛不痒地随便哭上几声。

"孝子入棚。"我听到司仪喊，急忙跪下，哭几声"爹，我的爹——"。我听到自己泪水越来越少的哭声，像没有音符的五线谱，或者像晒干的豆角，不管有多少粗细变化，已经没有多少悲痛的情绪了。我使劲儿掐着大腿，惩罚自己的麻木。

村里的几名干部到来，村支部书记刘焕天带着村主任和村文书。完全陌生的名字，完全不知道谁是谁的疏远和隔膜。他们在屋外三鞠躬后，进屋，等着我给每人回一个磕头礼。他们径自坐到母亲对面的几个座位上，寒暄道"都尽心了"，"唉，还是走得太早了"，

第二章 辰时之8:00

诸如此类。

刘焕天的事,我早有耳闻,他是解放前村里最大的地主刘洪盘的三代嫡孙。在父亲退出支部书记之后,他努力地想把故城村,带到镇里的先进村行列。没想到越弄越乱,故城村几乎变成全镇垫底的村了。

"士孺叔也在呀?"刘焕天皮笑肉不笑,说。

"你的意思我不该来?我这个人哪,贱,给你这个支部书记,打前站来了。"士孺叔话里有话,"现在大大小小的领导,包括生产小组长,都日理万机。我们这些老而无用的东西,不认识李万机是谁,闲得蛋疼,就喜欢给你们这些青年才俊,铺平大大小小坑爹的坑。"

"士孺叔真会开玩笑。"刘焕天的笑更加不自然。

士孺叔余兴未减,"我是开玩笑吗?我早已经做好准备,如果现在的故城村需要我赴汤蹈火,我愿意在最需要的时候,把你们这些干部,摁到地底下,垫垫桌子腿。"

刘焕天站起身,端起茶壶倒茶,"士孺叔这是说哪里的话。"

"别光孝顺我,外面那些跪棚的人,你不倒一圈?"士孺叔指了指屋子外面。

刘焕天不再理士孺叔,坐在小板凳上,抬脸看着母亲说,"二婶,有个事,我得先给你老人家打个招呼。从今年开始,县里一再要求,所有的婚丧嫁娶,必须从简。镇里抓得也紧,天天有人查。只要有婚丧大事,镇纪委都要全程参与。不让雇鼓乐班子,不让大操大办。不让穿孝衣,只一个黑色袖章。村里会派通信员过来,带着专用拉杆箱,接上电就能放哀乐。省事,也省心,关键是树立新

往 生

风尚。"

"这怎么可能？以前每个人都办得风风光光的，到我们家就不行了？你想派哪个通信员？时间、地点、人物，都能弄错的那个？你是想看我们家笑话，还是怎的？"我忽地站起来，满脸气愤。

"好兄弟，你别生气。村里也是没办法。那个通信员你不用就罢了，他的毛病我也知道，就是经常自作主张。这几年，改得不少了。至于丧事简办的建议，我劝兄弟还是要好好想一想。这是自上而下的要求，不是咱故城村蛤蟆蝌蚪子扎毛——另一号。要不，要不你问问弟妹。"刘焕天回头看见妻子站在旁边，"她是镇里的专职督导员。她要是说，不用管上边怎么要求，有这话就成。镇里那边，我去跑。"

"哎哎哎——刘焕天，你这做工作做到我这里来了？你平时为人处事，就是这样上推下卸的？让别人担责任，自己当好人！就你这素质和水平，还适不适合当支部书记啦？"妻子一下子火了，"你还可别说，今天我不代表县里的督导组，我代表老王家的儿媳妇。我强烈建议，就得按老规矩办，还得办成故城村最盛大的丧礼。我看你能把我怎么样。我还不相信，将来你们家的老人就不死？就不发丧？"

"弟妹，你别生气嘛。咱好说好拉，都别上火。镇里盯得紧，我也是没办法。"刘焕天的脸上红一阵——像刚杀过的猪的前血脖，白一阵——像刚刮干净毛的后一尖。

"我问你，我们是不是第一家？"妻子问。

"呃，呃，是第一家。"

第二章 辰时之8:00

"话说得难听点儿,你就是要拿我们家开刀祭铡,你这是杀猴给鸡看哪。我琢磨着这事儿,还真不能依着你们这些小蟊贼的话。芝麻粒大的官,觍着脸把自己当天皇老子。"妻子把一杯茶泼在刘焕天前面,"最时髦的话叫你们什么?打虎拍蝇的蝇,苍蝇的蝇。"妻子甩了脸,走开。

"我狠心的儿啊——狠心的儿——"

大脚奶奶拄着拐棍,让她的儿媳秀水搀着,颤颤巍巍地来了。村里人都说,大脚奶奶活得越来越像她家院子里的老槐树,邪性,身体四处弯曲,皱纹如木刀刻过,看人的目光阴森森的。大脚奶奶的头发变白又变黑,牙齿落尽,又长出两颗新牙。甚至有人说,她活得没脸没皮,熬死了故城村那么多的人。秀水努力地扛住大脚奶奶,她的身子几乎是要滑下去。大脚奶奶抚着半旧不新的鞋子上沾的灰土,坐在父亲跟前哭了好长时间,泪水几乎涌出眼眶。大脚奶奶掀开父亲的蒙脸纸,摸了摸父亲的脸。"哎哟,俺的娘哎,你这狠心的儿啊,你这一死,我还有啥活头?老天爷呀,也让我快点儿死吧。"

嫂子心莲走过去,拉劝着大脚奶奶起身,和秀水一起,把她搀到母亲的床上。大脚奶奶抓紧了母亲的手。"孩子他娘,你可要想开呀。这个狠心的老儿,一辈子让你吃了那么多的苦。他欠你那么多,说走就走了。咱得跟着他学,想开点儿。啥都不想,更不能想他。呜呜——"然后,她又是几声抽泣。

此时,刘焕天毕恭毕敬地站在床边,把刚才我递给他的茶,双手捧着,递到大脚奶奶手里。

往　生

"你们代表大队来慰问?"大脚奶奶问,声音里能挤出泪水。

"他们代表上级,来传达政策,不让发丧了。"嫂子心莲说。

"什么?不让发丧?谁不让发丧?不让发丧怎么办?把人抬到大队书记家里供起来?"大脚奶奶满脸愤怒。

"大奶奶,不是这样。现在各级都不让大操大办,不让雇鼓乐班子,不让披麻戴孝。放个哀乐,意思意思,还是可以的。"

"就光放个哀乐?就这样意思意思?说的是人话吗?人活这一辈子,最后就换走一个哀乐,没轻没重地走啦?这是什么混蛋政策?老书记几十年风风雨雨,就不能开个追悼会?"

大脚奶奶重重地咽下口水,"古人说,人总有一死,有的重于泰山,有的轻如鸿毛。老书记就是重于泰山的那个人。你们一个哀乐就打发了?你们想没想过,他是解放前的老党员,老革命,老战士,是国家和故城的有功之臣。人死了,就值一个哀乐?就不值一个鼓乐班子的钱?你们这些混账东西,应该请示一下组织,老书记是不是需要盖党旗。如果连他都不让发丧,要是我死了,是不是就只配一领草席,卷起来扔到乱坟岗子去?"大脚奶奶停顿一下,"再说了,那些大大小小的鼓乐班子,没活干了,都去喝西北风?有个鼓乐班子就算大操大办,放个哀乐就叫丧事简办?这是哪个没脑子的定的标准?"大脚奶奶的嘴里、牙里旋着风,如同要用牙咬碎每一个打转转的字。

"大奶奶,这都是县里定的。咱一个小小的村支部书记,还能抗上?你老人家也是老党员、老革命,政治素质比我们这些小辈儿高多了。你说,上级要求了,作为一级党组织,我们咋办?"刘焕天一

第二章 辰时之8:00

脸无奈,嘴角拧得有些弯曲,笑意却藏在上挑的唇线里。

大脚奶奶突然无语,她真的不知道如何坚持下去。尤其是刘焕天送给她的几句夸赞,就像是为她戴上了一顶无上光荣的帽子,让她无法应对。

"老奶奶,我插句话。我们朱氏唢呐是市里的非遗,这都是书记爷爷的功劳。他老人家七十多岁了,还带着我去县里,录音录像。我们家的鼓乐班子,不要一分钱,吹他个天昏地暗。"朱氏唢呐的传人朱芳,是一个漂亮泼辣的小才女,吹拉弹唱无所不通。不知何时,她悄悄站在了大脚奶奶的身后。

"不要钱也不行。镇里要求各个村,坚决不让鼓乐出现。"刘焕天说。

"好,我不在丧局里出现。我到大街上吹,我一个人吹,从南头到北头,从东头到西头,想去哪里吹,就到哪里吹。从现在开始,我就要在大街上,吹它个不死不归。这不犯法吧?如果你不让我在街上吹,我就站到你家房顶上吹。再不行,我就随手提个小花圈,到你家门楼子底下吹。"朱芳这个小丫头,如此厉害的嘴,把刘焕天弄得哑口无言。

"这个狠心的老儿,比我走得还早。他怎么这么狠心,怎么能比我走得早呢?"大脚奶奶再露悲腔,眼角湿润。秀水从她手里拽出紧攥着的小手绢,为她擦眼。

母亲流泪,一脸哀伤。从刘焕天进门开始,儿媳妇治气的话,大脚奶奶伤心的话,母亲都听在心里。母亲一个劲儿地看我,似乎要让我拿主意。但此刻,父亲的尸骨尚未火化,我能出什么主意呢?

往　生

"这个狠心的老儿,没受多少罪吧?"大脚奶奶问母亲。

母亲摇头。

"他说没说,还有未了的心事?"大脚奶奶又问。

母亲再次摇头,"他糊涂了。饭吃没吃不知道,饱不饱不知道,孩子们是谁,叫什么名字不知道,在哪里住院,还是不知道。他最后记得的,只有老家是故城的。偶尔,他还能想起你老人家,想起来便哭,说欠了你老人家。"

"欠——欠——都——都是命欠的呀。"大脚奶奶拉过秀水,头顶在她怀里,放声大哭。她的哭声如此嘹亮,沙哑,曲折,像突遇灾祸的嚎叫。所有在场的人,都悄悄走到她身后,陪着她无声落泪。

士孺叔站起身,轻轻拍了拍大脚奶奶的后背。士孺叔的眼里含着泪,鼻子抽泣着,"你老人家呀,就别哭了。我这个老反动,还能再陪你活他个十年八年。不尽长江滚滚流,还有活人在后头。不为死人,为活人。走,我送你回去。孩子们还要等许多人来,还要准备火化的后事,咱不在这里添乱啦。"

天上有俗称"小霜子"的雪粒落下,"飘雪落坟,必出贵人",士孺叔出门的时候喊。

小霜子像珍珠,也像凝固的眼泪。我想,这些坚固而柔软的泪,定是漫漫无际的人生旅程里,某一位隐在暗处的圣者突发的慈悲。

一声嘹亮的唢呐,在空旷的街道上,引来万千飞鸟。

2 大脚奶奶

刘焕天和他的村领导班子,看到大脚奶奶离开,也起身要走。

我听到刘焕天出了堂屋之后,说了一声"tianzu"。根据他的发音,我猜测最有可能的两个词:一个是"添足",这应该是他在抱怨哪个人在画蛇添足;另外一个词,则可能是他在讽刺大脚奶奶的脚,是"天足"。看着他们的背影转过家里的大门,我重又跪坐在父亲的东侧,不知所想。

我特意搜索"天足"一词,在手机的百度百科中,有两层语义解释:

(1) 谓优裕,充足。南朝宋朱广之《咨顾道士夷夏论》:"贱者不能无累,尊者自然天足。"

(2) 封建时代我国妇女有缠足陋习,清末始禁缠足,因谓未缠裹之天然足为天足。清黄遵宪《寄女》诗:"谂闻西方人,设会同禁烟。意欲保天足,未忍伤人权。"《文明小史》第四十回:"孩儿之志,要娶个天足的媳妇。"鲁迅《花边文学·汉字和拉丁化》:"如果提倡缠足,则即使是天足的壮健的女性,她还是在有意的或无意的害人。"

对于鲁迅先生所言的害人,我无意探究其历史的缘由。正因为

往　生

目睹母亲几十年小脚的痛苦与不便，我是极不喜欢天足的。所谓的三寸金莲，是一种病态的约束。所以，我更愿意把天足当成美丽的存在，健康，纯粹，天然。

敢称父亲为"狠心的老儿"的大脚奶奶，是天足，她"大脚"的绰号，由此而来。大脚奶奶常常对父亲说，"别笑话我这一双大脚，挑起扁担来，多个三十斤五十斤，不显。走夜路的时候，不怕大鬼追小鬼撵。好使着呢。"大脚奶奶嘿嘿笑过，像普及天足的知识一样，继续说，"俺向人打听过，是孙中山下的令，禁止女人缠小脚。乖乖，谁能想到，俺竟然成了最早响应他的革命者。"

对大脚奶奶的说辞，父亲点头称"是"。

坐在一旁的士孺叔，一只脚踮来踮去。士孺叔把锈得发黑的铜烟锅子，敲在桌子一角的下外沿处，烟灰掉在裤腿上，他随手一扑拉，"你老人家呀，最大的本事，是拿着不是当理儿说。你的这双脚啊，是真大，能不能叫天足咱不好说，叫床板子脚一定没人提意见。祖祖辈辈兴三寸金莲，都是以小为美。你这大脚丫子，快把你爹气死了。这档子事，咋不说？"

"闭上你的臭嘴，老反动。"大脚奶奶喊过，便故意跺着脚走出房间，还把门槛踢得咣当咣当响。大脚奶奶的脚步声，能传到故城村的每个角落。

这样的场景，是大脚奶奶、父亲和士孺叔，做了村里的干部之后，经常出现的情景。

"哟，前天晚上我就做梦，你老人家的嘴角烂了，让我去给你买药。"士孺叔刚看到大脚奶奶进门，接着就开起了玩笑。

第二章 辰时之8:00

"嘴角子烂了,一样说得过你。一到晚上就梦到我,想娘了?"大脚奶奶笑着。

"哈哈,怕你老人家孤单呗。"士孺叔的笑坏坏的。

"哎哟,俺的娘哎,我还不知道你这么孝顺。就你长得少皮无毛的癫样,天天给我摆供,我也得挑着吃。"

及至"独眼"武大炮做了公社助理员兼故城村的民兵连长,他不自觉地就成了士孺叔的帮腔。他对大脚奶奶的脚同样左右挑剔,经常满脸严肃地加上一句,"我专门调查过,猴子说得不错。你的大脚简直就是奇景中的奇景,让那么多相亲的,都捂着鼻子喊臭。那些人开口便说,如果让大脚上战场,能节省成千上万颗子弹。"

父亲对大脚奶奶,从来不说这样的话。士孺叔和武大炮贫嘴到没边的时候,父亲一声咳嗽,二人便结束了所有针对大脚奶奶的调侃。

大脚奶奶的祖籍,在离故城十里路的前辛村。她的父亲石兆山,十几岁便做了地主刘洪盘的佃户,母亲则是给刘府洗衣做饭的老妈子。大脚奶奶出生在1912年1月1日,阴历是一九一一年的十一月十三日。大脚奶奶回忆,"俺娘说,那天的太阳像一个火炉,一群群七彩云般的鸟,落在俺家的茅草屋顶,可着劲儿地叫。俺娘听着一群鸟叽喳叽喳地叫,就给俺取了个好听的名字,叫画眉。俺娘说,这一定是天降吉兆。她见人就说,看俺闺女这长相,那叫一个字儿,俊。"

但真实的历史是,大脚奶奶画眉的出生,并未给石家带来福气和光明。自第二年开始,先是她的哥哥得了疟疾,在高烧中死去;

往 生

后来父亲患上痨病,被刘洪盘赶回老家。画眉八岁那年,她的母亲在刘府被管家欺负,一根麻绳吊死在刘洪盘家后花园的枣树上。刘洪盘觉得晦气,要石兆山赔偿。他看中了俊俏精神的画眉,可当他看见画眉自由生长的天足时,一甩袖子就走,随后一个转身,"呸!"所以,在后来反奸诉苦大会上,大脚奶奶专门提起这一节,声腔高昂,"佃户在万恶的地主家里,大小都不是人,是牲口。饿了不给饭吃,病了不给药吃。俺从小就恨死了刘洪盘,瞅人的眼神是从底下往上看的,先看脚,再看腿,最后才看到脸上。那眼神儿,像刀,能把人看穿。他还要在日头底下,一根汗毛一根汗毛地扒拉着看。如果不是这一双大脚,俺早被刘洪盘霸占了。"

病情日重的石兆山,想给画眉找个好人家,故城街上的油坊、面坊、盐商等等,凡有想收纳侧室的,他都托人去说媒。结果,一看画眉的天足,一个个都捂着嘴,吓跑了。没有办法,石兆山在临死之前,把画眉嫁给了刘洪盘手下一个胡姓佃农的儿子,家是邻近的胡村。那个时候,画眉只有十二岁。让人想不到的是,在嫁入婆家之后,画眉越长越高,越长越壮,甚至有些男人的貌相了——声音粗壮,颧骨畸高,走路时两条胳膊甩得一条天上一条地下。男人本想一纸休书,赶走画眉,两个人推搡中男人倒地,后脑勺磕到门角的石棱上,一命呜呼。男人死后,画眉才发现,自己已经怀孕了。她像传统女人一样,生下孩子,为厌弃自己的男人坚守妇道。村里有几个老光棍,挨个跑来,嬉皮笑脸地纠缠,发狠使坏,要占画眉的便宜。这些人最后都被她手提着脖子,脚踢着屁股,一甩手,重重地扔了出去。

第二章 辰时之8：00

没人知道画眉什么时候成了村里的农会干部。直到她当了妇女识字班的班长，和县城派来做教员的年轻英俊的大学生，暗地里开展革命活动，村里人才知道，刚刚当了寡妇的画眉，是一个多么不简单的人物。那个年轻帅气的教员，教裹着小脚来听课的几十名妇女识字唱歌，让她们认识了许多与革命相关的字，听明白了人人生而平等，穷人只有闹革命才能得解放的道理。年轻英俊的教员，声音时而细如春雨，时而坚如山石，让年龄不等的妇女支起下巴，眼睛一眨不眨地听。她们渐渐觉醒了。

大脚奶奶站在简陋的课桌前，领着怀抱孩子的妇女们念字，偶尔有孩子的哭声响起，也不能打断她夜莺般的声音，"识字班，就是好；群众办，党领导；边识字，边割草；庄稼活，误不了；会写算，能读报；天下事，都知道。"也正是从那个时候起，村里的妇女同志不再笑话大脚奶奶的天足，自己回家后，也开始放开裹脚布，享受不受束缚的快乐。

组织识字班的那个时候，大脚奶奶学得格外认真，不仅在夜校里学，还私下跟着教员学。没有人知道，为什么大脚奶奶对学习突然就有了天大的兴趣，甚至她在以后的几十年间，从不懈怠，背会了毛主席的"老三篇"和所有见诸报刊的毛泽东诗词。多年以后，大脚奶奶曾经问我母亲，"你知道俺为什么要上夜校，拼上命地学习革命道理吗？俺脚大，心大，说话做事不像女人。上夜校，只有那么一门子心思，让自己变得可爱一点点，像你这样的女人一样，能让人哄着疼着，做一个脚大性小的女人。嘿嘿，你说，这样的想法，是不是有点儿傻？"大脚奶奶这样的初衷，与她后来对村级事务的坚

往 生

定,被时间证明是一种背离。

不上夜校的时候,画眉背着年幼的孩子,穿行在曲曲弯弯的小巷中,小心翼翼地敲开一扇门。月光无声,夜色时浓时淡,匆匆而过的黑影,让画眉脚步更快。画眉用天足的脚尖走路,唯恐自己的脚步声被暗夜中的某个人听见,被谁家的狗听见。偶有三两声犬吠,声音低而悠长。月下的家狗子,也懂人间世道呢,画眉轻轻笑过,想。那个时候,画眉到得最多的,是我们家。我爷爷属于开明乡绅,虽然家境日渐破落,但还算殷实。画眉常常带着这样那样的求助信,要钱要物的,爷爷都会竭尽全力去做。后来爷爷遭遇意外离世,奶奶惊吓过度,也很快咽了气。那时,我大爷18岁,姑姑13岁,我父亲只有10岁。画眉曾经想过,要搬到我家来,照顾大爷、姑姑和我的父亲。族里的老人和我大爷,坚决不同意。他们说,"这女人是个丧门星。她要是来了,祖上留下的房子和财产,就全成她家的了。女人心,似海深,怀里藏着刀,手里攥着针。"三两年之后的结局一再印证,我们那些远远近近的族人,并不比画眉更磊落。我们家的所有家产,让大爷或输或卖,或设计替换,总之全部归到了他们名下。三年过后,大爷卖掉了家里最后三间正房,兄妹三人成了名副其实的流浪儿。姑姑早早地嫁了,父亲便常去大脚奶奶家过夜。父亲与小自己三个月的铁锤,成了好友,也成了村儿童团的战友。

"以后你也跟着叫娘吧。"大脚奶奶对父亲说。

"我叫你干娘吧。"父亲答。

这一问一答是大脚奶奶后来说出来的,父亲既没有承认,也没有否认。

第二章 辰时之8:00

1946年底,铁锤听说县城有部队在招兵。他缠着大脚奶奶闹,死活要去参军。大脚奶奶掉着泪,一手牵着铁锤,一手牵着我父亲,把他俩送到县城。土路漫长,滑而硬,路两旁的树枝上挂满雪,像结满霜的眉毛。

大脚奶奶问铁锤和我父亲,"开弓没有回头箭,你们俩真的想好了?"

"想好了。"铁锤满脸的笑容,像牡丹盛开的花,"俺也问了,那是共产党的正规军,咱山东的野战部队。只要好好干,将来一定能骑着高头大马回来。我们要杀掉一切反动派,解放全中国。"

大脚奶奶掉泪,"你们两个小兔崽子,怎么知道战场的厉害,到处都是黑着脸不认人的枪子,嗖一个,嗖又一个。铁锤儿啊,你是个天底下最大的傻瓜、不要命的愣头青、坑人鬼、不孝子。你媳妇的被窝还软和着,你还没暖热乎,还没给娘留下一男半女。"大脚奶奶用袖子抹泪,左胳膊抹了右胳膊抹。十天前,大脚奶奶找了媒人,为铁锤娶了娘家的一个远房侄女当媳妇,就是为了阻止不安分的铁锤。

"还有你,午龄比铁锤大,事事处处的,都要照顾着当弟弟。想想干娘的苦,想想干娘的泪。你们都要好好去,好好回。"

"我不怕,赤条条一个人,一杆枪。"父亲的话音未落,头上便挨了大脚奶奶的一巴掌。

大脚奶奶送下父亲和铁锤的时候,放声大哭。父亲说,大脚奶奶那次的哭,是真哭,整个宁阳县城的人,都听到了她撕心裂肺的哭。那哭声,震塌了城隍庙的梁,震裂了许多人家的瓦。

往　生

　　1948年春,父亲回到了故城村,无处可去,便再次住进了大脚奶奶家里。大脚奶奶分得了地主家的大宅院,院落宽阔,树木茂盛。院子里的大槐树,遮住院子一半的光。大脚奶奶常说,大槐树邪性,会在半夜笑出声来。对于大脚奶奶的话,村里有人信,有人不信。一棵树怎么会笑呢?大槐树自1946年铁锤当兵开始,不发叶,不长枝。直到解放之后,才重新冒出新芽。没有人知道为什么。

　　见到父亲回来,大脚奶奶问,"铁锤呢?你们怎么没一起回来?"

　　"我冲在最前面,负了重伤。铁锤负责部队的补给,没有上前线。"父亲回答。

　　"这个狗儿,也没有带封信回来?"

　　父亲摇头。

　　"你都打了哪些仗?打死了多少鬼子?"

　　"我们打的是国民党军。到部队后,拿起枪我就参加了战斗,莱芜战役,孟良崮战役,还有……还有南麻战役……"父亲强忍住泪水不让它往外掉,声音哽咽。

　　士孺叔领着区里的书记来看父亲,大脚奶奶呵斥,"你来干吗?反动派的后代。"

　　"大婶子,我是贫农,赤贫。我旁边的这位,是区里的许书记。他是宁阳第一任县委书记许国烈士的堂弟,叫许亮。"士孺叔的脸通红,把一张任命文件递到父亲手里,"组织郑重考虑,决定任命你为故城村的党支部书记,任命我为组织委员。大婶子,你还是支部里的宣传委员,另外兼任妇女主任,妇救会会长,识字班的班长。咱是战友。"

第二章 辰时之8:00

"谁跟你战友？五根手指头都抓不满。丢人。"大脚奶奶上下看了看许书记，然后扭过脸对着士孺叔，"组织上凭什么任命你？你得先交代清楚，你家是什么样的历史，是不是清白。你的贫农，是耍阴谋骗来的。你爷爷和刘洪盘是堂兄弟，刘洪盘杀了我们五个农会干部。刘洪盘还逼死了俺娘。这账，怎么算？"

"我今天来，就是受组织委派，共同商量一下，如何开展工作。"许书记坐在父亲旁边，"兄弟，你在前线英勇杀敌，受了伤，组织上很挂念。战场上流了血，回到家，不能再流泪。你还有什么要求，可以对组织上讲。"

父亲还没开口，大脚奶奶就抢着说，"那好，我们要求组织，先枪毙刘洪盘。"

士孺叔快速地拍着手掌，接过话茬，"枪毙了刘洪盘，你就不能再叫我老反动。"

"你这个老反动的本质，一辈子都是变不了的。"大脚奶奶咬着牙说。

"奇怪呀这事，我什么时候得罪过你老人家？"士孺叔挠着头皮，问。

大脚奶奶的两个手指敲着面前的桌子，"我得给你说清楚，这是国恨，不是家仇。"

许书记和父亲对视一下，都笑了。

秀水端了茶进来，问父亲，"二哥，他——什么时候回来？"

父亲一愣，不知该如何回答。

往 生

3 杀毒

　　故城村的前一代人,会告诉他们的子女,枪决大地主刘玺印的当天,三里五庄的地主都被集中到故城村,光戏台上就站了十几个。刘玺印的父亲刘洪盘,是十里八乡最大的地主,因罪大恶极,解放前便被政府枪决。刘玺印走上他父亲的老路,百姓们讲是苍天有眼。

　　地主们一个个都是五花大绑,头上是白纸裱糊的冲天高帽,脖子上挂着"反革命""毒瘤"之类的实木牌子。每个地主身后,都站着一个荷枪实弹的民兵。那些地主当中,没人知道谁会被枪决。地主们的后代,都在主席台下边跪着,低眉垂眼的姿势,比祭祀家庙里的祖宗,还要虔诚和肃穆。

　　枪毙现场,照例是先诉苦,再喊口号,然后是一声枪响。

　　照例是大脚奶奶带头,"太阳出来照高楼,无产阶级没自由,说起来泪流满面,想起来实在难受:地主吃的鱼和肉,穷人吃的窝窝头,稀汤寡水的糊糊喝不够;地主穿的绫罗缎,穷人穿的破衣头,补丁压在补丁上,补丁缝里露着肉;地主门前拴骡马,穷人门前少车牛,不管男女拉犁耙,全家老少当牲口;地主娶妻巧又俊,穷人没钱娶媳妇,光棍汉子一条条,怎不断子又绝后。"

　　等大脚奶奶哭诉完毕,得解放的妇女代表接着跳上台,边唱边哭,唱得情真意切,泣泪涟涟。

　　父亲极少谈起那天的场景,倒是大脚奶奶,常常手舞足蹈。"哗啦——啪——嘭——三八大盖一响，眼看着刘玺印就倒下去。那个叫黛儿的女孩子，就是那次吓疯的吧。"临结束时，大脚奶奶还要扭头盯着士孺叔，黑白眼珠一动不动，补充道，"无产阶级专政，就是要让天底下所有的反动派，都吓得屁滚尿流。"

"地主反动派，枪毙八十回，我都不怕。我怕你这样的好人遭殃，有人对着你使坏。"

"如果有人使坏，也一定是你。"大脚奶奶语气坚定。

"那年，我是真害怕，怕我们这帮人，被连锅端。"士孺叔不计较大脚奶奶的话，对父亲说，"二哥，你还记得吧？碾盘出继那天，我去找你喝酒。我哪是单为找你喝酒哇。公社成立了专案组，从县里调来十几个人，彻查炼钢高炉倒塌的问题。查来查去，三个月，结果你也知道，故城大队负集体责任，你负主要领导责任。最后认定，搞破坏的是地主和地主的后代。再加上那年饥荒，丰产不丰收，这是不想让老百姓活呀。看看咱故城大集上的人，浮肿的脸，超过腰宽的腿，比粮食产量还虚。"

父亲不说话，回忆起当时的情景。

全县的万人大会。台上坐着的是县里和公社的领导。台下是黑色、灰色、蓝色的棉袄，一片片，像蜗牛缩着头，面无表情地坐着，那是各个公社来故城开会的公社干部、大队干部。在"蜗牛"前面站着的，是故城村的干部和十几个地主。

父亲回过头，想看看麦子在哪里，被后面站着的民兵吼了一句，"反动分子，不能回头。"

回家后麦子说，"我看见你回头了。你旁边站着的那个小女孩，

往　生

是地主的女儿，叫黛儿。以前，她还是我们文艺宣传队的，后来被学校开除了。她总是第一个到学校，扫地洒水擦黑板。每次去茅房，她都是最后一个去。她说害怕有人把她推到茅坑里。有一次她问我，老鼠偷吃盐可以变成蝙蝠，是不是真的？我是不是可以先变成老鼠，再变成蝙蝠？我太想飞了。飞得越高越好，越远越好。"

沉默的戏台。台下是贴紧地面的骚动。高音喇叭突然响起，县领导振聋发聩的讲话，像一声声惊雷，发人深省，直抵灵魂。"为什么故城村从县里的样板，堕落成后进中的后进？为什么以阶级斗争为纲的战略部署，不能在故城落地见响，生根开花？为什么炼钢炉从全县产量最高，变成一堆废渣？在座的各位，谁能告诉我？你们——谁能告诉我？为什么？到底为什么？谁能告诉我？你们——谁能告诉我？今天，我们就是要看看病毒到底来自哪里。哪里有病毒，我们就消灭哪里。"

那个时候，谁还会在意那一声枪响？士孺叔说，"我害怕那枪子。如果跑偏了，会不会跑到我头上来。其实，我知道，刘洪盘的大儿子，玺印，遗传了他爹的罪大恶极，一定是他在搞破坏。不毙他——毙谁？"

"我要打枪，我要打枪。"傻子不知从哪里钻出来，连爬带跳地跑到戏台上，要从民兵手里夺枪。几个民兵一起上前，不到三秒钟，几个膝盖全部压在傻子的后背，现场演习了一个五花大绑。傻子没命地叫，民兵快速扯下主席台旁边贴着的标语纸，塞进傻子的嘴里。

至于那三个月里的情况，父亲从来不说。父亲被十几人轮流审讯，不管白天晚上。父亲拍过桌子，也骂过娘。"让身上有枪伤的人

第二章 辰时之8:00

来跟我说话。"父亲喊,"故城村的老百姓,都是一顶一的好社员。"

"那钢炉怎么倒的?是你推倒的?总得有人使出哪怕一个手指头的劲儿,它才能倒吧?"

"我推倒的,行吧?"

"你这是在赌气,会害了整个故城村。用这样的方式做挡风墙。你觉得能过关吗?"

"没什么大不了的。再大的责任,我扛。国民党飞机大炮的滋味,我都尝过,没啥。人间的苦难千种万种,我才经历几种?没事,来吧,有本事都冲着我来。"父亲把自己的烟袋,担在腿上,一折两截。到最后,父亲一句话不再说,连胡子都不再思考。父亲的胡子短,像坚硬的、会思考的头发,也像有哲学头脑的伟人的胡子。父亲一生都对自己的胡子很在意,如同我在小说中,向来执意于胡子的表达。

父亲在听风,想着田间地头的那些树,是不是在北风来临之前,已经被刷上了白灰水。

父亲悄悄对来看他的士孺叔说,"别管我怎么样,也不要管有没有阶级斗争新动向,千万记住,让各生产队抓紧时间把地瓜刨了。再这样下去,大家都得挨饿。"

此后的形势发展,印证了父亲的判断是准确的。当邻村的社员没了粮食的时候,故城的村民还能在自家的地窖子里,提出三块五块的地瓜,熬过艰难岁月。在最后阶段,他被一个戴着墨镜、口罩和瓜皮帽的人,绑在椅子上抽耳光。父亲把恐惧隐藏起来,闭上眼睛,任身体无休止地颤抖。抗争,绝不能像火一样熄灭。父亲没有料到的是,这个戴着墨镜、口罩和瓜皮帽的人,如同被无形的手,烙进了脑海中,让他在接下来的无数个夜里,突然从睡梦中惊醒,瞪大了眼,看着无边的黑暗。

一声枪响之后,黛儿"啊"的一声大叫,捂着耳朵迅速跑开。玺印的尸体被两个年轻力壮的人,毫不费力地一人抓住一头,甩进毛驴车。只听赶车人一声"驾",接着是一声打着旋儿的响,鞭梢在空中撩起一个圆圆的光圈。赶车人悠闲惬意的架势,像是要去故城大集上,买二两小酒,再称上半斤脸子肉,喝个小辫朝天。

父亲说,"我闭上眼睛,可耳朵里一样能流出泪。如果我是一个聋子,该有多好。我听见身边的那个女孩喊,我变成蝙蝠了,我能飞啦。我看见她真的抬起两条胳膊,像鸟一样飞。"

大脚奶奶说,"你这个是非不分的老儿,这可是大是大非的原则问题。你看到的那些好,都是阴谋,是毒草。"

父亲笑笑,"我是坚定的无产阶级,干娘放心。话再说回来,那个叫黛儿的小孩,疯了。你老人家说,这也是阴谋吗?唉,可怜我们家的麦子,这孩子,常常拿东西给她吃。每次回来,都哭。"

县里和公社的一干领导,带着胜利者的笑容,坐到台下早已准备好的椅子上。台上,很快就有村里的豫剧团登场,上演一出保家卫国的《穆桂英挂帅》。

饰演穆桂英的台柱子玉依儿上场,台下瞬间响起雷鸣般的掌声,比刚才那声枪响时的气氛,要热烈百倍万倍。此前站在人群最后的公安助理员、独眼枪神武大炮,迅速跑到最前面,安静地坐下。

关于独眼枪神的经历,以"传奇"两个字概括,一点儿都不过

第二章 辰时之8:00

分。他祖籍四川,跟着部队南征北战。娶了宁阳的军医,光荣退伍后一起回到宁阳。武大炮的绝技是躲在远处长枪狙击,枪法奇准。他自己曾经说过,"无一漏网,非死即伤",还要再补充一句,"伤,也是致命伤"。在朝鲜战场,武大炮执行一次特殊狙击时,子弹在枪膛中爆炸,炸瞎了他的右眼。武大炮说,"因为我的枪法太准了,老天爷看不下去了。一只眼也挺好,命该如此。这样就不怕别人说闲话,说咱没有原则,睁一只眼闭一只眼。"

即使成了一只眼,武大炮说自己"依然能看到千米之外的蚊子,是公是母、母的怀孕几个月"。他还说,枪打多了,不再靠眼,而是靠耳朵听,靠心辨。对于他的说法,有人信,有人不信。复员后的几年间,县里每年都要组织民兵比武,武大炮的枪法依然准到令人惊讶,第一名从未落到别人手中。

武大炮——其实他更愿意别人叫他"枪神",此刻只想看玉依儿。他目不斜视,将满腔热忱,倾注到他仅剩的独眼里。

刚才还沉默的戏台,瞬间热闹起来。唱念做打,一板一眼,把台下人的情绪,调动到一个又一个的高潮。

报幕的演员说,"应广大社员同志的要求,我们加演一段木偶戏《大禹治水》,来歌颂我们伟大的人民公社,把年年发大水的洸河,治理成了灌溉丰收的幸福水。"

必须补充说明的一点是,枪毙刘玺印之后,大脚奶奶才稍稍对士孺叔,有了一些好脸色。大脚奶奶指着士孺叔的鼻子说,"不要脸的猴子,俺是可怜你,不再跟你计较。"

"谢谢干娘的不杀之恩。"士孺叔像戏台上的演员,啪地跪在地上，嘭嘭嘭地磕了三个响头。

"俺才不做你的干娘。成精的猴子，指不定哪一会儿，又让你给卖喽。"

话虽然这样说，但大脚奶奶的脸上，是绽开了笑容的。

父亲说，自此以后，他们三个人，才真正成为一个战斗堡垒的。三个人的性格截然不同，但他们却像粘上了万能胶，成了故城村村民眼中一块斧头砍不开的鲜姜。

4 回乡

父亲在战场上负伤，回到了故城村。

父亲回乡的时候，没有高头大马。在几名革命战士的护送下，父亲敲开了大脚奶奶的家门。孤月高悬的深夜，没有人声，也没有狗吠，一切都安静地沉睡着。

大脚奶奶端着豆油小灯，照见父亲的脸，惊奇地问，"你怎么回来了？"

看到父亲拄着的拐杖，大脚奶奶没再说话。

大脚奶奶问几位战士，是不是要吃点儿东西。然而，转眼的工夫，几个人已经消失得无影无踪。

大脚奶奶让父亲坐下，扒拉着他单薄的衣服，看到父亲身上的累累伤痕，眼泪控制不住地流下来。父亲告诉大脚奶奶，他被打穿的肝脏，被切除了四分之一，脾被完全切除，右腿膝盖以下截肢。

第二章 辰时之8:00

"铁锤没啥事吧?"大脚奶奶问。

"他没啥事。他在炊事班,比我安全些。"

回乡后的父亲,起初是靠着木制的假腿和一副拐杖走路,后来装上越来越轻便的假肢,只是走路的姿势依然是高一脚低一脚,几十年都如此。

父亲归家后,大脚奶奶的第一任务,便是找媒婆给父亲说媒。在革命尚未成功的大背景下,当兵出身的父亲,依然是需要小心翼翼、处处提防敌人的革命同志。父亲思来想去,要拒绝大脚奶奶的好意。父亲告诉大脚奶奶,"我这样的情况,你老人家就别操心了。拄着拐杖,像要饭的叫花子。使不了牲口种不了地,不就是废人一个吗?"

"那不行。你一身的光荣,组织上必须解决你的个人问题。"

父亲此时才明白,大脚奶奶不只是出于干娘的身份操心自己,她还从党组织的角度出发,考虑自己的终身大事。

几个月的努力无果,这之后的一个上午,母亲领着她尚未成年的弟弟妹妹,突然出现在大脚奶奶跟前。大脚奶奶先是转着圈地看,"这乌黑的头发,好看。细细的柳叶眉,像画上去的。眼睛水汪汪的,鼻子小巧,嘴巴、下巴,都好。一张脸,值万贯。我要再看看你的脚,是不是三寸金莲。故城这个地方,人都怪得很,男人都疯子似的喜欢小脚。嗯,还好,够标准。还有这绣花鞋,这针脚,这花,都是一等一的。是你自己绣的吗?"母亲嗯了一声。大脚奶奶开始摸母亲,从头摸到脚,感觉一切都符合她的标准,开口问,"哪个村子里的?"

"葛石店。"

"哪一支的?"

"敬闲堂。"

"那个叫油爷的张书禄,你认识不?"

"他是我五服沿上的堂哥。"

"听人说,他可是个败家子。不懂田不懂地,玩蛐蛐玩得天下第一。你说说看,怎么就想着要到我们故城来嫁人呢?"

"父亲被土匪打死了,母亲改嫁到河北。我们姐弟三人,无依无靠。这边的大哥与书禄堂兄谈起,说有一个战场上回来的弟弟。腿残废了,人品极好。我们就摸着过来了。"

"怎么还带着两个小的?"

"他们是我的弟弟妹妹。没有其他人可以托付。只要我出嫁,他们就得跟着。"

"那么大的包袱,背的啥?"

"几本旧书。"

"做什么用的?"

"雨天打发打发日子,看过就剪了,当鞋样。"

"这样好。上得了厅堂,下得了厨房,享得了燕窝,吃得下秕糠。随得圆,就得方。是个过日子的样儿。家里什么成分?"

"地主。"

大脚奶奶倒吸了一口气,瞬间皱起了眉,"你看,我们家这破落样子,怎么能容得下一位千金小姐?咱明人不做暗事,丑话说在前头。你想嫁的这个男人,他自己家连一间草房都没有。还是一个残

第二章 辰时之8:00

废,下不了地,更干不了重活。你愿意当他的老婆?"

"只要能让我们姊妹三人,有口饭吃,有个地方住,他就是个残废,我也愿意。"

"你们家的土地、房产呢?不会也像我们家一样穷吧?俗话说得好,瘦死的骆驼比马大。再怎么不济,也还有冒着热气的燕窝粥喝吧。"

"土地和房产,要么被凤凰山上的土匪抢走,要么被充了公。剩下的,都被其他堂号,明抢暗夺。我们姊妹三人,争不过他们,也无处可去,还要担心山上的土匪。天下不太平,总得寻个活路。我们这些无依无靠的苦命人,就怕哪天土匪下山,再把我们掳走。"

在大脚奶奶和母亲对话的时候,父亲躲在东屋的门后,一字不落地偷听着。父亲感觉大脚奶奶可能还要再问下去,说不定还会随便找个理由,把母亲撵走,便自己走出来。他看到突然间就羞红脸的母亲,像天使一样站在那里。父亲后来说,他像是做梦一般,满眼的花。只那一眼,父亲整个人便废了,缴械投降了,无计可施了,无药可救了。父亲说,那是他一生中,仅有的一次偷听别人说话。起初还觉得多么丢人,后来就想,如果没有这次偷听,他丢的就是一辈子的幸福。父亲为此骄傲异常,说他偷听到了一段婚姻。这样的偷听,一辈子,一次就够了。

即便父亲和母亲如此沉醉于对方的眼神,大脚奶奶依然公事公办的样子,"没心没脑的臭儿,你不用这么着急,天底下的好女人,多的是。谁知道她是不是另有所图,我得先去葛石店打听打听,看看她说的是不是真的,有多少是骗人的。婚姻是一辈子的大事,来不得半点儿马虎。"

"好,干娘赶紧去。我们等着。"父亲的眼睛再也离不开母亲。

大脚奶奶返回之前,父亲在屋子里转来转去。拐杖和木头假肢的声音,并不比心脏的声音高多少。母亲带来的弟弟妹妹,乖巧地坐在小板凳上,忽闪着大眼睛,一言不发。母亲则和秀水,成了无话不谈的好姐妹,一边收拾着家里的旮旮旯旯,一边说着故城村里的人和事。

"我还需要向组织报告你的情况,等待组织审查和批准。"父亲突然就走到母亲身边,说。

"我没法给你一个像样的婚礼,家里太穷。"父亲第二次走到母亲身边,说。

"我会把你的弟弟妹妹,当成自己的亲弟弟、亲妹妹,这个你放心。"父亲第三次走到母亲身边,说。

"我们会有自己的房子,不会一直住在干娘家的。"父亲第四次走到母亲身边,说。

"这一辈子,除了我这半条腿是假的,其他的,我会丁是丁,卯是卯,不给你说一句假话,真心实意对你好。"父亲第五次走到母亲身边,说。

"我自己的情况,也让秀水再给你说说。一五一十地说,说清楚。看看有哪些,我做得不好,需要改。"父亲第六次走到母亲身边,说。

秀水笑得流出了泪,拍着母亲的后背说,"这样的男人,你到哪里找去?嫁,今晚就嫁。"

第二章 辰时之8:00

大脚奶奶回家的时候，同时带回来区里的许书记，还有士孺叔。大脚奶奶从城里捎回来一些酒肴，花生米、猪耳朵、炸干的小鱼，还有不知在谁家地里现拔的蒜苗，摆在破旧的八仙桌上。大脚奶奶又让士孺叔回家，拿来一瓶酒，把母亲叫到桌上来。

"咱今天开个特别加急的支部会。不对，应该叫支部扩大会，是我提议的。议题只有一个，故城村党支部书记的婚姻大事。区里的许书记列席，代表上一级党组织。如果大家没有反对意见，咱今天就把婚事定下来。许书记还要兼作娘家人的代表，发表重要讲话。这样，我先说说去葛石店了解到的情况。张云卉，女，葛石店张家大院人，地主成分，父亡，母亲改嫁，弟弟妹妹各一人。张云卉从小乖巧伶俐，饱读诗书，素有葛石店第一才女之称。年方二八，待字闺中。恰好我们的支部书记，急需寻找革命伴侣。本人以为事关重大，特别提请支部研究。"

"大脚婶子，委员同志，你这都备好了酒菜，还把人家姑娘一块儿叫到桌上来，你说我们是同意呢，还是不同意呢？"士孺叔哈哈笑着，"这事儿，我们都是瞎使劲。关键是书记看没看上，对不对眼，愿不愿意和人家姑娘成为革命同志，相敬如宾，白头偕老。"

"这个没心没肺，在战场上几乎丢掉性命的半残儿，不是我批评他，从张云卉姑娘来到我家之后，几乎是寸步不离，完全丧失了立场。对此，我们先要对他进行严肃认真的批评教育。等他认识到错误之后，再商议能不能得到组织认可。"大脚奶奶捂住嘴，强压着笑，说。

父亲的两条腿在桌子底下抖，木制的腿敲着肉质的腿，肉质的

往　生

腿碰着木制的腿，互不服气，打得天昏地暗。"这个，这个，能不能不算错误？如果非要当成错误，那，我早已经认识到了错误。可这个错误，打死……打死我也不改。"

"看这个样子，你们都同意这门亲事了？"许书记问。

"同意。"

"同意。"

"同意。"

大脚奶奶、父亲和士孺叔，挨个表态。

"那么，上级组织是批呢，还是不批呢？"许亮书记想用筷子同时夹起两粒花生，努力了好几次，终于将其中两个夹在一起，"看看，看看，这是不是天意？花生花生花花生。好，这事儿好。革命战友的终身大事，我们本着严谨细致、对党负责的态度，从严掌握，特事特办。我代表组织恭喜你们。当前，解放战争，仍然是党和国家的头等大事，个人的婚姻，要服从革命工作。我建议故城支部，书记同志的婚事要从简、从快，不宣传，不请客，低调处理。如果没意见，大家就端起这杯酒，以示祝贺！"

"第一杯，是不是应该让他们喝交杯酒哇？"士孺叔摁住了许书记的手。

父亲满脸通红，母亲更是把头低到桌子下面。大脚奶奶拉起母亲。母亲抬头，竟是满脸的泪。

"对了，是不是要等到明天再让他们成亲？明天18，好日子；今天17，单日子。"大脚奶奶拍着脑袋，说。

"你真是女人家不识男人意，太不明白书记二哥的心意了。17

有什么不好？517，像革命的号角吹响。就今天了。"士孺叔在旁边打趣。

没有娶亲的花轿，没有大红的喜字，没有震耳欲聋的鞭炮声，没有盛大的迎亲送亲队伍，只有故城村的几位支部成员，见证了父亲和母亲的婚事。简单到不像一场婚礼，没有新的被褥，没有自己家的婚床。父亲和母亲，在铁锤和秀水的婚床上，度过了他们婚姻的第一个夜晚。万里晴空，月亮在天上高挂，微风吹过，像春水静流。母亲说，"不要把我当成累赘，我会成为天底下最贤惠的女人，你一辈子都用不着写休书。"母亲的话，父亲懂。岂止是父亲懂呢？大脚奶奶、士孺叔，还有区里的许书记，他们都在以自己的方式，给父亲和母亲的未来，坚定而明确的支持和保护。

"等哪一天，我也要入党。大婶是天底下最无私的党员了。"母亲说，"老话讲，宁可让人停丧，不能给人成双。大婶的房子能让我们成亲，是天大的恩情。以后，你要摆上几桌，正式认干娘。要不，我们会夺了铁锤的福气，夺了干娘和秀水的福气。"

"这事明天就可以办，咱也来个好事成双。我多想有个娘啊。"父亲抱紧了母亲，说。

父母结婚之后，秀水和母亲成了无话不谈的好姊妹。她们一起纺纱织布，一起下地农忙。阴天下雨时，母亲便教秀水认字。突然有一天，母亲给大脚奶奶说，要做点儿小买卖。没等大脚奶奶点头，母亲便和秀水到集市上，挑选了喜欢的碎花布，把它们做成各式各样女人们喜欢的小包，让大脚奶奶拿到集上去卖。没想到，这些包非常受欢迎，绣制女工布包很快成了母亲和秀水每日必做的功课。

往 生

日子慢慢宽裕,母亲与父亲商量着,要自己出去盖房子。父亲问,"哪有那么多钱?"

"这两年我攒下了一些,加上从娘家带来的一些,再赊欠一点儿。总住在干娘的房子里,我心里不安生。"

"你和秀水闹矛盾了?"

"怎么会呢?可我总感觉有些东西不对。她也像我一样年轻,也想身边有自己的男人。看着我们,我觉得她心里,总会有些不痛快。再加上弟弟妹妹,也在干娘家吃住。我这心里呀,很不是滋味。要是我们有了自己的房子,再小再破,总是自己的。"

父亲同意了母亲的提议,"合适的时间,我给干娘说。"

我们家的三间土坯房上梁那天,父亲远远就看见区里的许书记,和一名穿着军装的人,一前一后地进了村北的大门。父亲迎上去,满脸乌青的许书记把他拉到一边,"这位同志是部队派来的,有事给你说。"

"什么事?"

"大事。"

"那我们去石委员家里去说?"

"去士孺同志家里吧。"

"石委员还参加吗?"

"她必须参加。"

"到底是什么事?"

"铁锤同志牺牲了。"

父亲突然感觉自己的腿疼得要命,一个趔趄,几乎要摔倒。

第二章 辰时之8:00

当大脚奶奶看到眼前摆放着的"革命军人牺牲证明书"时,她几乎像疯了一样,一把掀翻了士孺叔家里的八仙桌,脸上挂满泪水,指着在座的每一个人,"你们,你们,你们是一群骗子。你们骗我,骗我,这不是真的。绝对不是真的。你们骗我,你们合起伙来骗我。"大脚奶奶指着父亲的头,"你,你这个没良心的小兔崽子,你告诉过我,他在炊事班里当兵,只负责部队的粮草补给。他怎么会成为烈士?我不信。你们为什么要骗我?"

部队的同志一遍遍地说着淮海战役如何惨烈,一遍遍地说着烈士铁锤如何勇敢,一遍遍地说着我们胜利了。是啊,我们胜利了。

父亲抱住大脚奶奶,任她在自己怀里,猛捶猛打。大脚奶奶哭得像一个委屈的婴儿。

"干娘,淮海战役,我们胜利了呀。"

已是半夜,许书记和部队的同志早已离开,父亲搀着虚脱的大脚奶奶往回走。回家的路是如此黑暗和漫长,父亲和大脚奶奶,走一走,停一停,走不动就停,停久了再走。没有狗叫,也没有人声,整个世界死一般寂静。天上没有月亮,没有星星,连云都没有。痛苦的深渊吞噬了两个人。父亲的泪依然在流,大脚奶奶压在嗓子深处的啜泣声,早已经发不出来。

临进门的时候,大脚奶奶给父亲擦泪,"你这狠心的狗儿,干娘不相信铁锤会死。我不相信,你也一定不信。咱娘俩呀,要挺住,死了也得挺住。这事,咱不给秀水说。明天,一家人还是要高高兴兴的,就像咱什么都不知道。还有那个猴子,那个该千刀万剐的死

往 生

猴子,明天你给他说一声,管住他的臭嘴。"

5 武大炮

独眼枪神武大炮第一天来故城村的时候,胸前挂了十几枚奖章,每一枚奖章都被武大炮擦得锃亮。士孺叔往他的胸前凑了又凑,"这奖章,是真的吗?"

"当然是真的。"武大炮的声音从鼻子里出来。

"让我看看,是什么材料做的,能卖几个银子。"士孺叔往前伸的手被武大炮拧住,"哎哟,轻点儿,我这手也在战场上受过伤。"

"你也上过战场?"武大炮放开士孺叔的手,问。

"那是,上战场有什么稀奇的?"士孺叔拍拍两手,"毁了,我这手是让你给废了。你得弄个场,打二两小酒安慰我一下。"

父亲摆摆手,让士孺叔坐下,停止瞎闹腾。

已经成为区委书记的许亮给父亲和村支部的一班人介绍:"武大炮同志刚从朝鲜战场回来,是国家的功臣。考虑到故城村作为区公所驻地的特殊性,组织上决定,任命武大炮同志为区里的公安特派员,负责整个区的治安稳定工作,同时兼任故城村的民兵连长。同志们看看,还有什么想法?"

"你真叫武大炮?"士孺叔问。

"你见过假的武大炮?"武大炮一边回答,一边从斜挎着的军用书包里,掏出一个白色的搪瓷茶缸,上面印着"最可爱的人"几个

第二章 辰时之8：00

大红字,"我还有一个外号,枪神。大大小小的日本兵,我打死十几个,国民党反动派几十个,朝鲜战场上的美军八个。"

"还没审你就什么都交代了,这怎么能做好公安助理员?武大炮同志,你得管住嘴。像你这个样子,如果让你去送情报,那还有什么保密性可言?"士孺叔看出,武大炮属于心直口快的人,再次开起玩笑。

武大炮的右手往后脑勺上一摸,"呸,我看咱俩是半斤八两,谁都别说谁。不过,我把丑话说到前头,我这个人,杠,比三八大盖还杠。如果谁敢跟我杠,老子这把枪可不认人。"随即,武大炮唰的一下掏出枪,啪地拍到面前的桌子上。

士孺叔一伸舌头,不再说话。

"武大炮同志,你是战场上回来的功臣,我们一定会高看你一眼。你也是革命同志,要把无产阶级的革命感情、对工作的热情和对反动阶级的仇恨,都放到地主阶级和反动派身上。老子、儿子之类的称呼,在支部班子内部、在对待革命同志的时候,坚决不能用。"父亲的话声音不高,却极有分量。

"嘿嘿,嘿嘿,是,是。"武大炮不好意思地笑了。

"这样吧,既然你是枪神,我愿意和你比一次。院子里的梧桐树上,有斑鸠、麻雀和鸽子。你想打啥?"父亲问。

"打,就要打最小的麻雀。"

"好,我和你比一枪,一枪决胜负。只许打头,其他地方不算。"

武大炮的第一次报到,竟成了与父亲的枪法比赛。这在多少年后,仍然是两个人津津乐道的趣事之一。比赛的结果,当然是父亲

往　生

赢了。他俩都是一枪打中了麻雀的头部，但父亲同时捎下一只斑鸠，击穿的同样是头部。

"麻雀烤着吃，斑鸠炖汤喝。今天可以饱饱口福了。"士孺叔在一旁打趣，"那边还有一只苍蝇，可着劲地叫，挺烦人的。你们俩谁打？"

"咱先说好，你吃不吃？你吃我就打。"武大炮笑着问士孺叔。

"你先告诉我，是公是母。"

"当然是母的。"

武大炮刚要拔枪，被士孺叔按住手，"算了算了，你还是节省一颗子弹吧。"

发现掉进了自己挖的坑里，士孺叔哈哈一笑。

所谓不打不成交，武大炮成了父亲身边最得力的干将。他常常拍着自己的手枪套，"民兵连长很重要，保护书记最牢靠。枪杆子里面出政权，阶级斗争要记牢。故城安宁一把枪，全凭枪神武大炮。"武大炮亲自带领劳力出工，从事工农业生产，还担负着故城整个区的社会治安维护。他经常集合区里各个村的民兵连长和骨干民兵，进行集中拉练，每天晚上都要安排民兵无缝隙地分班巡逻。

有一天，武大炮接到线报，说是反动地主朱长禄和小银匠突然失踪，准备到兖州火车站偷爬火车逃跑。全区十八个村的民兵迅速集合，一部分人沿着通往兖州的各个路口设卡，一部分人到兖州火车站围堵，一部分人则在故城村挨家挨户搜查。三千民兵经过一夜的行动，最后发现，朱长禄和小银匠，都在自己家里睡大觉。父亲问武大炮消息从何而来，他笑，"书记大人，不瞒你说，这是突发事

第二章 辰时之8：00

件演练。你可千万不能对外讲。要不下次，民兵们就得偷懒了。"

公社接到举报信，说士孺叔贪污，反映他利用给大队打桌椅的方便，请客吃喝。父亲把信交给武大炮，"你去处理吧。"

武大炮打枪在行，处理这样的事，并不知道程序。他看着信上歪歪斜斜的字，骂着没事找事的举报人，找到大脚奶奶，"你看，大婶，这事儿书记让我处理。我怎么办呢？"

大脚奶奶看了看信。"放心，这是诬告信。这猴子家里再难，也做不出这等事儿来。我陪你去调查。"

大脚奶奶和武大炮找了大队保管员核实，仔细盘查得知，两个木匠总共干了十天活。按每人每天半公斤米面标准，士孺叔领了十公斤米面，一两不多。

武大炮气急败坏，"这是谁在诬告我们的干部？要是让我知道是谁，我一枪毙了他。"

"大炮，你知道我为什么要你去处理这件事吗？第一，我相信士孺，他做不出这等糊涂事。第二，阶级斗争这根弦，一定要绷紧。尤其是你，作为公安特派员，要明白一个理儿，敌人，说不定就在我们内部。我们这些区里、村里的干部，不管明里暗里，都在敌人眼中。枪，先收一收，要学会用脑子看人。"

父亲的这句话，武大炮似懂非懂，但他没再追问。那个时间，父亲已经听到他的一些传闻。这是后话。

父亲让大脚奶奶和武大炮，挨家挨户为学校筹款，他则和士孺叔一起，到县里的教育组申请上级的补助。父亲已经打听到，分管教育的副县长是自己在三野的战友，便拿定主意去找他。见面后，

往 生

父亲说明来意,副县长哈哈大笑,"我说你这个家伙,不是一直不低头,不求人吗?这会儿怎么想起我来了?"

父亲的脸红一阵白一阵,"我必须声明,我是为村里的事来的,是公事。如果是私事,打死我也不来。今天到县里来,我求的是副县长,与你个人无关。所以,你给不给补助,都是职务行为,与你,与我个人,没有任何关系。"

"你这个人哪,我估计是从小吃坷垃疙瘩撑着了。不,应该是吃石子长大的,一句话就能噎死人。舌头在你嘴里,也真是受罪,连个弯儿都不会打。你要的钱,要是我不给呢?"

"给不给无所谓。你不给,我就再去找县委书记,找他也是职务行为。见到县委书记的时候,我还会把你为什么不给我们补助,以及你在部队里与我之间的恩怨,说得明明白白。"

"你觉得县委书记,信你还是信副县长?"

"那是他的事。"

"你来求我办事,还成大爷啦。这天下哪有这样的道理?拿枪逼命,老子也会。说白了,你这是敲诈!"

父亲站起身,"兄弟,你是我们普通百姓的父母官。为人父母者,都应慈悲为怀、宽仁厚爱。我相信县长,也一定是这样的人。"

回去的路上,士孺叔有些不安,"哪有你这样求人的?千万不要求人不成,反倒成了敌人。你在部队里,和他有什么恩怨?"

父亲笑笑,"背后不议人非。你等好吧。"

父亲和士孺叔还没到家,区里的通讯员就接到县里的电话,说要给故城小学拨一些建校补助。

第二章 辰时之8:00

6　朱校长

　　一拨又一拨的人来吊唁，我不认识的人太多，太多的人也一样不认识我。近乎虚假的哭声，只是在父亲生命最后的旅程里，增加一点点的悲鸣而已。我跪下，起身，机械而麻木。我最热切期望的大姐，父亲最想看到的他的孙子，还是没有任何消息。秀水婶子送下大脚奶奶后，又重新来到母亲坐着的床前，为母亲掖好被子的一角。

　　窗玻璃突然碎裂，哗啦一声，屋里的人都往窗台上看去。

　　什么都没有。空空的一片。

　　"房子旧了，什么都该坏了。"母亲长叹一声。

　　"是啊，多少年了。"

　　秀水婶子回应。

　　我则从母亲的叹息声中，品味到无尽的苍凉。老去的屋子，老去的人生。曾经的那些鲜活和热闹，都伴随时间的流逝，渐渐腐朽，慢慢衰落。

　　外面有鞭炮的燃放声，足足有一千响。那响声与我家新房子上梁那日的鞭炮声，并无差别。房子上梁的第二日，大脚奶奶病了，非常严重。

　　母亲给盖房子的工匠们做完饭，便领着麦子，买了鸡蛋，寸步不离地陪着她。

往 生

大脚奶奶发烧,时不时一声尖叫,出一身大汗之后,又沉沉睡去。

父亲叫来区卫生院的西医大夫听诊,开了几天的西药,效果并不明显。父亲又给大脚奶奶请来中医,中医把脉后开了十几服中药,秀水和母亲轮流喂她。一个星期后,大脚奶奶的发烧有所好转,可精神状态仍然极差。

十几天后,大脚奶奶能坐在院子里晒暖了,也有了喝茶的念想。父亲买了二两好茶,端了一把紫砂壶,双手捂着,陪大脚奶奶说话。

"干儿子,你说奇不奇怪,这几天哪,我老是做同一个梦。看见区里的许书记和一名穿军装的人,一前一后进了咱故城的北大门。你迎上去,陪着他们来到我家,说铁锤牺牲了。干娘眼花,半睡半醒,就看到了眼前摆着的'革命军人牺牲证明书'。"

父亲惊讶着,张大了嘴。

大脚奶奶继续说,"你还别不相信。我指着你们每一个人,骂你们是一群骗子。有一位部队的同志,一遍遍地说着淮海战役胜利了,说铁锤很勇敢。你抱着我的头说,干娘,我们胜利了,我们应该高兴。可在我的梦里,铁锤牺牲了。我不让你告诉秀水,不让给所有人说。然后我就哭,哭得死去活来。你说,干娘为什么老是做这样的梦?铁锤是不是真的出事了?"大脚奶奶说话的声音很低,干涩得像她失了光泽的头发。

父亲睁大双眼,不知道如何开口,也不知道应不应该把真相,再次告诉大脚奶奶。

"铁锤,唉,铁锤,也真不是个好东西。参军这么久了,也不知

第二章 辰时之8:00

道给家里捎个信儿。"大脚奶奶眼睛闭上，两片嘴唇上下抖着，"我只想让他告诉当娘的一声，他还活着，活得好好的，就行。"

父亲抬起头，努力不让泪水落下。父亲看着空荡荡的天空，没有云，也没有鸟，没有一切的生死和悲喜。父亲感觉世间的一切都是凝固的，比他看到那张牺牲证明书的时候，还要坚硬和冰冷。我似乎能体会到父亲彼时的心境，如同一个巨大的空洞，世界上的每一个人，都没有血液的奔流和心脏的跳动；每一头呆头呆脑的牲畜，都没有食欲和哼叫。暮春的日子，没有春的气息，没有花香，没有鸟鸣，没有扭着腰身的炊烟，没有绿草萌发，没有春水吟唱。父亲和大脚奶奶，像两个幻影，各自想着心事，各自怀揣悲伤。

"等农闲的时候，你要去铁锤的部队，查一查他的下落。"大脚奶奶又说。

秀水推门而进，脸上荡着笑容，"娘，我给你买了几个梨回来。你先吃一个，晚上我再给你熬梨水。"

"放那儿吧。"大脚奶奶没有任何表情。

父亲说，没人知道大脚奶奶是什么时候好起来的。自此以后，大脚奶奶常常问父亲，"你说，我做的那个梦，会是真的吗？"然后再补充一句，"记住，农闲的时候，你一定要去找找铁锤。真不行，就用麻绳把他捆回来。"

父亲和士孺叔，谁都没有勇气告诉大脚奶奶真相。更没有人敢把锁在村支部文件柜里的那个证明，拿给她看。父亲和士孺叔，把锁着的那个证明，当成不敢触碰的巨大泡影，害怕哪一天，有谁不小心弄破了，会把大脚奶奶击得粉碎。

往　生

　　故城学校改建的时候，大脚奶奶慢慢恢复了往常的模样，她的天足渐渐有了力气，也有了跺在土地上的脚步声。大脚奶奶天天往学校跑，帮着工人搬砖递瓦。闲下来的时候，她便泡一壶花茶，与校长朱籍聊天。

　　"朱校长，你说，我像《红楼梦》里的哪个角色？"大脚奶奶问。

　　"王熙凤吧。"校长答。

　　"那我像《西厢记》里的谁呢？"大脚奶奶又问。

　　"呵呵，这个，不好答。"朱校长沉思片刻，"一曲《西厢》，终是缠绵婉转，忘却多少栏杆。"

　　"什么什么？什么栏杆？"大脚奶奶把头往前凑了凑，以为朱校长会继续往下说。不想他站起身，一个短揖，"我去如厕。"

　　大脚奶奶看向正在休息的砖瓦工人，心里嘀咕着：人与人，该有多少不同啊。一个空有蛮力，一个饱读诗书；同样都是解决污浊物，一个叫拉屎，另一个叫如厕。大脚奶奶一生崇拜和羡慕书呆子，觉得越呆越有学问。土孺叔这样的人，虽然也有学问，读过不少"之乎者也"，但他更像是耍奸弄巧的二流子。如果真的说他是文人的话，也是地道的文痞子。

　　正是源于对学问的尊重和渴望，大脚奶奶对青秧，有一种无以复加的亲近，给她买吃的喝的，穿的用的，比麦子、谷穗所有人加起来的都要多。在我发表第一篇小说之后，大脚奶奶要放三天鞭炮庆祝。父亲制止她，"别，一挂鞭炮就会把天上的文曲星吓跑。"

　　大脚奶奶板起脸问，"你说的是真的？"

第二章 辰时之8:00

此时,大脚奶奶的眼里,似乎只有朱籍校长。他的学问如此深厚,让她不自觉地靠近;那些学问又是如此尖厉,似乎能看透她的所有心事,让她不敢近身。每天,大脚奶奶都要早早地来到学校,一边在学校里乱转,捡拾起三五张被扔掉的纸片;一边偷偷看着朱校长的宿舍开门,看着他穿了长衫,不紧不慢地打水、洗刷等等。只要一有空闲,大脚奶奶便让朱校长坐下来,让他讲各种各样的故事和人生。朱校长给大脚奶奶讲元稹与韦丛、莺莺的情爱,讲霸王和虞姬,讲什么叫"曾经沧海难为水,除却巫山不是云",讲"诚知此恨人人有,贫贱夫妻百事哀",直讲到汤显祖在《牡丹亭记题词》中所云,"梦短梦长俱是梦,年来年去是何年"。大脚奶奶突然心酸,问,"你说,读书人,读书人有什么梦?与平常人一样吗?再放到你身上,你有什么样的梦?"

朱校长一声长叹,不答。

对于朱校长,大脚奶奶知道一些。比如他的父亲也是老学究,在县学做过先生;比如他的夫人多病,天天抱着药罐子;比如朱校长的几个子女,曾经聪慧好学,如今泯然众人矣;比如朱校长也是生于1912年1月1日,阴历是一九一一年的十一月十三日。但朱校长说,他的父母都没有告诉他,那天的太阳像一个火炉,并且还有一群群七彩云般的鸟。朱校长说,"那一天定然和其他的日子一样,平淡而清苦。我父亲刚刚用白菜疙瘩、水萝卜片、葱须、绿豆和红糖,熬了一碗治感冒的水,让我母亲喝下,她便喊肚子疼。"对朱校长的话,大脚奶奶不信,她说普照天下的阳光,难道也会分出贵与富,分出读书世家和苦力佃户?

往　生

　　短短三个月的时间过去,大脚奶奶几乎承担起朱校长的一切个人事务了,洗衣、做饭、浇花、铺纸研墨,收拾桌子上散放着的书。大脚奶奶给朱校长带来鸡蛋,生的熟的都有。她回家的时间,也从最初的工人走她就走,成了工人走了,她还要待上不知多长时间。

　　士孺叔最先发现不对劲。士孺叔告诉父亲,应该提醒一下大脚奶奶。父亲眉头紧锁,让母亲去问秀水。秀水婶子一脸迷茫,问,"出什么事了?"母亲没敢多说。父亲又让母亲跟着大脚奶奶,帮忙给工人们做饭。两天后,母亲告诉父亲,有些事,就怕往细里看。母亲没说太多,只说大脚奶奶回家的时间,确实有点儿晚。

　　父亲把武大炮和士孺叔叫到家里来,问他们应该想个什么法子。武大炮一拍手枪套,"把那个校长绑了,给他一个枪子尝尝。"

　　"你不能总是用枪把子说话。要说人话,办人事。"士孺叔抢白。

　　"你!"武大炮两眼瞪得像双管猎枪的枪口。

　　士孺叔又说,"你什么你?净说些没用的。如果真用枪,还不如等到晚上,学校没人的时候,你偷偷去放两枪,吓唬吓唬那个朱校长,说不定还能管用。"

　　"整个故城村,只有我自己有枪。听见枪响他不就知道是我干的?这种得罪人的事,我不去。"武大炮拒绝士孺叔。

　　"这怎么是得罪人?这是挽救革命干部。如果这事让人捅到上边去,你猜猜会是什么结局?他们两个都要被游街示众。到那个时候,你武大炮就是包庇罪,谁都跑不了。"士孺叔这话,不仅仅是说给武大炮听的,也是说给父亲听的。

　　"走,你们俩跟着我去她家。"父亲刚要起身,又摇摇头坐下,

第二章 辰时之8：00

"这样不好。士孺,还是你把她叫到这里来吧。"

大脚奶奶来到之后,见父亲黑着脸,没敢说话。她坐在小马扎上,看着黑乎乎一片的屋子外面出神。

"区里准备开朱校长的批斗会。书记说,要斗他个十天半月,每个村都到,每个学校都到,并且要上报给县里,说不定,还会以流氓罪枪毙呢。"父亲的声音不紧不慢。

"你说什么?他和谁耍流氓了?"大脚奶奶的声音突然大起来,接着又低下头去,"因为我吗?我们什么都没干。俺这个人,就这么个贱脾儿,看见读书人就拔不动腿。可俺俩,什么都没发生。如果真的发生了,我会第一个瞧不起他。俺一个老太婆,再憨再笨,也不能因为自己不检点,辱没一个读书人。你们也该动脑子想一想,俺还是军属。军属,你们懂吗?"话没说完,大脚奶奶的泪就流了下来。

父亲、士孺叔和武大炮三个人,你看我,我看你,都不知道应该再说点什么。

大脚奶奶一把鼻涕一把泪,抹一把,甩到地上,再流。大脚奶奶哽咽着,"他和他老婆,好几年不在一块了。到咱村里来,就是为了躲开他老婆。每个人都有难处,有不易的地方。苦命的人才知道,黄连并不是世界上最苦的,最苦的是——活着,假装活着。今天你们几个,专门开会商量这个事儿,我明白啦。我不会让组织跟着背黑锅。从明天开始,我不会再踏进故城学校一步。"大脚奶奶说完,扶着膝盖,慢慢起身,走进屋外的黑暗里。

父亲说,大脚奶奶的这段往事,结局如同她自己承诺的那样,她再也没有踏进过学校一步。每次去村里上班,或去区公所开会,她都会绕开学校。有人曾经问大脚奶奶,怎么不再去学校了?她说,里面有十八层地狱的惩罚,俺害怕。那段时间,大脚奶奶每天都要到村头的小河边,坐在一成不变的石头上,折一根柳树条,对着河水,来来回回地抽,左一下,右一下。有人听见,她一直念叨一句话,"若将千万恨,系在短长枝"。有时,她还会对着水面上跳来跳去的担担虫说,"你们这些没有人味的东西,咋知道人间疾苦、儿女情长?"

在我考上大学那年,大脚奶奶突然问我,"五妮,你还记得河里的担担虫吧?它学名叫啥呀?"我仔细查找有关资料,知道了它叫水黾,是一种在湖水、池塘、水田和湿地中极其常见的小型水生昆虫。我告诉大脚奶奶名字的时候,她喃喃着,"那时,我才刚刚认识它呢。"

"那时",在大脚奶奶看来,如同一个坚定的理想和信念,也像一个标志性的时刻,镌烙在她的记忆深处。

7　修志

在我为这部书搜集素材的过程中,故城村的水利建设,成为不可回避的话题。我走访县里的水利专家,发掘故城每一条沟渠堤堰的来龙去脉,并努力寻找它们与这方水土的血肉关联。

从故城西经过的洸河,是宁阳县境内自北向南,穿过西部平原区最长的一条河道。

洸河——发源于堽城镇泉头村虎背岭北坡，经泗店镇胡村南出境，注入兖州市洸府河，经京杭大运河汇入南四湖。在元、明、清三代，洸河都曾作为引汶济运的重要河道，并不断被疏浚和加深。清咸丰《宁阳县志》载："洸河即闸水，鲁之名川也。汶、洸分流处在古堽城稍东石濑之上。元时设坝置闸，遏汶由洸入济。"明朝学士薛瑄曾赋诗《洸河晚涨》一首，盛赞洸河的醉人景色，诗曰："车转阿香过远山，洸河一夕涨漫漫。蛟龙出没苍茫里，鸥鸟浮沉杳霭间。浩叹每思临逝水，雄才长忆挽狂澜。龙门曾跃波千丈，会有风云出迅湍。"可惜的是，龙跃千丈波的阔大景象，不知从何时起，已不复存在。

据《宁阳县志·水利》（1994年）载，新中国成立前和成立之初，县境内的河道年久失修，河床淤积严重，排涝能力很低。1964年8月27日，大雨导致沿河数公里积水严重，倒塌房屋40%以上，14万亩农作物受灾，4万多亩绝产。1965年11月，全县调集民工3万多人，加高培厚堤防，疏浚河槽，建造桥闸。但洸河的部分河段堤防缺口较多，河床树株丛生，未能按标准根治，汛期水涨，沿河村庄仍有水患。此后，又在上游部分河段清淤筑堤，新建2座中型水库（月牙河水库、石集水库）和1座小（一）型水库、14座小（二）型水库，在县城西北河段建有分水闸，河水经县城内流入宁阳沟。宁阳沟从故城穿行而过。

宁阳古城遗址位于泗店镇古城村东南和畲庄西一带。遗址东西约320米，南北450米，为县级重点文物保护单位。

往　生

　　镇文化站站长商积春拿着《泗店镇志》的初稿，来征求士孺叔的意见。商站长知道我要写一部关于父亲的书，便叫上我，陪他一起。见到士孺叔的时候，他的老花镜压在鼻尖上，像悬崖峭壁上用一根绳索拴着的攀岩探险者。

　　"商站长，你这样写镇志是有问题的。你应该去看看原来的《宁阳县志》，黄恩彤编修的，那才叫志书。写史作传，是穷根问底的苦差事，更需要下苦功夫。"

　　士孺叔端起一杯茶，吹掉浮在上面的一层茶叶，"故城这个村说大不大，说小不小，但它与宁阳的历史，有着非常紧密的关联。不是我在这里吹，故城村到底有多长的历史，有多少遗迹，需要专家进行专门的考古发掘。洸河与故城村又有哪些渊源，也应该仔细查一查。你们想过没有，宁阳沟穿村而过，就这样急急忙忙的一笔，太不讲究，也太不仔细。如此浮皮潦草，会湮没历史上多少人和事？宁阳沟不是沟，也不是一般的河。看起来，它比鸡肠子粗不了多少，可它对县城出水的分流，作用巨大。"

　　我起身，为士孺叔倒上另一杯茶，并用他泛着油光的竹皮暖瓶，给茶壶倒满水。

　　"我听说五妮准备写一部书，很好。故城村早该有一部自己的书了。有一点必须明确，写志书要有情怀，对家乡故土的情怀，对人对事的情怀。你们去看看《春秋》《左传》《三国志》，不光是写史，更多的是写冷暖人间。商站长，你看看，你给我的这些材料，以如此冷酷生涩的文笔写洸河，还有几十个字的宁阳沟，简直就是讲话稿，无聊、无趣、无生命力、无吸引力。这样的书，谁愿意看？我说句煽情的话,我们生命中的每一条河流,每一条河流中的每一滴水,都是有生命的。在河流的中央,有高兴唱歌的逐浪者,渔歌唱晚,诗情画意。但更多的水流,是躲在转弯的暗处,哭得像一个丧子的人。"

士孺叔说这话的时候,我明白他的所思所想。在对他进行采访之前,我已经听闻到关于他,关于他儿子的历史过往。即使如此,在听到他富有哲理和诗意的语词之后,我依然感到惊讶和感叹。一条河,一个鲜活的生命,一段苦痛的记忆。对谁,可能都会如此。

"那——我,应该怎么写呢?"商站长真诚而谦虚,拿出纸和笔,准备记录。

士孺叔的双眼潮而热,他轻摇着头,"怎么写,都是血泪。我看你是真心要把这部志书写好,那我就放开说,教给你一些绝招。无论写泗店镇,还是写故城村,你都要先写土地革命,农民分到了土地,才是真正的当家做主人。你要写我们国家关于社会主义建设的总路线,让我们在探索社会主义制度建设的道路上,积累了宝贵的经验。三年困难时期,我们的党和国家,我们艰苦创业的人民,面对着天大的苦难,仍然以百倍的热情,投入到社会主义的道路探索和制度建设当中。故城村只是一个例证,它以自己的生动实践,揭示着一条道路和美好生活的来之不易。"

"哈哈,还有人瞎说你是假贫农。我看你呀,不光是真正的贫农,还根红苗正。思想开花,行动结果。"商站长的一句玩笑话,让士孺叔摔下茶杯,"你怎么这样没大没小,竟然质疑一个六十多年党龄的老党员?"

往 生

"你老人家别生气,我也是听别人瞎说。这样吧,咱继续刚才的话题。我这次呢,主要任务是结合镇里编修史志,摸一些洸河和宁阳沟的治理情况,形成专门的水利篇。"

"我不只是关心水利。如果你想听,我就慢慢给你说,从头说起。从互助组到初级社,再到高级社,全中国的每一个人,都沉浸在建设伟大祖国和社会主义的激情之中。故城村也一样,生产不断提高,生活不断改善。"

"大叔,我想打听一下,据说人民公社时期,大脚奶奶、我父亲和你,曾经有一段时间,矛盾异常尖锐。那是怎么回事?"我再次给士孺叔斟满茶,"我问过大脚奶奶,也问过我爹,他们坚决不说。"

"唉,说来话长。公社让我们上报放卫星的粮食产量,说是卫星越大越好。当时的公社书记拍着报纸上的报道说,看看人家广东田北社,中稻亩产突破六万大关,达到 60437 斤。我们的麦子为什么不行?当时,你爹被公社关了禁闭。我和大脚奶奶商量着,吹牛谁不会啊?反正又不用纳税,就上报了亩产小麦三万斤的统计数据。你爹回来后,一看就爆炸了,拿起扫帚就打我。也怪我,当时仗着是公社书记的意见,一脚踢在你爹的腿上。你爹腿不灵便,摔倒在地上,这下子我可是惹了大祸。你爹的脾气你也清楚,在他看来,不仅仅是摔倒这么简单,而是打了他的脸,要了他的命。他二话没说,回到家关上大门,任谁敲门也不开,坚决不再干了。他迁怒于你大脚奶奶,说她失去原则,没有站在他的立场坚定地支持他。"

"那你们后来怎么和解的呢?"

"哈哈,说起来像笑话。你爹坚决不让我进门。我想爬墙进去,

第二章 辰时之 8:00

真心实意地给他道歉,他拿热水泼我,唤狗咬我。没办法,我趁着天黑,撬开你家堂屋后面的木头窗子,爬到了你爹床上。"

"听说你在我家跪了三天?"

"两天,两天,哈哈,不到三天。"士孺叔脸上的笑,有些得意,"从那个事上看,我们还是有收获的。故城村向来是一个团结战斗的集体,是讲大局,讲奉献的。经过我和书记的那段波折,班子更加团结。更重要的是,自此以后,实事求是成为故城大队铁的纪律,发展的根本,谁都不能违背。我和大脚婶子,都对你爹发了毒誓。"

"老会计,我得打断你一下,忆苦思甜的事儿咱一会儿再拉。你说说修洸河的情况到底是怎么样?"商站长的脸上陪着笑容。

"你这资料上不是写了吗?1965 年,全县调集民工 3 万多人,大修洸河。你知道故城村出了多少劳力吗?村里统一的要求是,12 岁以上的男人,15 岁以上的女孩,一律进工地。县里只有一条洸河,故城还有一条宁阳沟。如果从危害程度上讲,宁阳沟对故城的威胁,要比洸河严重得多。当时,书记定了个调子,两条河同时治理。成年劳动力由书记亲自带工,参加县里的工程建设。妇女儿童由我和大脚婶子领着,在家里拓宽宁阳沟。"士孺叔摸着自己的下巴,"你们可能不知道,我给宁阳沟取了个好听的名字,叫秀水,与铁锤媳妇的名字一样。多好的名字啊,细流涓涓,春柳依依,婉转流连,如诗如画,更像一首只适合夜唱的小曲儿,也像女人的好针线。可这个名字,因为铁锤媳妇,我就不能叫了。只能在心底里,像念叨一个怀想着的人一样,念叨一条弯弯曲曲的小河。你可以在镇志里,为这条河加上一个别名——秀水。多好哇。"

往　生

　　士孺叔说这些话的时候，我的眼前呈现出秀水河的景象：在这条河边，不同年龄的女人，蹲着或坐着，撩起澄澈清凉的水花，洗着三五件的衣服。女人们穿得花花绿绿，褂子有大襟的，有开襟的；裤子有大腰的，也有制服的。女人们的脸油光红润，笑声是朗朗的。树荫下是凉爽的，树影外是温煦的。风是香的，水是甜的。村东的家长里短，村西的儿女情长，谁家鸡鸭成群，谁家有远方的书信送达。还有串街的货郎，把针头线脑或者一对银手镯，送给了谁家的媳妇。这样的景象，在十年之前，或者更早，应该是一种惯常。如今的秀水河，再没有以往的流水汤汤，既没有鱼儿的漫游，也没有虾儿的歌唱。士孺叔说，那年他还和父亲商量，要让秀水河恢复旧有的模样，像古老的故城一样，河水边流边唱，绕过整个村子。他们还想在村子中间，再挖一条人工河，让水系贯通，能够摆渡小船。闲来无事的时候，可以在船头小酌，也可以放声高歌，歌唱美好生活。

　　士孺叔不紧不慢，叙说着当年水利建设的情况，像翻动着一页页记满陈年旧事的老皇历。

　　全县农业工程的大会战，一般选在冬春季节。在父亲带工的洸河覆堤现场，全县的青壮年劳力，像勤劳的蚂蚁，把从县域各地运回的土石方，或者用于筑坝，或者用于固堤。那些用玉米秸搭起的帐篷，像诱人的窝窝头，也像男人们膨胀的饥饿，在寒冷的北风中，颤抖，沉默。河道中突然出现成群结队的鱼，民工们兴奋不已。

　　"快去捞一些，中午改善生活。"不知谁喊了一句。

　　水不深，只到胸部以下。两个青年人跳进水里，拿着筐准备捞

第二章 辰时之8:00

鱼。突然一个人被水冲倒，另一个人赶紧去抓，却也被带到湍急的水流里。岸上的人大喊"快去救他们"，又有几个年轻人跳进水里。只有几分钟的时间，六个年轻人迅速被卷进不远处的漩涡中，他们双手举起，还没来得及呼救，便没有了踪影。父亲站在岸边，无计可施。

县里的水利专家过来，说洸河里有许多这样的暗流，没有人知道深浅，也不知道流向何方。县里请来专业的打捞队伍，打捞了一天一夜，仍然没能找到那几个人的尸体。

这次事故中的六个年轻人，来自三个村，故城村有两个人溺亡，其中一个，是士孺叔的大儿子刘正中。

那次事故之后，所有人都失去了笑声，洸河覆堤工程在一种悲伤的气氛中完成。父亲和其他两个大队的书记，被县里的调查组隔离审查。父亲，像一尊越刻越瘦的雕像，坐在只有一张椅子的房间里，没有任何表情。父亲惦念着士孺叔和另外一个丧子家庭。父亲让人打听，另一个年轻人竟然是村北独姓独户车子轮家中的独子。父亲抱着头，一言不发。他想象着士孺叔和车子轮现在是什么样子，该有多么悲伤。武大炮来看父亲的时候，两个人相对无言。父亲叮嘱武大炮，要多陪陪士孺叔，还有车子轮家，要代表大队去看一看，有没有其他需要。只要能做到的，全部答应下来。父亲还叮嘱武大炮，一定要去请一个出色的石匠，把两个孩子的照片，刻到村头大桥的栏杆上。父亲说，要让来来往往的故城人，都记住两个年轻的英雄。要让每一个灿烂的青年，有光明的通途，上好的来生。

"你开始相信来生了？"武大炮问。

父亲不语。

就在父亲被隔离的那段时间,一个策划已久的阴谋,在暴风雪来临的前夜,悄然发生。

武大炮在去仓库取粮食的时候,发现大队的仓库被盗。三个仓库保管员核对后发现,共有三百斤麦子和一麻袋豆子不翼而飞。仓库一直是三把锁,会计刘士孺,仓库保管员王守旗和刘正道。这三个人,是父亲挑了又挑,选了又选,才定下来的。仓库被盗,三把锁没有一把被破坏。盗贼似乎是天外来客,没留下任何踪迹。武大炮从县里请来刑侦专家,组成专案组,在故城村展开了天罗地网式的搜查。几天下来,竟然没有一丝收获。再加上大雪掩盖了所有的踪迹,搜查进入死胡同。随之而来的,是传言的泛滥:有人说是三个保管员串通作案,也有人说是地主们搞破坏,甚至有人说是村会计刘士孺干的,他要为死在洸河工程上的儿子复仇。更可怕的是,县专案组竟然真的把注意力放在了士孺叔身上,让他说清楚那几天每一分钟的行踪。

"我在家想我的儿子,哭我的命。"

"谁能做证?"

"我老岳母,我老婆孩子。"

"那不等于没说吗?再不老实,把你送进监狱。"

士孺叔被拉到公社,和父亲的房间隔了一堵墙。

"大哥,我们这是怎么了?"父亲听见士孺叔一边哭,一边没命地用头撞墙。

父亲用巴掌拍着墙,喊,"猴子,别犯傻,世道自有公论,公道

第二章 辰时之8：00

自在人心。一切都会好起来的。"

终于有一天，武大炮兴冲冲地跑进来，"你们两个，都没事了。大脚那个老娘们儿，还真行。闹到县委去了，非要讨回公道。你猜怎么着，刚来的一位县委书记，被大脚堵在大门口。县委又派出工作组，做出最新指示，不再追究任何一个大队书记的责任。县水利局的工程师和现场指挥，受到开除党籍处分。"

"那，我呢？"士孺叔问。

"你的事啊，现在可以告诉你，我已经破案啦。你还记得集上那个修锁配钥匙的疤瘌脸吗？他只用一根压扁的铁条，就打开了三把锁。这家伙也够狡猾的，他知道书记不在，我们几个人要么在工地上，要么遇到事，没心思管大队。下雪之前的那个夜晚，他神不知鬼不觉地下了手。能快速破案，还要感谢书记家的经纪子大嫂。她那一手绝活，长了脸。仓库前面有几个驴蹄印，驴的其中一个蹄子受过伤。两个月之前，这头驴在故城大集出现过，卖驴的是兖州西南街上的。她见过这人，并且讨过价钱。顺着这头驴，找到驴的买家，就是那个开锁匠。枪神就是枪神，谁不服都不行。不只是枪法准，破案也是神机妙算。我告诉你们俩，这个案子，都是我武大炮破的。没有我武大炮，你们都得蹲大狱。"武大炮拍着斜挎着的手枪，"是我一只眼的武大炮，明察秋毫，发现了驴蹄印，顺着这条线索往下查。县里的专家，白搭，光知道吃炖鸡，喝小酒。"

"你在他家找到粮食了？"父亲追问。

"粮食让他卖了，换来的钱打酒喝了。"武大炮拍拍父亲的肩膀，"先回大队，详细情况我再给你说。还有大嫂，也不让人省心。"

"怎么了?"父亲问。

"又顺手牵羊,让人抓了个现行。钱倒是不多,七八块钱。次数多了,总不是什么好事。破案虽然立了头功,但一码归一码。功不抵过。"

父亲阴着脸,无话。

父亲说,那一年的春节,整个故城村都过得索然无味。两个年轻人的死亡,让父亲背上党内严重警告的处分,土孺叔也迟迟无法从丧子之痛中缓过劲儿来。除夕那天,父亲到土孺叔家喝酒,父亲说,"人这一辈子,像打麻绳,就怕破劲儿。一破劲儿,啥都没了。拧上劲儿,越拧越紧,肯定能打出好绳。丢掉一截绳子,不怕,咱挑最好的麻种,种麻沤麻,重新再打。"土孺叔抱紧父亲的胳膊,边哭边喝。武大炮,跑到村南的圩子墙上,对着天空打了三枪。武大炮说,他要祭奠逝去的战友。大脚奶奶突然安静下来,她后来告诉父亲,过完年她就告诉秀水那个梦了。秀水哭得死去活来。她劝秀水,那只是一个梦,说不定铁锤明天就能回来。或者他在哪个地方做了大官,在忙着处理公务,忙完了就回家。

父亲说,那一年,棉棉饿得像一只小老鼠,白天黑夜地哭。母亲捏着棉棉麻秆似的胳膊,看着青秧比鸡蛋还大的两只眼睛,"明年,明年就都好过了。"母亲拿出一块五花肉,"好歹,我们还能吃上顿过年的饺子。唉,多亏了他小舅小姨。"

"他们也不易。七级八级工,不如社员一沟葱。"父亲从母亲手里接过最多只有一斤重的猪肉,掂了掂,切下一半,又从面缸里盛出一瓢白面,出了门。母亲没有问父亲去送给谁。这样的事,母亲从来不问。

半夜，父亲回来了。父亲说，"车子轮两口子，不知道什么时候搬走的，也不知搬到哪里去了。两个半老不老的人，还能干些啥呢？年，富人的热闹场，穷人的鬼门关。"

"他家那孩子，和麦子是同学，以前到咱家里来过，眉清目秀的，也懂事。我还记得他的名字，叫车理想。他还掰着手指头，说了一大堆理想，天花乱坠的。"

有一次回乡，我专门到村头石桥的栏杆上，去看两个溺水青年的照片。石灰岩的栏杆已经斑驳，像得过斑秃的病人。栏杆凹陷处，车理想和刘正中的头像，已然模糊不清，眼睛失神，口鼻脱落，如渐行渐远的苦难岁月。就连刻在上面的名字，都已浅至于无，笔画无力无神。遗忘是一种病，对光荣、英雄和苦难的遗忘，如好了伤疤忘了疼，让我们不知说什么好。我抚摸着栏杆的顶端，臆想着如果自己成长于那个年代，会成长为一株什么样的庄稼。而他们，如果依然鲜活于故城这片土地，又会成为怎样躬耕于这片土地上的人。父亲把他们的头像刻于石桥之上，是想让他们有光明的通途，上好的来生。那么，他们拥有了吗？现在身居何处？是否心满意足、笑意盈盈？祝福，该是一个多么虚无的词呀，虚幻得没有任何重量，也没人追究，是不是真的能够实现。

"兄弟，是你呀。刚才我就看见你了，在这里来回走。发生什么事了？"

"你是……"

"我呀，蒯波，蒯三皮。你回家一问，二叔和婶子都知道我。他俩被水冲走的时候,我就在旁边。"

"你没有拉他们一把?"我追问。

"我,呃,我——"蒯波转身走开。

8 知青

士孺叔的儿媳艾诗轩来吊唁,是母亲没有想到的。她一如既往地清瘦,皮肤细腻,举手投足间透着清雅,与堂屋里的哀伤气氛,有些格格不入。她走到母亲跟前,拉着母亲的手,掉下泪来。

第一批插队青年到故城大队的时候,大脚奶奶兴奋异常。她看着那些年轻人的名字,一个劲儿地念叨,"看看,你看看,这名字,多好听,要多好听有多好听。艾诗轩,柳蔓儿,白雪,秦时月。这个男孩的名字也不错,牛壮,感觉和铁锤的名字差不多。还有这个,欧阳凤起,有意思。一看就是大城市里的人名。看看我们自己孩子的名字,再看看猴子给村里孩子起的名字,除了大妮二妮、小猫狗蛋儿,还有啥?猴子还说是看了皇历的,哎哟哟,这皇历看的,快成黄土了。还有碾盘、碌碡、犁铧,再加上扫帚簸箕、车驾耙耧,这哪是当大官的名字呢?"大脚奶奶敲着桌子上的工分簿,"我说书记大人,猴子给孩子们起的名字,都得换。他还说是查了八字看了生辰的,多半是骗人的。就他那点儿学问,懂什么叫黄道吉日吗?要是懂,咱大队怎么出了那么多的幺蛾子?就不能像诸葛亮一样,摇一摇鹅毛扇子,啥都知道?"

第二章 辰时之8:00

父亲拿着六个知青的插队落户通知书,盘算着如何把几个年轻人分到小的生产队。大脚奶奶一拍大腿说,"分到什么生产队?先让他们到我家住着。明年,大队盖个知青楼,让他们统一吃住。"

大脚奶奶家的房子宽裕,正房五间,再加上东屋西屋各三间,几个知青两个人一间房,还能有会客、读书的空间。

在六个年轻人入住大脚奶奶家之后,她那空荡荡的院子,迅速成为故城大队的中心。每天晚上,几个年轻人都要聚在院子里,唱歌跳舞。村子里爱热闹的男女老少,不约而同地聚集,满脸羞涩和羡慕地围观、叫好。

艾诗轩一头短发,读着毛主席的诗词,青春飞扬,热血奔流,一句"还看今朝"让掌声经久不息。她还拿出自己写的诗,"热血沸腾的故城啊,我贪恋你的肉体和灵魂,像风,走过八百里山河"。

柳蔓儿的衣袖永远要长过她的手臂,做任何事都像戏曲演员,时不时甩出一缕水光。她最喜欢的昆曲,虽然字句听起来比较费事,但她的嗓音和曲调,开口便惊了天人。"长清短清,哪管人离恨;云心水心,有甚闲愁闷。一度春来,一番花褪,怎生上我眉痕。"(《玉簪记·琴挑》)一阵猛烈的掌声之后,有人喊,"再来一段。"柳蔓儿便又唱,"不到园林,怎知春色如许。原来姹紫嫣红开遍,似这般都付与断井颓垣。良辰美景奈何天,赏心乐事谁家院?"

"白雪,白雪,到你了。"柳蔓儿唱完,便推了推身边的白雪。白雪起身,一曲《白毛女》,边跳边唱,她的泪流得自然充沛,如同瘦弱的身体里充满了无限的仇恨和悲愤。

秦时月被推出来的时候,她抱着自己的双肩。"我啥表演都不会。但我可以做播音员,咱大队里的电台,我可以播报新闻。""咱大队没电台,有舞台。"不知谁在旁边喊了一声,引起哄堂大笑。

"我不会唱,也不会跳。"牛壮站起来,"我是来接受贫下中农再教育的,只有浑身的力气。钳工、焊工、淘粪工、马车夫,我都能干。我还能改进一下我们的农具,提高生产效率。只是说到这酸溜溜的文艺,不文,不艺,也不懂。"

欧阳凤起哈哈笑着,自己提一把椅子,抓起吉他,坐到几个人中间。他先是五个手指如风在水面上轻轻滑过,接着便有清丽婉转的音符轻轻流淌出来。"热血沸腾的故城啊,我贪恋你的肉体和灵魂,像风,走过八百里山河。零落的花开几朵,孤独的梦境几何,伊人泪无处可躲。我是丢掉翅膀的纸鸢,即使风和日丽,我亦无法挣脱。淅沥淅沥的小雨中,一个人诉说。"

欧阳凤起的歌是与艾诗轩唱和的。有人听懂了,有人没听懂。小小的院子里人声沸过,至夜半时分,便只剩下几个年轻人,各自洗漱,回房休息。

自从大脚奶奶给秀水说了她的梦之后,秀水便和她住在同一个房间,只为早晚能有个照应。秀水说,不管大脚奶奶的梦是真是假,她都会守着这个家。一者为这个本家的老姑兼婆婆,二者为自己已经付出的这么多年。秀水每次给母亲说这话的时候都哭,无缘无故地哭。母亲去集上买了一块粉色的缎面,绣上并蒂盛开的莲花,红色的丝线,送给秀水。秀水好久说不出话,只是看着莲花图案,双手不停地抖。

知青们到来后,小院里突然多了那么多的年轻人,秀水的脸色

第二章 辰时之8:00

一下子活了起来。秀水再见到母亲的时候,母亲开玩笑,"别让年轻人勾了魂。"

"嗨嗨嗨,说什么呢?我这半老徐娘,用大炮轰都没啥想法了。我就寻思着,麦子这孩子,说走就赌气走了。如果不走,我看那个叫欧阳凤起的小伙子,有知识有文化,长得也帅,留下做个女婿多好。"

母亲的泪瞬间流下来,低下头。

"你看看你,这泪,说来就来。我只是随口一说,就扎了心。"秀水揽住母亲的脖子,替她擦泪,"人哪,都是命。哪一个人的苦,不都是藏着掖着的。撑住了,就是好日子。撑不住,不就成了泪腌的鱼干,在集头摆着卖的?"

母亲的心被捏得紧紧的,像丢失空气的鱼一般,不能呼吸。

时近秋收,几位知识青年被分派到几户贫下中农家中,一同参加劳动。起初,他们热情高涨,觉得一切都是新的,拿着镰刀,扛起锄头,不多久便换来满手血泡。大脚奶奶眼看着心疼,找父亲,要给他们调整一下工作。父亲黑着脸问,"他们不是来接受再教育的?"

"那也不能把他们往死里推呀。"

"我让他们杀人了,还是放火?"父亲决意要让这批年轻人多学点儿农业知识,"毛主席说,农村是广阔天地。他们要在这片广阔天地里,有所作为才行。"

"作什么为?他们能为什么?离开娘胎没几天的孩子,你不心疼?"大脚奶奶的声音高起来。

往 生

"那你说,让他们干吗?"父亲问。

"让他们做文艺宣传队,把毛主席的指示宣传到田间地头,不也一样是接受贫下中农的再教育?"

"快到新中国成立二十周年国庆了,就让他们准备一场庆祝活动。真不行,就让他们和咱大队的年轻人,比试比试,拔河跳绳,唱歌跳舞,对抗对抗。是骡子是马,拉出来遛遛。"

"这是俺的强项,我得给你闹出点儿大动静,弄出花来。"大脚奶奶走路的声音,像刮起八级大风,"我现在就组织他们去排练。"

国庆节那天,从下午到晚上,故城大队的男女老少,都集中到村头的打麦场里,先是拔河,再是拉碌碡比赛,最后是歌曲对唱。大脚奶奶像一位经验丰富的老导演,将所有的节目,组织得井井有条。

剧团里的玉依儿突然成了主角,她风吹杨柳般的身段,浓淡相宜的装扮,俊俏顾盼的眼神,在新土和秸秆的香里,现出另一种风韵。玉依儿一个小段一个小段地唱,京剧、梆子、黄梅戏,让社员们开了眼,也让几个知青败下阵来。

欧阳凤起把几个知青招呼到自己身边,然后就见牛壮抱来成搂的树枝木条,在麦场中间点起篝火。几个知青不约而同地走到篝火旁边,手拉着手,跳起没有人看得懂的舞蹈,嘴里齐声高歌。

穿着戏衣的玉依儿突然哑火了,她无法穿戴着珠光宝气的戏袍跳舞,索性生气离开。

之后,篝火越来越旺,更多故城大队的年轻人,学着知青们的模样,加入载歌载舞的队伍里。

第二章 辰时之8:00

月色暗淡，只有歌声嘹亮。

一堆篝火超出了大脚奶奶的预期。她看到了知识青年们的聪明与灵动，心里如同灌了蜜。父亲则看到了，大队里的年轻人与知识青年慢慢融合，形成了互帮互学的良好氛围。父亲想，或许，这才是青年一代下乡锻炼的最大收获。工作与生活的相互影响，城里人与农村人相互改造，在这片广阔的天地里，像谷仓和玉米垛一样，实实在在。

那个夜晚之后，大队里的年轻人，都跑到供销社买牙刷、牙膏，一时竟断了货。学校里的几位老师，央求学校买一部分乐器，提高学生的艺术水平。老师教育学生的口头禅也变了样，成了"只有学习好了，才能当知青"。

知青们的多才多艺，让故城学校动了心思，想招两个进去当老师。因为麦子的事，校长不敢找父亲，便托了大脚奶奶来做工作。

"他们想要几个？"父亲问，"相中谁了？"

大脚奶奶盘起腿，两只脚有节奏地抖着，"他们相中两个人，一个是艾诗轩，一个是欧阳凤起。说他们有文才，也有文艺细胞。"

"其他人呢？其他人怎么想？他们下来是接受劳动锻炼的，放到学校里教书，就背离了下乡的初衷。"

"谁说不是呢。学校也有学校的难处。二百多名学生，只有五六个老师教，教完语文教数学。你知道学生们怎么笑话这些老师？语文老师换了一张数学脸就回来了，'之乎者也'的语调都没换，没劲。他们还说，大队应该给每个老师，配一套戏子的面具，省得天天都是那些烂地瓜脸。哈哈，你说说，现在这些孩子，可了不得。"

往　生

父亲同意让艾诗轩去当老师。他说,"那个叫欧阳凤起的,最应该接受劳动锻炼,最应该接受贫下中农的再教育。欧阳凤起最应该办的第一件事,就是剪掉他蒺藜秧似的长头发。"

父亲让大脚奶奶负责给几个知青重新分配工作,可以适当照顾,但不能过度。正是有父亲的这句话,先后在故城村锻炼的十几个知青,都没有受过多少苦累。

武大炮又来找父亲,说玉依儿相中了柳蔓儿,想让她去剧团演出。父亲笑了,"还都是儿字辈。呵呵,挺好,让她去吧。一定要让剧团排一出大戏,公社书记说了,县里年底要调演。给我记住,拿全县第一,第二都别觍着脸来见我。"

武大炮努力把头和眼睛扳正,给父亲敬了一个军礼。

当第二批知青到来的时候,为了让他们有个更好的环境,父亲去县里,找财政局要来专门的款项,盖起了两层的知青楼。一楼作为教育展室,二楼作为食堂和宿舍。

在知青楼落成的当天,大脚奶奶悄悄告诉父亲,"给你说一个好消息,你绝对想不到。那个艾诗轩,和猴子的二儿子好上了。湛存这个小东西,有点儿本事。老猴子不敢告诉你,怕你训他以权谋私。"

"湛存?那么大了?"父亲问。

"光看见孩子长,觉不到自己老。一个一个的,都要成家立业了。"

艾诗轩和湛存的婚事,父亲曾经强烈建议士孺叔要办得场面一些。但两个年轻人不愿意,他们提出新事新办,喜事简办,让士孺

第二章 辰时之8：00

叔在高兴之外，又隐隐露出一些遗憾。高兴的是不用花那么多钱，遗憾的是，对待人生大事，孩子们竟然如此轻描淡写，像哼唧一首过时的儿歌。起初，士孺叔还担心女方家里不乐意，没想到艾诗轩的父母，是开通明理的城市人，完全依了两个孩子的心愿。更让士孺叔高兴的是，自两个孩子结婚后，他们一直如胶似漆。即使后来湛存招工到县机床厂做工人，机床厂从建成到破产不过十几年工夫，艾诗轩作为妻子，始终贤惠得体，只知付出。谁能摊上这样的媳妇，是烧了八辈子的高香。

令大脚奶奶始终未曾料到的，是欧阳凤起与秀水的纠缠。就在自己的眼皮底下，秀水怀孕了。看着秀水面黄肌瘦的可怜模样，大脚奶奶前期并未注意，直到母亲问起，大脚奶奶才着意观察秀水的一举一动，爱吃酸，偷偷地呕吐，晚上一个人偷偷地哭。

"是谁的？你告诉我。"

大脚奶奶声音不大，问。秀水不说。

"那两个小年轻，我一把刀能剁了他俩。砍死两个，总有一个屈死鬼。你说，我砍谁吧？"大脚奶奶的声音高而尖厉。她一只脚踩在凳子上，手里提着家里砍柴的刀。

"娘，你老人家别生气，别怨人家。都是我贱，是我不要脸。"秀水跪在大脚奶奶跟前，哭，泪流得像一条河。秀水不停地把憋在喉咙里的声音咽下去，像含混着吞下生涩不熟的青果，"秀水跟着你老人家这么多年，明明就是守活寡。铁锤能不能回来，你老人家心里比谁都清楚。快二十年了，秀水是追着飘来飘去的云在跑，看着天上的月亮，傻瓜似的高兴，听着左邻右舍一大家子人的笑声，偷偷地哭。秀水一直做着一个梦，铁锤能回来，有活生生的一个人陪着过日子。想了多少年，梦没了，连铁锤的样子都记不起来了。我常常扇自己的脸，薅自己的头发，我觉得自己太可耻，太不要脸。我怎么能连自己男人的模样，都想不起来了？"

秀水长长地抽了一口气，咽下，继续说，"铁锤十七岁参军走的，我才十四岁。到今天，我已经是快四十岁的人了。我和知青的事，既然你老人家知道了，就给我指一条道。让我淹死在洸河里，还是死在宁阳沟里。屋梁上一根麻绳，让我吊死也行，咱家今年分的麻绳正好还没用，也让我沾沾新。再有一条路，让我把孩子生下来。秀水只求你老人家一件事，从今天开始，再也不问谁是孩子的父亲。铁锤是他父亲，是孩子的亲生父亲，孩子是铁锤托人送回来的。铁锤在外面有了好女人，生下孩子没法养，让我们娘俩替他养。"

秀水的声音不大，却让大脚奶奶一下子塌下去，软下去，从额头到肩膀，再到腰，然后是她晃来晃去的床板子脚。

月上三竿，大脚奶奶跑到我们家，进门就喊，"干儿，上酒。"

"这半晌不夜的。"父亲一边说着，一边让母亲去敲代销点的门，买几样下酒菜。

院子里植了枣树和桃树，开花有先后，果实也分季节。屋后的楝子树，母亲说是它自己生的，长得茁壮。月光透过枣树的叶子落下来，在地上飘，零零碎碎的，像生活。楝花香是浓郁的那种，远远近近都有，在谁的床前入梦，或者藏进谁的心事，同样让人沉醉。母亲说，楝花开过之后，枣树也该开花了，那是她最喜欢的花，从

第二章 辰时之8:00

颜色到花香,都不张扬。母亲满脸喜悦,说喜欢这样的季节,喜欢这样充满烟火气的院子。先是桃花,再是楝花,最后是枣花。娇艳或平淡,像不同年份的光景,时好时坏的。如果没有这些花,鸡鸭都会不高兴,下蛋也没那么勤快。

父亲和大脚奶奶坐在院子里,两把竹椅倾斜,时不时发出的吱呀乱叫,湮没在夜色里,更显出夜色沉厚的静。小小的方桌上摆了五香花生米、咸鱼、猪耳朵之类,母亲又炒了几个鸡蛋。葱花混杂着鸡蛋的香,在暗夜里不远不近,来来回回地飘。这几个菜,都是大脚奶奶爱吃的。大脚奶奶的酒量大,宁阳彩山白酒,一顿能喝掉一瓶。但今天,大脚奶奶没有喝酒的心情,只一个劲儿地唉声叹气,一个人悄悄抹泪。

母亲的木凳矮而坚实,她坐在大脚奶奶旁边,如往常一样谦恭。母亲夹了一筷子炒鸡蛋,强塞进大脚奶奶嘴里,没想到竟引来她的放声大哭。

"哎哟,俺的娘哎,你说这日子,还怎么过哇!"

母亲慌忙掏出手绢,捂住大脚奶奶的嘴,"干娘,晚上静,别让人听见。"

棉棉起夜撒尿,揉着两眼看混沌的世界,嘟囔着,"我想吃炒鸡蛋。"母亲抱起她,把她放回床上。

大脚奶奶许久才止住哭。

等大脚奶奶把一瓶酒喝掉,她才一边小声抽泣,一边给父亲讲起秀水的事。母亲看不清父亲的表情,却听见他把牙咬得嘎嘣响,两只手来回捏着关节。

"这孩子,得让她生。"父亲捏着两边的太阳穴,长出了一口气,"就说是铁锤从远方托人送回来的。"

"那个知青,得开他的会。"大脚奶奶说。

"怎么开?你只能当什么事都没有发生。那个知青,我明天就找他谈话,争取尽快让他回城。这事你什么都不用管了,交给我吧。"父亲稍一停顿,"还有,明天就让秀水去城里,陪麦子她小姨住。让麦子她娘去送,过完月子再回来。要是别人问起来,就说回了娘家。这事儿,只有咱三个和秀水知道,不能再让第四个人知道。"

大脚奶奶喝多了,边喝边大把大把擦泪,再使劲把手甩出去。父亲搀着大脚奶奶送她回去。大脚奶奶抚着父亲的脸,"你这个狠心的儿,告诉当娘的,我那个梦,到底是不是真的?"

父亲答,"啥也别问了,你老人家喝多了。"

"这人世间的好歹,咋分呢?听听那些狗叫,天天惦记着母鸡的黄鼠狼,娘看不清,也听不清。全都乱套了。唉,啥时候一闭眼,才是福哇。"

"没什么大不了的。再多的苦,我先替干娘背着。我背不动了,还有下边的孩子们,都行。"父亲说。

"你知道,我是真心实意地爱她,想娶她为妻。我可以带她到省城,在企业安排工作。"欧阳凤起说。

"你的空头支票我不信。她们一家是烈属,你带来的污名她们承受不起。如果你再不识趣,我会以强奸妇女罪,送你进监狱。"父亲语气坚定。

"如果我坚持呢?"欧阳凤起挑衅地问。

第二章 辰时之8:00

"你知道武枪神吧？他把人送进监狱，只需要一个签名。这还不要紧，关键是他还有许多手段。"

父亲从未给别人说起，他与欧阳凤起有过怎样的交锋，是如何谈的。但秀水和欧阳凤起的往事，没有溅起一滴水花，便销声匿迹。即使在二十年后，当欧阳凤起再次悄悄来到故城村，寻找取名为"北斗"的秀水的儿子时，他欲言又止的神态，也没有引起任何人的怀疑。如果彼时，欧阳凤起说出与秀水的那段秘密，他一定会被当作神经病，受人讥笑；或者还会有品行端庄、仗义执言的故城人，因为他泼给秀水的脏污，对他拳脚相加，毫不客气；甚至会把他五花大绑，以败坏良家妇女的名声治罪，把他送进监狱。

据父亲讲，欧阳凤起回来的时候，他给大脚奶奶，给秀水，带来了很多海参鲍鱼之类的海产品，带来了据说是从台湾进口的茶叶，还给秀水买了好多高档衣服。对于这些物品，大脚奶奶只有一句话，"怎么带来的，怎么带走。"

父亲领着欧阳凤起，参观已经有些破败的知青楼。墙面上"千万不要忘记阶级斗争"的口号，虽然淡得只剩下痕迹，但若仔细辨别，仍然依稀可见。欧阳凤起强压着眼里的泪，"其实，我可以再待几年的。"

父亲摇头，"多少人羡慕你呢，那么早就回了城。"

欧阳凤起答，"也是。我还想问问，谁给他取的名字？为啥叫北斗？"

"秀水自己取的。没人懂她的心思。"两个人的对话有一句没一句，但随处停留的目光，已经穿透时间的壁障，搜寻着记忆深处的留恋和不舍。

回到家，母亲已经炖好一只家养的小公鸡，并让棉棉把士孺叔和他的儿子湛存、儿媳艾诗轩，一并叫到家里来。留在宁阳县剧团工作的柳蔓儿，听说欧阳凤起回来了，也赶过来。几个人一会儿哭，一会儿笑，一会儿唱，喝得一塌糊涂。

后来，父亲给母亲说，"那个欧阳，士孺还曾经笑话他，无故寻愁觅恨，有时似傻如狂，纵然生得好皮囊，腹内原来草莽。也不知他从哪里背来的词。呵呵，如今哪，人家已经是省里的副厅长了。我告诉他啦，北斗很争气，发展得很好，成了部队科研机构的领军人物。我领他参观了改造好的秀水河，给他说，你看这条河，多清，多静啊。"

"老话讲，宁拆一座庙，不毁一桩婚。要是那个时候，真让他们成了呢？唉，我只是可怜秀水。那么多年的苦，能说给谁听啊。"母亲一边收拾衣服，一边给父亲说，"欧阳凤起回来的那个下午，秀水在村头的河里洗衣服，一直洗到天黑。一边洗，一边哭，怪可怜人的。你知道干娘干吗去了？她在集上听瞎子戏。一部《窦娥冤》，让她哭得稀里哗啦，谁都劝不起来。她还在那里闹，跳得老高，非要跟着瞎子当学徒。"

父亲把右手攥成拳头，使劲儿拍着前胸，缓缓吐出一口气。

第二章 辰时之8：00

9 玉依儿

母亲在自留地里，刚刚割下第一把韭菜，便被一群戴着红袖章的年轻人拽起来，捆住双手，关进了城南公社医院的病房。

城南公社的医院刚刚建成，有六排平房，细分为病房、诊室、药房之类。

墙上石灰的气味依然很浓，让正怀着我的母亲，呕吐不止。母亲透过玻璃窗看见大脚奶奶被反绑着双手，由远及近，被推进母亲所在的同一间病房。临进门的时候，大脚奶奶拖在后面的屁股，还被一双军靴狠狠地踹了一脚。

"干娘，这是怎么回事？"

大脚奶奶一屁股坐在地上，"先稳住，别怕。狐狸总会露出尾巴。"

天近黑时，母亲又看见父亲和士孺叔，被同一条绳子牵着，关进隔壁的另一间病房。

"到底是怎么回事？"母亲再次问大脚奶奶。

"我估摸着，我们摊上事了。说是打扮成无产阶级的反动派。这样说猴子可以，这么说我，我坚决反对。"大脚奶奶坐在墙角，满脸的委屈。母亲慢慢悟出大脚奶奶话背后的意思，我的母亲——地主出身人，也可能是反动派。但她，绝对不是与母亲同流合污的人。

母亲笑笑，"我还嫁给了一位革命军人，罪过更大？"

往　生

"你还在这里开玩笑！这次的事，绝对是天塌地陷的大事。"大脚奶奶的声音突然高了，"不过，他们只针对干部。为啥要扩大到你呢？"

母亲低着头，不知如何回答。

母亲听见士孺叔用脚跺墙的声音，"嫂子，别害怕，有我们陪着呢。大脚婶子，咱娘俩儿划会儿拳？记住，好拳不出五。哥俩好哇，七巧事啊，四口锅呀，八头猪哇，一根筋哪，九重天哪……"

深秋时节的天，透着丝丝的凉。蟋蟀的声音或远或近地传来，或悲愤交加，或清脆如常。母亲和大脚奶奶背对着背，把捆绑着的绳子慢慢解开，然后挨墙坐着。"干娘，你听这促织的归宇之声，多好哇。那些急急的叫声，像着急的母亲在喊孩子，快快穿上棉衣。这天底下的人，都知道故城的蛐蛐最好，干娘知不知道，是怎么个好法呢？"

"这事啊，你那大伯哥最在行。他讲得头头是道。其他的我记不住，就记住了上斗场之前要先交配，交配得越多，斗性越强。哈哈，这个有点儿意思。不过细想想，蛐蛐和人，也不会有太多的差别。或为名来，或为利往。"

"如今这是为什么呢？"

"唉，这是国家大事，咱一时半会儿弄不明白。但我坚信，我们这些在敌人炮火中成长起来的革命战士，永远不会被历史打垮。我现在最大的担心，就是怕耽误农业生产，又让家家户户挨饿。唉——"大脚奶奶叹了口气，"你们当家的，我那干儿子，是党的好干部，不想看见故城有一户吃不上饭。谁家有病有灾的，都尽力帮衬着。用猴子的话说,他在建设全天下最美的乌托邦。我不懂乌托邦啥意思。我只知道故城大队的人,日子越来越富,生活越来越好。吃得好,穿得暖,十里八村没一个不羡慕的。今年,县里在咱大队开现场会,县委书记说,故城大队的麦子,南头一拢,北头一拱,每一个麦穗都细密饱满。"

"每一个麦穗都细密饱满,"母亲重复了一句,如同想起了什么,"这才是真正的社会主义呀。"

父亲和大脚奶奶、士孺叔,以及我的母亲,在公社医院待了两天两夜。没有人来过,更没有人送饭送水,如同被这个世界遗忘了一般。透过玻璃窗上模糊混乱的白色印记,母亲看见外面的杨树细而干渴,摇晃着,如先天不良的乳儿,努力与左右的另一些树,保持在同一平行线上。母亲想着肚子里的我,是男是女,会是什么模样,又是怎样的命运。她细数着自己的儿女,每一个人的成长,与这些弱小的树,竟是如此相似。饥渴的命运,像张开嘴巴等着喂养的鸟,母亲说,"饥渴"是她能想到的最恰当的词。如同我尚未出生,便已被无情的命运,残酷地关了禁闭。

父亲盯着母亲注视过的每一棵树,他在反思。父亲是一个善于反思的人。他常说,人要学牛,懂得"倒磨"。多想几个反复,或许就会像牛一样,"倒磨"出消化不了的铁钉。这种学名称为"反刍"的动物行为,让父亲当成了处事的哲学。他会总结每年的庄稼为何长得好,哪年什么原因歉收。他组织了几个种田的老把式,一次次试验不同的庄稼,想方设法提高产量。这也是大队的农业产量,每年都能在公社排第一的诀窍。父亲对科学种田充满了兴趣,故城村是第一个使用氨水浇地的,是第一个使用化肥的,也是第一个使用各种复合肥的。除了土地和庄稼,父亲也审视村庄里的每一户人家、每一个人,适当给予善意提醒。更多的是,父亲坚持反思自己的所作所为是不是违反了时下的哪一条政策。毛主席说过的话,父亲百分之百地执行。对县里安排的工作,他铁了心地争第一。对公社的事,父亲是敢于质疑的,总要先打听一下,别人是不是也做了。父亲有怀疑,怀疑那些瞎指挥、乱放炮的人,那些人的权威因此受到挑战。父亲得罪了人。对这事,父亲看得明白。

第三个傍晚时分,武大炮带着十几个背了枪的民兵,突然出现在公社医院。他们砸开病房的锁,让父亲他们坐上马车。

"这帮乌龟王八蛋,粑稀稀的,还不够俺打牙祭。"武大炮对父亲说。

"公社那边,什么情况?"父亲问。

"我和书记干啦,要不是有人拉着,我就把他扔到窗户外头了。书记逃跑了,副书记当了主任,我又和副书记干了。老子手里的枪,管用。不管是哪一派的,别惹我就行。他们的命是命,别人的命就不是命?"武大炮拍了拍别在腰里的枪,"兄弟们,我武枪神不能让任何一个小人搞破坏,更不能让他们的阴谋得逞。"

父亲后来回忆,在那一段特殊的历史时期,故城村依然像往常一样,大队管大队的事,小队管小队的事,把抓革命促生产的热情,全部转化为具体行动。父亲说,那段时间,土孺叔刚刚学了一个新词,叫乌托邦,天天挂在嘴上。土孺叔说,"如果不是武大炮出事,故城村真的像一个世外桃源,有细水流沙的平静,也有沁心入脾的

第二章 辰时之8:00

花香,像那个谁写的《桃花源记》。谁写的来?看看我这脑子。"士孺叔拍着自己的脑袋,烟袋被黑牙咬住,把嘴角压得拧巴着。拍完脑袋的手,再把烟杆端正,长吸了一口。

父亲说,武大炮出事,只是早晚。

自从武大炮到村里来之后,就常常追着剧团跑。武大炮爱听戏不假,昆曲、京剧、梆子戏、黄梅戏,凡是他能听到的,他都喜欢。武大炮爱屋及乌,更是真。因为和玉依儿对了撇子,武大炮更是喜上加喜。武大炮给玉依儿买了大大小小的水袖,布的、绸的、花的、素的,玉依儿舞出了嫦娥追月,舞成了凤凰飞天。武大炮没事的时候,就来剧团,看玉依儿为他舞水袖,直看到他泣涕涟涟,不能成声。

故城村里的梆子剧团,最初只唱柳琴戏,后来在武大炮的撺掇之下,改唱梆子腔。再后来,剧团的人越来越多,戏也越唱越杂,黄梅戏竟然成了玉依儿的拿手好戏。更不能让人理解的是,武大炮也亲自上阵,不知从哪里学了一出《化蝶》,他非得要演梁山伯,当然玉依儿是祝英台。剧团唱黑头的刘大麻子,对他俩睁一只眼闭一只眼,一个是剧团的角儿,一个是区里的助理员,谁都得罪不起,索性由着他们的性子来。后来,武大炮成了公社的党委委员、武装部部长,成了更高级的领导,刘大麻子更像是抱住了一棵大树,坚决不撒手,天天屁颠屁颠地为他俩端茶上水。剧团要在村里搭戏台,武大炮二话没说,把北门拆了,建成了十六米台口的大戏台。剧团想让柳蔓儿加入进来,武大炮找到父亲,柳蔓儿就成了剧团的演员。

恰恰是柳蔓儿的到来,让玉依儿感觉到,自己的位置受到了影响。柳蔓儿虽然还没有扎下根,却开始处处挤对她,言谈之中满是不屑。玉依儿想让武大炮赶柳蔓儿走,武大炮说,"多好的小姑娘啊,唱得好,人长得也水灵。留下吧。"自此以后,剧团自然而然地分成了两派,一派是玉依儿的,另一派是柳蔓儿的。两派人马三天两头打架,今天这边胜了,明天那边赢了,没个定数。

刘大麻子像看笑话,不管不问,"打架可以,谁都不能耽误唱戏。谁耽误演出,谁卷铺盖走人。还有一点,打架是打架,谁都不能抓破脸,这是底线。"

父亲听说剧团的事之后,曾经与武大炮谈过,让他不要对剧团的事管那么多,"常在河边走,哪能不湿鞋。"

"老哥的话我懂,请相信一名老共产党员、坚定的革命战士,相信他的品质和本性。咱只是喜欢听戏、演戏,纯属娱乐。至于和这些女演员,都是戏里的词,戏里的事,戏里的人。我武枪神有原则,放心,哪个女人也缠不上我。"

父亲让大脚奶奶三天两头往剧团跑,打听这个打听那个,还真没有武大炮和玉依儿伤风败俗的传言,都说两个人挺好,至于好到什么程度,再无下文。

玉依儿和柳蔓儿动刀子,不是因为武大炮,是因为团里的另一个演员孟飞扬。孟飞扬比玉依儿小五岁,比柳蔓儿大五岁。在柳蔓儿来剧团之前,孟飞扬天天跟在玉依儿屁股后面,姐姐长姐姐短,蹦出的唾沫星子比蜂蜜还甜。柳蔓儿来了之后,孟飞扬迅速转向,疯狂追求柳蔓儿。玉依儿受不了,给武大炮哭诉,让武大炮为她做主。武大炮让几个民兵把孟飞扬抓到大队,绑了三天,抽了几十鞭

第二章 辰时之8:00

子。武大炮原本以为没事,却没想到接踵而至的,是一封封的告状信和街头巷尾的大字报,直接把玉依儿和武大炮,描绘成了一对罪大恶极的恶夫淫妇。事情渐渐进入不可控的状态。先是武大炮的老婆到公社和大队来,旁敲侧击地提出警告。接着是组织上派人来,要调查匿名信反映的情况是否属实。等这一切渐渐趋于平静的时候,孟飞扬突然从县城带回来一队人马,一个个提着木棍,要造武大炮的反,革他的命。武大炮把枪放在桌子上,大红的绸子已经黑得看不出红色,像腐朽的斑。"老子就是革命出身,革过国民党、美国兵的几十条命,谁还敢革老子的命?看见老子这只眼了吗?就是枪子啃过的。你们谁的胆子那么大,不把老子放在眼里?我可以告诉你们,即使是一只眼,老子一样是百步穿杨的二郎神。谁敢动手,简直就是吃了熊心豹子胆,活腻歪了!"

父亲口中的武大炮,总让我想起基克洛普斯。这位希腊神话中西西里岛的独眼巨人,他的强壮,他的固执,他的感情冲动,与武大炮如此相似。父亲说,他没有想到孟飞扬这孩子,那么傻,还真的敢往前冲,举起的木棍眼看着就要砸到武大炮的头上。父亲说,他更没有想到,武大炮的手还是那么迅速,就在刹那间,枪响了。父亲说,他听到孟飞扬的头摔倒在地上的声响,听到他哎哟一声,双手捂住了肚子。挤在屋里屋外的木棍子,一根根散落在地上。那些稚气未脱的年轻人,一溜烟跑掉了。

父亲让吓得躲到一边的民兵,用马车把孟飞扬送到医院。

武大炮的枪还在抖着,就被他插进腰里,连同枪管冒出的淡淡的烟。"这个王八蛋,小兔崽子,还真的不要命。"武大炮骂人的声音渐小,汗在额头上打转。

父亲拍了拍武大炮的肩膀,"没事,兄弟,吉人自有天相。"父亲说这话的时候,连他自己都不知道,他是在希望孟飞扬命再大点儿,还是在宽慰武大炮。

"我想打他的腿,就差那么一点点。"武大炮抬起头,看父亲的时候,眼皮哆嗦着。

"你是正当防卫,我都看到了。"

父亲的话音未落,武大炮便抱住头,哽咽着说,"我手里的枪,应该是枪毙敌人的。"

三天后,孟飞扬死在医院里。肝部破裂,失血过多,十几个医生都没有救过来。公社有人给父亲通知,让那天所有在场的人,第二天都到大队里集合,县里的专案组要来调查。

入夜,武大炮和玉依儿来到我们家。母亲见他们失魂落魄的样子,赶忙去买菜买酒,"你大哥刚刚说起,你可能会来。山东人真邪。可你是四川人哪,也像山东人。我去买几个菜,你们稍坐。"

母亲把大脚奶奶和士孺叔都叫到家里,做了一大桌子菜,又给每个人倒满了酒。

煤油罩子灯的光线灰暗,每一个人的脸色,都像在捞草水中泡过。

"喝吧。"武大炮最先招呼。

大脚奶奶最先端起酒杯,"喝,天塌不下来。塌下来,大个的顶不住,就让大脚的顶。"

大脚奶奶的话,让一桌人的脸上,稍稍有了笑容。

第二章 辰时之8：00

再举杯。声音稍大。

再举杯。声音略大。

大脚奶奶每一次，都是一饮而尽。

武大炮说，"今天，我们俩，给大家伙儿，唱一段吧。"

"好哇。"大脚奶奶率先鼓掌。

"我还带了行头来。"玉依儿也喝了不少酒，脸上的红晕盖过了煤油灯光的灰暗。

"没有伴奏哇，我只能用嘴打拍子。"士孺叔开着玩笑。

"只要你的嘴拍子，八九不离十地准，就行。千万别把我们带沟里去了。"武大炮说。

"他的嘴，最喜欢的就是荒腔走板，走不了正道的。"母亲笑着打趣。

武大炮和玉依儿各自换了衣服，开始了他们的唱念做打：

虞姬：（白）呀！【西皮摇板】我一人在此间自思自忖，又听得敌营内有楚国歌声。（白）哎呀！且住！怎么敌营寨内尽是些楚国歌声？这是什么缘故哇？我想此事定有跷蹊，不免进帐，报与大王知道。（白）啊！大王醒来！大王醒来！

项羽：（白）看剑！噢！妃子何事惊慌？

虞姬：（白）妾妃正在营外闲步，忽听敌人寨内，尽是些楚国歌声，不知是何缘故哇？

项羽：（白）噢！噢噢！有这等事？待孤听来！喳喳喳！哇呀呀……妃子啊！

往 生

　　虞姬：（白）大王！

　　项羽：（白）为何敌营寨中尽是楚国歌声？想是刘邦已得楚地，孤大势去矣！

　　……

　　项羽：（白）妃子啊！快快随孤杀出重围！

　　虞姬：（白）大王啊！妾妃岂肯牵累大王？也罢！

　　项羽：（白）啊！

　　虞姬：（白）愿以大王腰间宝剑，自刎君前。

　　项羽：（白）这个！

　　虞姬：（白）哎呀！以报深恩哪！

　　项羽：（白）妃子你……你不可寻此短见！

　　虞姬：（白）大王啊！

　　项羽：（白）哎呀！

　　虞姬：【山歌】汉兵已略地，四面楚歌声。

　　项羽：（白）哎呀！

　　虞姬：【山歌】君王意气尽。残妾何聊生？

　　项羽：（白）这个！

　　项羽：（白）喳喳喳！哇呀呀……啊！不、不、不可！万不可！哎呀！

　　虞姬：（白）大王！汉兵他……他杀进来了！

　　项羽：（白）啊！待孤看来！啊！哎呀！

　　武大炮和玉依儿的表演，一板一眼，没有丝毫偷懒。母亲泪湿，

第二章 辰时之8:00

父亲有几分木呆。父亲说,武大炮一进来,他就有一种不祥的预感,他觉得武大炮是来向自己告别的。所以,父亲对武大炮临走时说的话,记得异常清楚。"老哥,我和玉依儿,干干净净。我拿党性担保,拿我枪神的名号担保,我拿今晚你们所有人对我武大炮一生的情谊担保。"刚要出门,武大炮又停住,"老哥,我见到了幻影杯,并不是人们传说的那个样子,它只是一只普通的杯子。只有一点非常神奇,它能让我,看到自己的一生。"

父亲说,武大炮死得悲壮,一颗子弹自下颌骨往上,穿过了他的另一只眼。父亲说,武大炮自黑暗中来,回黑暗中去,像一位真正的黑暗斗士。他来到风云激荡的人间,或许只为给这个世界,留下更多的光明。父亲说这话的时候,我怀疑父亲是听了别人对武大炮的评价。我再三追问,母亲笑着告诉我,"你父亲让青秧替他写的悼词。好是好,就是有点儿过,还有那么一点点——酸。你可能想不到,你爹还跪下了,给武大炮磕了三个响头。"

"死是比天还大的事。我们敬天敬地,为什么不能敬死亡?他欠这个世界的,这个世界欠他的,都一笔勾销。变成一个干干净净的人,这有什么不好?死者为大。死,理应受到每一个人的尊重。"父亲说。

至于玉依儿,再没人知道她的下落。

士孺叔给父亲说,"未若锦囊收艳骨,一抔净土掩风流。质本洁来还洁去,强于污淖陷渠沟。他俩的故事,早就有了先例。"

父亲再问,"什么意思?"

士孺叔便说,"回去问问俺家嫂子,她懂。"

剧团解散。偌大的舞台成了一群麻雀停息的地方，它们不停地歌唱，像戏台上曾经的主角一样，努力让所有的观众满意。

待我因一部书回乡，寻找那个戏台的时候，原址上已经种上成排的杨树，再不见戏台的任何踪影。杨树下是一片比羽毛还轻的白絮，哪怕再小的风吹来，都能把它吹起，飞得无奈而寥落。被踩进泥土的白絮，变得肮脏，像一张张被时代遗弃的变形的脸。戏，本来就是戏。说唱之间的世事人情，都像来去无踪的风。舞台也一样。没有戏哪有舞台，有了舞台谁又不是戏子呢？连杨絮，也是。

我找到剧团的老团长刘大麻子，问起玉依儿，他只说了一句，"可惜了。"

"什么可惜？"我追问。

"人可惜，戏也可惜。"

10 分地

父亲说，家庭联产承包责任制，真正解放了农民的生产力。自己的土地，随心所欲地耕种，随心所欲地收获。就连庄稼，也是随心所欲地生长。

父母和我们最小的姊妹仨，分得五口人的土地，只有父亲和母亲耕种。偶尔我从县城中学回家，看到空旷的土地上父母躬身劳作的背影，常常心酸落泪。对农村大多数的人来讲，五十多岁或许还是黄金年龄。但对一条腿残疾的父亲来说，即使在松软的土地上行

第二章 辰时之8:00

走,也是一件很困难的事。而我的母亲,成长于深宅大院,做女红曾经是她的最爱,耍弄镢头犁耙,却是一种挑战。对这些,去了美国的青秧,定然是无暇顾及的。棉棉学习成绩不好,三天打鱼,两天晒网,终于离开学校。棉棉并不因为自己出生在棉花地里,就对土地有所亲近。相反,她对农活有一种发自骨子里的厌恶,便早早地以打工的名义,外出闯荡自己的世界。而我,更是有自己的雄心野志,发了誓,做一名作家。

家里分得的土地,便只有父母劳作了。

如此劳心与劳力,于父母和子女,或许都是命定。

与我们做地邻的,是傻子一家。

父亲和母亲遇到了傻子的父母。女人满脸堆笑,高兴地说,"这次可真巧,俺家的地,左边是妹妹家,右边是大哥家。可没外人了。"

母亲问,"巧云姐,你们都还好吧。"

我的母亲与傻子的母亲巧云,是远房的表亲,巧云比我母亲大两岁。母亲嫁到故城来的时候,她还送去一块方巾,抓着母亲的手,长短高低地拉。临走的时候,巧云给母亲说,"俺和家里的男人高福,都是富农成分,常来你们家不好,容易造影响。以后啥时候方便,讨妹妹个关照,就行啦。"

或许是母亲的疏漏,或者是有意为之,母亲与她的远房表妹巧云,并没有像亲戚一样走动。母亲曾经与父亲聊起,说性格内向的巧云,从小跟着她的叔叔长大的,好歹嫁个人,叔叔家像是丢掉了一块累赘一样高兴。

"这么多年,多亏了妹夫,明里暗里地帮着。日子咸不咸淡不淡的,是咱老百姓要的样子。风平浪静的,挺好的。"巧云给父亲说话的时候,一定是毕恭毕敬地站着的。如果手里拿着锄头镰刀,她都会先放在一旁,再轻言轻语地用心说话。

父亲低着头,嗯嗯着,算是回答。

对傻子一家,父亲对士孺叔曾经有过交代,"成分高那么一点点,别上纲上线的。两个人就是笨点儿,干啥啥不行,人还是老实巴交的,又摊上一个傻瓜儿子,神仙都愁。别人拉起来,他家里连个串门的都没有。只有那个得过麻风病的二老歪,到他家去过。我们这些做党员的,划的是阶级界线,不能是人心的界限。人心要知远近,懂冷暖。党员要这样,党员对普通群众,更应该这样。"

从那以后,村里救济贫困户时,士孺叔总是要把他家加上的。曾经有一次,大脚奶奶问,"他家是富农,还给救济?"

"你看他家富吗?"士孺叔反问。

大脚奶奶跺着脚,"富不富不是标准,是原则。"

关于阶级立场和原则问题,我曾经与父亲有过一次深度交流。让我没有想到的是,在阶级斗争中历经磨难的父亲,对阶级并没有太清晰和精准的把握。父亲说,他甚至没有预料到,多几亩或者少几亩土地,在家庭成分划定之后,会给一家人的一辈子,甚至几辈子,带来那么深刻的影响。父亲说,如果能够预料到这些,他们这些当干部的,可能就会少划几户地主富农。

"那你说了算吗?"我问。

"农会说了算。老百姓选出的代表。"父亲说,"我最大的安慰,是没有欺负过任何一个百姓。我这一辈子，做了天底下最小的书记，唯一坚持的原则是：让所有有本事的人，各展其能，让所有的贫弱者，各安其命；有本事的可以吃鱼吃肉，没本事的人也要吃饱穿暖。"

我不知道父亲如何形成了这样的处世原则。这样的原则，让我对他更加刮目相看。

从那一次的偶遇之后，父亲尽力不再与傻子一家同时劳动。父亲说，"都别扭。"

更别扭的事，经常发生。比如富农高福和巧云，经常把土杂肥撒到我们家地里。比如他俩常常先把我们家的农药打完，再给自己家打。比如遇到暴雨之后，我们家的庄稼总是在全村第一个站起来，他家的似乎永远站不直。比如他们会把自己掰下来的玉米，偷偷放到我家的粮食堆上。诸如此类。

父亲让母亲告诉巧云，不能那样做。巧云回答，"都是小事，不值一提。妹妹，我看这形势不稳。再变天的时候，一定让妹夫关照我们。"

父亲无奈，在一个收割季之后，想与士孺叔调地。士孺叔吞吞吐吐，犹豫了好久才说，"我现在那几亩薄地，就是祖上传下来的那块。换了几换，图个念想。"

父亲明白了士孺叔的不舍，不再坚持，反倒是士孺叔不好意思起来，坚决把地调了过来。之后，父亲曾经问过士孺叔，"他俩对你也是那样吗？"

士孺叔嘿嘿笑过，"好点儿，好点儿。"

父亲点点头,突然想起什么似的,"对了,我一直想要问你件事,咱大队分到社员手里的责任田,怎么平白无故地就多了二百多亩呢?"

士孺叔不好意思地笑笑,"我怕你死脑筋,给你说了你生气,一直瞒着你。我自作主张,往上报的时候,偷偷压了地的亩数。私心,私心,就是想让村里少交点三提五统,少交点农业税。"

父亲眉头紧皱,"这事,你刘士孺也能办?"

"都过去了,都过去了。神不知,鬼不觉。天知,地知,你知,我知。"士孺叔笑得有些得意。

临近春节,故城大集更加热闹。一大早,傻子低着头,在院子里踩着墙根,来来回回。看到巧云起床,便说,"我们一家,都快死了。"

"胡说。"巧云抽出一根秫秸,使劲抽在傻子后背上。

傻子依然踩着墙根走,"我们一家,都快死了。"

巧云浑身出麻气,头发几乎要站起来。她从被窝里拉起高福,"你快看看,你那傻瓜儿子,是不是出什么毛病了。"

高福来到院子里,傻子仍然在院子里踩着墙根来回走,嘴里嘟囔着,"我们一家,都快死了。"

"你今天不能再去集上了。"高福对儿子说。

"不,我得去。有头牛。"傻子的语气坚决。

傻子的父母是拦不住傻子的,他的蛮力可以顶两头牛。

刚下过雨的地,到处是水。水里有各种各样的影子,或大或小,都在水的波纹里倾斜。牛粪。马粪。驴粪。骡子粪。猪粪。羊粪。

第二章 辰时之8：00

狗粪。左腿受过伤的牛蹄印。滴泪马的影子。有毒的蹄印。鸭子爪的驴蹄印。蟋蟀蚁的骡子蹄印。生过十九窝猪仔的母猪。被黄鼠狼咬过耳朵的羊。一条得狂犬病疯了的狗，拴得再紧也会咬人。一头公牛对三十米之外的母牛叫了几声。公牛是被阉割过的。一头骡子把一匹长得像的卢的马，当成了亲生父亲。驴子的叫声有点儿怪，它找不到发情的对象。一只鸟落在马背上，它们是前世的恋人。那些牵了牲口的人，把手蜷缩在袖口里，眼睛盯着一对正在交配的狗……

傻子像一位将军，检阅着所有的牲口和人。

傻子的身后，跟着一只三条腿的狗——母狗。没人知道为什么那只三条腿的狗，成了傻子最亲密的伙伴。故城村所有四条腿的狗，见到三条腿的狗，都浑身发抖，躲得远远的，仰望它的目光中，充满崇敬和膜拜。

它的第四条腿去了哪里？有人问傻子，傻子说，"做了铁拐李的拐杖。"

傻子的父亲高福，远远地看着傻子。高福怕傻子惹事。

刘焕天牵着一头六个月大的公牛过来。傻子头上冒出汗，往后躲了躲。傻子四处望望，没发现大爷和大娘的身影。

"傻子，来，把我的牛锤了。"刘焕天远远地喊。

傻子转身就往大爷家里跑。

锤牛是为了让野性十足的牛，变得温顺，变成只认得沟畦的垦荒者。过去锤牛的时候，是要将公牛放倒，用铁锤硬生生地将牛的睾丸砸碎。为了不让牛疼死，便要在牛角上，横着绑上一条扁担，让有力气的两个年轻人,一边一个,架着牛不停地走,俗称"遛牛"。从科学理论上讲,是怕血瘀在睾丸处,便不停地遛,让血流得通畅。刚刚锤过之后,疼痛让牛寸步难行,全凭两个人架着,才能遛完一天一夜。

不知道从什么时候开始,傻子学会了锤牛。没有拜过老师,也没有专业人士指点,傻子的这份绝技,似乎与生俱来。有人想让他劁猪,傻子说猪太脏。傻子只锤牛骟马,并且发明了自己的一套绝活。傻子掌握了水骟法、结扎法、火骟法、挫切法、夹板法,每一种办法都能让牛马们少受罪,快恢复。大爷大娘相中了傻子的这份手艺,在每一个故城大集上,都会给他介绍一些牲口贩子,一面让傻子挣两个小钱,一面也顺便给他们自己拉来一些茶茶水水的小生意。

刘焕天拿一根秫秸赶着牛,随着牛尾巴的节奏,大摇大摆地进了大爷大娘的家门,"大爷大娘,你们得让傻子来,把我的牛锤了。"

大爷大娘刚起床,一个在做早饭,另一个抽着长长的烟袋。大娘顺手牵羊的毛病一直没改,带来的直接结果是,没人再找她看牲口,谈价钱。会锤牛骟马的傻子成了他们的摇钱树。大脚奶奶说,大娘是一千次一万次被老毛病绊倒的人。她不是没有记性,是成了瘾。我的大爷又何尝不是呢?他常常酒不离手,烂醉如泥;又常常小赌怡情,把卖茶水挣得的三块五块,以赌虫或者赌棋的方式,输个精光。这也难怪,碌碡成家之后便迅速与他们分家另过。心莲嫂子添了孩子,也是送给田老七去看。

傻子躲在门后边,不出来。

第二章 辰时之8:00

"傻子,出来吧。"大爷喊。

"俺不出来。"傻子也喊,"他是长虫。"

"光天化日的,哪有什么长虫?胡说八道。出来吧,没有长虫。"大爷又喊。

"他怀里,有两根长虫,一根黑的,一根花的。不信,你扒开他衣服看看。"傻子眼睛瞪得老大,指着刘焕天说。

"你这个王八蛋,我脱光了衣服给你看。这大冷天的。"刘焕天脱得只剩下一个背心,"哪里有什么长虫?"

"变了变了,你看看,长虫在那里睡觉呢。"傻子的眼珠子通红,盯着刘焕天发青发怒的脸。

"睡觉没事,长虫睡觉的时候不咬人。"大爷劝傻子。大爷想起,在过继大哥碾盘的时候,傻子也是如此,说是看到了花皮长虫。

傻子被大爷强推着,锤刘焕天的牛。傻子泪流满面,搂着同样泪流满面的牛,头在牛的脖子上来回蹭,好久不放手。傻子嘴里嘟囔着,"你该是天下最好的公牛,天下最好的公牛。不像傻子。"

大娘为傻子准备好工具,大爷拍着傻子的后背,"上。"

以往,一个"上"字,傻子就像热血沸腾的牛。今天,傻子提不起任何情绪。一个夹板下去,牛瞬间倒地,吐起了白色唾沫。

傻子放下夹板,再次抱着牛头,放声大哭。

一头只有六个月大的公牛,被傻子锤死了。

傻子躲在大爷家的门板后面,蜷缩着身子,像一块被人遗弃的烂地瓜。

大爷大娘与刘焕天讨价还价,想让他少要点儿赔偿。刘焕天说

往 生

啥也不同意。

"三千块钱,少一分不行。"

"他家连人带房子,你觉得值三千块钱吗?"

"那我不管。"

傻子躲在门后,从门缝里看着依然抽搐着的牛。他说刘焕天怀里的蛇,"变了,变了,变成鬼了"。

"牛留给你们了。三天后,我来拿三千块钱。我的三千块呀。"刘焕天站起身,指着自己的鼻子。

高福从拥挤的人群后,挤到最前面,跪在大爷大娘面前,"求求你们两位老人家,多多周旋。我们连房子带人,再加上地,都可以赔。"

春日的萌发,并不都是希望。这头只有六个月的小公牛的发情,便是一场悲剧。是夜,傻子的父亲高福、母亲巧云,陪傻子喝了人生中的最后一场酒,或许也是他人生中仅有的一场酒。傻子一直笑,他清楚地记得,那是他人生中的第一场酒,彩山白酒。菜也好,有猪耳朵、猪肝,还有花生米、小咸鱼。傻子的父母——高福和巧云,在儿子熟睡之后,用绳子勒死了他。两个人再把两根麻绳,套在黑乎乎的房梁上,互相给对方系上绳套。他们死死地抱紧对方,蹬开了脚下的条凳。

三天后,刘焕天到傻子家要钱,发现了三口人的死亡。

公安局来解剖的法医说,三个人的死亡时间基本一致,属于自杀无疑。

听到这个消息的时候,父亲正在看一部没头没尾的电视剧。父亲评点着剧中的人物,对母亲说,"电视剧就是教育人的,教育好人,也教育坏人。真希望咱故城大队的人,都活得真真切切,实实在在。我咂摸出一个理儿,你看看是不是这样,一个社会好不好,一个地方好不好,不要看那些衣食无忧的人是不是天天花天酒地,要看那些为一个馒头从年头忙到年尾的人,流多少汗,出多少力,求多少人,死多少回。"

话没说完,父亲便已老泪纵横,"傻子啊——"

11 决斗

有一年的春夏之交,父亲把我从学校哄回家。父亲说,母亲病得厉害,想见我。

父亲见到学校辅导员的时候,递上了我的入党申请书。厚厚的一沓纸,被辅导员退给我的时候,我发现父亲在里面细述了我们家族的光荣史。让我最感动的是,识不了多少字的父亲,字迹工整,满怀虔诚。至此我才明白,在我印象中近乎文盲的父亲,一辈子都在学习。

母亲说,"他还让我给他背诗,讲诗。听不完两首,他就开始打呼噜。"

那一年,有许多大事发生。县里举办了中华宁阳蟋蟀友谊大赛,有着世纪恩怨的油爷和陶十一,展开了七局强力对抗。对油爷,父亲是有印象的,他曾经与我的大爷谈虫论道,搞一些小赛怡情的比拼。大爷去世之前，曾在蟋蟀圈夸下海口，无论如何要促成油爷和陶十一的决斗，然而因各种机缘不到，油爷和陶十一最终连面都未曾再见。大爷死后，油爷更少到故城来。在这次全县大赛之前，油爷作为大爷的故交，提着凤凰山上的天然绿茶，登门拜访父亲。父亲陪着油爷，在学校的残砖碎瓦之间，捕捉了七只上好的蟋蟀，用于与陶十一的决赛。决赛之前，油爷让哑儿来请父亲去现场观看比赛，并且告诉父亲，陶十一有可能拿出幻影杯，作为最后的质押物。父亲已经好多年没再听说过幻影杯，油爷的话让他心动。

比赛的当日，父亲早早进了比赛观看场地，等待着世纪之战的最终角逐：

油爷和陶十一的脸上，没有一丝笑容。

油爷手里托着的，是正宗的宣德龙罐。白底，祥云是蓝色的釉，龙身是纯正的黄。

陶十一手里，同样托着正宗的宣德龙罐。白底，祥云是红色的釉，龙身是纯正的黄。

这便是天下绝配的红蓝宣德罐，是宣德皇帝的殡葬之物。文物部门曾经悬赏十万，捉拿盗墓贼。

裁判把油爷的罐打开，摄像机的镜头显示，罐内空无一物。

裁判刚问了一句"这——"，便见陶十一迅速把自己的罐打开，将罐内的蛐蛐扔进嘴里。

陶十一的罐，同样成为空罐。

"你们这是——"裁判正在纳闷，便听见琴师的一声弹拨，

第二章 辰时之8:00

像春雷初起。再看眼前的斗栅中,兀自旋起两股风,一黑一白,从一侧到另一侧,互相厮打、纠缠。

"无影虫,看,无影虫。"

会堂里的观众全部惊呆。他们在电视屏幕上,看不见任何一只蟋蟀,只有风的旋转、碰撞。

弦越拨越快,斗栅中的风也越旋越快,形成一个气团,将斗栅震得粉碎。

裁判不得不拿出一个大点儿的斗栅,放在油爷和陶十一面前。

弦音是从一滴水的声音开始的,像从叶子上滑落的露珠。接着是海浪的声音,然后夹杂着乌云翻卷。而斗栅以内,突然出现了闪电,风在消失,闪电带着寒光,散发出刺骨的冷气,像北极的天光,直逼每一个人的神经。冷,刺骨的冷,把心脏的每一滴血都冻得发抖。海水在斗栅内先是试探,再是冲击,最后堆积成冲天的浪。

弦突然间就放得缓慢而柔和。有人看到油爷脸上慈祥的光,他低头的模样,竟有点儿羞涩。

恰在此时,斗栅内的山石突然崩发,像德令哈的黑风,将巨石毫不留情地卷起,直刺白风的中心地带。推、拉、绕、冲,石块化为尘土,高山连根拔起。金线罩的丝突然像一张网,被漫天遍野甩出去,像太阳一样张开,耀眼的光将一侧的石头化为水流,将整座山淹没。风平浪静,似乎一切都已终结,像花岗岩一样的石头又突然从水底直刺天空,将太阳的光一分为二,

往 生

天空也随即裂开了一个深深的口子。

一个阴阳罗盘出现,无所畏惧,卷起更多的日月星辰,在宇宙间旋转,越转越快,形成巨大的阴阳隧道。一束光,像钟表的秒针,精确到微秒的秒针,快速地飞进黑白交界的中心地带。

所有的弦,全部崩断。

时间的剑落地,依然锋利无比。

一条金丝,箍住了阴阳界。

一声怪叫,像狼的绝望。

那次比赛,父亲并没有见到幻影杯。幻影杯或许只是一个传说,一个没有任何寓意或象征的物件,在历史的长河中,像鱼一样游动或消失。油爷与陶十一的决赛,又何尝不是没有结尾的幻影,真实和假象,都在比赛之后,彻底消失。留下的,只是传说。

那么,关于幻影杯的传说,究竟从何而起?又会在何时湮灭?它既不代表故城的邪恶,也不会成为故城的灵魂。或许,它只是故城的某一种草,生死由天,荣枯自在。

那一年,1929 年出生的父亲,整整六十岁。父亲向公社党委提出了退休的申请,只有四个字——申请退休。大脚奶奶和土孺叔,同时申请休息。党委派出专门的工作组,在召开故城村全体党员会议之后,批准了三个人的申请。在经过严格的党员推荐、民主投票、组织考察程序之后,刘焕天当上了故城村的支部书记。

刘焕天在上任的第一日,便安排人拆掉了傻子家孤坟一样的破房子。据说,拆房子的当天,有好事者摆上了丰厚的祭品,放了一挂五千响的鞭炮。那挂鞭炮一定晒了好多时日,声音响得像七月的惊雷,比迎宾的礼炮响多了。据说,房子刚拆的时候,第一镢头下去就是一声惊雷。拆到最后的时候,有人看见三条透明的蛇,从砖缝里爬出来,向西而去。现场有人夸张地说,"听,那是傻子锤牛的笑声,咯咯咯……"至于后来,刘焕天恍惚听见傻子的声音,他语调含混不清,对着破房子的原址把头磕破,拿着一瓶彩山酒一饮而尽,嘴里喊着"好酒"。再后来,刘焕天被追债者扒光了衣服,关进狗笼子,只能佝偻屈身,在故城集上被人指指点点。"如果傻子活着,就该一刀下去,锤了这个孽障。"

有一个冬日,父亲在故城的老街上行走,看到前面刘焕天的背影,突然想起那个戴着墨镜、口罩和瓜皮帽的人。

第三章
午时之12:00

第三章 午时之12:00

1 正午

祭奠父亲的人来来往往。

我在父亲的东侧，或跪或坐，膝盖上沾满了尘土。我的眼睛时不时地看着门槛之外，那些来去悠闲的腿，那些上下颠着或左右摇摆的脚，毫无情感可言。我与母亲隔了三米的距离。我们想着同样的心事。我在等着儿子、母亲的孙子尽快来到。我更渴望的是，大姐麦子像一位受尽委屈的亲人，突然出现。我甚至能够想象麦子的哭，撕心裂肺，声音如同惊雷，泪水如同钱塘大潮。她会把几十年的压抑，瞬间爆发出来，向父亲倾诉，撒娇，或者撒泼。大姐一定会揭开父亲的蒙脸纸，发现自己在时光的冲刷之后，与父亲有那么多相似，又有那么多不同。而大姐，此刻一定会宽宥父亲所有的粗暴和严厉，表现得像个听话的乖乖女。

那株开着紫色花絮的蒲公英，大姐还留着吗？

母亲叫我，"给你爹泡壶茶吧。"

此时，是父亲日常喝茶的时间。

我拿出父亲把在手里几十年的紫砂壶，用热水烫过之后，放上

往 生

他最爱喝的铁观音。无论是倾倒茶叶,还是洗烫茶碗,我都心怀虔诚。我知道,即使父亲躺下,他依然会用严厉的目光,在世界的某处,察看着我。

父亲喝茶的习惯以及有关茶的所有认知,都是跟着母亲学的。母亲说,她一辈子没改的习惯,也只剩下喝茶了。从几岁跟着我姥姥喝茶开始,母亲就从未间断过喝茶。即便在三年最困难的时期,也要买市面上最便宜的珠兰喝。

父亲曾经对母亲喝茶有过微词。母亲转身,回过头便是满脸的泪。

"别哭,别哭,算我没说。咱死去的老父亲,孩子他爷爷,也是喜欢喝茶的人。他喝茶,讲究,几泡,几分,几时的水,不差分毫。偶尔,他还会读点书。看到你喝茶,让我想起他老人家。唉……"父亲很少与母亲谈起逝去的爷爷。他说存在心里的人和事,像陈年老酒,不能开封,一打开,就会飞走。

母亲说,"喝茶,说到底是在品人生。"

正午。没有阳光。冷。钻心的风总是在不知不觉间。

一只麻雀在一群人的夹缝中间,来回跳。有人想一脚踩住,它也只是轻轻一闪。麻雀要到躺着父亲的堂屋里来。一众忙人各自忙着,麻雀突然成了唯一的另类。我看着麻雀,它也看着我。我们四目相对的时候,我的心针扎似的痛。麻雀也一样,我看到它饱含泪水,喙张了几下,终没有发出任何声音。我看着麻雀努力地跳跃。门槛不高,它也要跳,跳跃的姿势像缺了半条腿的父亲。跳进门槛之后,它突然变得肆无忌惮。行走的姿势竟然成了大摇大摆的踱步,

第三章 午时之12:00

像父亲从未残过一条腿的样子。麻雀离父亲的倒头饭越来越近,突然身子前倾,翅膀架了起来,扑向父亲在人世间最后的一只碗。我跪着扑出去,猛地一伸手,麻雀已在我的掌心,被攥得死死的。

"快放了它。"母亲喊。

我起身,站到门外,把麻雀扔向墙头。麻雀顺势抖开翅膀,打了几个旋儿,落在灵棚木桩的最上端。

母亲摆摆手,我的耳朵贴近她的嘴唇,"那是你父亲的伴行者。"

对于母亲这样的说法,我未曾听说过。或许有,或许没有。自从父亲咽气后,母亲突然变得谨慎,害怕犯了什么忌讳。我知道,母亲定然不是为她自己考虑,她肯定盼望一生荣耀的父亲能有一个好的归程,有一个平安繁华的往生之路。我回头再看那只麻雀,它依然站在灵棚之上,不停地鸣叫。当我以伴行者的身份再去看它的时候,竟然多了一份亲近感。它的叫声,除了更加密集之外,我还听出了痛苦和哀愁。

老孬哥过来,给父亲磕过头后,坐到母亲跟前,"二婶子,有个事你得先定下来,是不是要给我二叔立块碑?要立多大的?用什么材质?是不是还要写碑文?碑上写一个人的名字,还是两个人的名字?这些都得抓紧时间定。晚了,怕工匠做不出来。"

母亲看我。

"碑还是要立的吧。材质要最好的。一般的尺寸是多大?"我问。

"这个不好说,关键看主家的意思。六十公分的太小,两米的太高。这中间还有很多的尺寸。石材厂现在的技术高了,什么规格的都能做。"

往　生

"村里镇里有规定不能超过多高吗?"

"这个没有。现在只管丧局大小,不管墓碑高低,更不管坟头子大小。前几天,我碰到一个丧局,人家光大墓占了得有二分地。啧啧,有钱哪。把地买下来,用砖围起一个大土堆,和鬼子的碉堡差不多。碑立得也高,还不得三米呀。"老孬哥羡慕地说,"说白了,就是显摆。那家是做生意的,在县城里开了几个楼盘。这样的富户,没人能想到,老头子竟然是被饿死的。"

"立碑的事,我也不太懂。"我看母亲。

"要不,还是把你士孺叔叫过来,商量一下。"母亲给老孬哥说。

"嗨,给他商量个什么劲儿?咱自己家里的事,定什么样就是什么样。"

在父亲去世之前,我曾经想过要给父亲立块碑,甚至暗下决心,要亲自撰写碑文。我也曾查遍全网,想搜一篇祭父铭文,竟然一无所获。那时我就想,"父亲"一词,有多少比如坚韧、严厉、宽厚、责任、比山还重等等的内蕴和表达,又有多少说得出、写不出的阔远和悠长。但令人伤心的是,自古而今,竟然没有一篇流传千古的诗词和祭文。翻开史书典籍,有丞相写给皇帝的《出师表》,有与日俱长的《祭母文》,甚至有书法奇绝、千年不朽的《祭侄文稿》,独独没人为自己的父亲,为天下人的父亲,写一篇千古流传的悼文。父亲不可歌?父亲不用歌?或者,父亲不好歌?一切的缘由或可能,最后的结局便是,世界上所有的父亲,都成为好文者的无能和无力。父亲,有多少千差万别,又有多少众生一相,都无法成就一篇旷世绝章。

第三章 午时之12:00

母亲不能为父亲作传,我亦无力为父亲铭刻一生的平凡或者伟大。那么我父亲的碑,也只能和其他所有人的父亲的一样,用美术字体写下名字,写下阿拉伯数字的生卒年,写下千古流芳的美好心愿,仅此而已。

"名字呢?写两个人的,还是一个人的?"老孬哥继续问。

"写两个人是什么意思?"我问。

"做一块大点的碑,一块儿把俺婶子的名字也写上。等俺婶子百年之后,就不用再立了。省心,也省事。"

我脸上露出怒气,"这不瞎胡闹吗?人还健健康康的,就要把名字写在碑上?让活人陪着亡灵,这不是诅咒吗?"

"兄弟,你这就不懂了。名字写在碑上不假,区别大了。俺婶子的名字描红,俺叔的名字漆黑。两种颜色并排放那儿,明眼人一看就明白。咱农村还有一种说法,俺婶子的名字写上去,不仅不损阳寿,还能添寿。有人讲,那是糊弄阎王爷的,说不定他就马虎一回,落在生死簿之外了呢。"老孬哥抽出一根烟,在硬硬的烟盒上非常讲究地磕了三下,自顾自地点上,徐徐吐出呛人的烟雾。他从烟雾的缝隙里,看着母亲。

我坚决打断了老孬哥的话,"这事,就依我说的,只写我父亲的名字。"

母亲无话。

"行,这事就这么办。至于尺寸,我看也别太高,一米六。进土四十,露出地面一米二。碑文呢?还写不写?兄弟是大作家,文化人,按理该写一篇。"

往　生

　　我不知道老孬哥是故意让我难堪,还是真的想让我写一篇碑文。此时的我,从心底不敢接手,"我没写过这样的文章,写不了。"我说话的声音极低,只有自己才能听见。

　　"还有,立碑子女的落款呢?落几个人?碾盘落不落?女儿们落不落?女儿落的话,女婿们落不落?"

　　老孬哥接连抛出的问题,是我从来没有接触过,也从来没有想过的。人活着,就已经有那么多的纠缠,死后的流程竟然也如此烦琐。我抬头看母亲,"这事,最好让士孺叔帮忙参谋一下,他是明白人。"我转过身,"家旺,去把你士孺爷爷叫过来吧。"

　　我重又跪在父亲的东侧,心里仍然想着写不出的碑文,想着母亲的名字是不是需要刻在同一块碑上。父母的一生,濡沫相依,父亲所有的缺陷和优长,都在母亲那里成了理所当然。而母亲,从来没有对父亲提出过任何一点过分的要求。相反,父亲因为什么事端,让哪家人丢了脸面或者受了委屈,母亲总要背着父亲,偷偷地到人家家里坐一坐,说几句道歉的话,送上十个二十个的鸡蛋,或者给人家的孩子称一斤花糖。母亲,就是与父亲相伴相生的一根藤萝,生得卑微而坚强,按照父亲的姿势生长,顺着父亲的季节荣枯。如今,父亲离开这个世界,母亲是否还真的需要以三个红字的姿态,出现在墓碑上,陪在父亲往生的道路上?那三个红字,似乎就是一个不祥的预期和等待,让我们每一次凭吊父亲的时候,都要与母亲的名字四目相对。我的心被扎得生疼。我回过头看母亲,母亲看向窗外的神态,如背后依了一片祥云。

　　我常常给妻子说起,"你看看咱娘的脸,像不像观音菩萨?那份

第三章 午时之12：00

慈祥、慈悲、怜悯和从容，让人心定神安。娘是修炼出来的，在千疮百孔的生活里，娘活得宽广，活得自由。"

我重又回到老孬哥抛出的一系列问题，儿女们的落款，碾盘和麦子，这些都必须面对。碾盘与父母，血肉之亲和伦理之远，到底孰轻孰重，母亲必然要顾及我的感受。碾盘在，我是老二。碾盘不在，我是家里唯一的男子汉。母亲可以让心莲帮忙撕孝，但母亲会把心莲放到与我不明事理的妻子一样的位置吗？我相信母亲不会。

生命的艰辛已足够复杂，往生的道路亦有如此多的挂碍和牵绊。所谓的一了百了，只是逝者的一厢情愿罢了。"一了"，竟然牵出了那么多的线头，随手一扯，还有更多的麻团。

一个领导干部模样的人，由刘焕天陪着，带着一个跟班，突然出现。

司仪"一鞠躬，再鞠躬，三鞠躬——谢客"喊过。

刘焕天陪着那位领导，径直来到母亲跟前，"二婶，这位是县军人事务管理局的郗局长。"

"大娘，对不起，我们来晚了。老书记住院的时候，我们就该来的。我们是新组建的单位，工作头绪多，没办法。今天我们来，除了拜祭老书记，还想搜集一些老书记的旧物。县里的烈士陵园，要建革命军人博物馆。老书记是解放前的革命战士，留下的东西极有价值。我还听别人讲，他从支部书记岗位上退下来后，一直在联络他以前的战友，为我们做了不少工作。这次专程过来，就是想看一看，他老人家有没有留下更多有价值的革命遗物，可以让我们永久地保存下来，不要全烧了。这对他老人家的一生，也是一个交代，

往　生

一种功德圆满的结局。"郗局长语调诚恳。

母亲看我。

我点头。

在父亲患病之前,我曾经有过替他整理旧物的打算。父亲摆摆手,"生不带来,死不带去。别麻烦了。"及至他患病,再问他,"你说的什么事?我怎么一点都不记得。"那一刻,我觉得父亲是一位真正的智者,以所有的忘却,空对来生。

母亲从床头抱出一个箱子。母亲说,"他这一辈子,从来不让我动这个箱子。包括孩子们,谁也没动过。"

那是一把不用钥匙的锁,母亲轻轻一拉,便开了。

所有人的目光都集中到母亲手上,等她掀开盖子,如同要揭开一个惊天秘密。

2　参军

那一年,部队招兵,大脚奶奶一手牵着铁锤,一手牵着我父亲,把他俩送到县城。

土路漫长,滑而硬,路两旁的树枝上挂满雪,像结霜的眉。

父亲听着大脚奶奶骂铁锤是天下最大的傻瓜、不要命的愣头青、坑人鬼、不孝子,嘴角露出笑。"你这个坑人鬼,我让你笑。"父亲头上挨了大脚奶奶一巴掌。

大脚奶奶以一声响彻宁阳城的长哭,把父亲和铁锤送出城。父

第三章 午时之12:00

亲和铁锤胸前的红花,开得灿烂,比天上的太阳还要温暖。六十多名新兵,兴奋和快乐洒了一路。

父亲悄悄拉了拉铁锤的衣角,"首长问你为什么参军,你会怎么说?"

"报仇。"铁锤回答。

"给谁报仇?"父亲又问。

"给我父亲。"

"对,杀父之仇,夺妻之恨,是男人都得报。"

铁锤长得像大脚奶奶,个子高,满脸的忠厚。额头上密密麻麻的痘痘,更让这份忠厚有了颜色和质感。铁锤的话不多,每一句都死沉。

父亲把揣在怀里的木制手枪塞给铁锤,"这个,送你啦。"

父亲和铁锤是儿童团的骨干,两个人一嘀咕,或者去村口放哨,或者去地主家监视,十几个小团员都是以一声"冲啊"来响应。父亲自制了一把木头手枪,刷上黑漆,拴上红绸子,一把木制枪足以乱真。铁锤一直软泡硬磨,想据为己有,甚至提出要和父亲轮流玩,一个白天,一个晚上。父亲一直说,等哪一天,我送给你。

"我马上就有真枪啦,你这把假枪,糊弄死人还行。不要!"铁锤推开父亲的手。

"你的真枪是长枪,我这是手枪。关键时候,捅到敌人的腰上,他知道是真是假?一样能吓破敌人的胆。"

铁锤接过来,插进腰带,像一把真正的手枪。红色的绸子飘来飘去,像他从鼻孔里哼出的曲子。

"铁锤,还有个事,我得给你讲清楚。你现在后悔还来得及。我们刚刚出宁阳。你父亲的死,可能并不像我给你说的那样。他可能是农会干部,被大地主刘洪盘杀掉,我只是猜的。我还听到过其他说法。比如说他得了瘟疫,比鼠疫还厉害的一种病,比麻风病还厉害。还有一种说法,传得也比较多,说他是后脑勺碰到门枕石上,摔死的。干娘和他打架,不小心出了事。我劝你当兵报仇,可能——有那么一点点假话的成分,有一点点糊弄你。如果你恨我,想逃回故城,守着漂亮的老婆过日子,我不怪你。我就一个人去当兵。出了这个村,可就没这个店了,你一定要想好喽。别等到哪天,抱怨我。"

铁锤斜着眼,看得父亲心里没底。

"好男当兵,好铁打钉。更别说是俺,俺是铁锤,比铁钉厉害多了。上战场见见世面,与敌人过过招,男人活着就得比试比试。你送的这把木头枪,也是假的。两个一冲,说假话的事,过去啦。"

虽然铁锤如此宽慰,但父亲始终怀疑,如果自己不鼓动铁锤报仇,他真的会去当兵吗?父亲给铁锤说假话,从来没有给大脚奶奶提起。父亲说,如果她老人家知道铁锤是受了他的鼓动,还不得一斧子劈了他。

只比铁锤大三个月的父亲,时时处处像大哥一样照顾着铁锤。他们先是到了肥城集中训练,跟着一批老兵,天天练习射击、刺杀、投弹、爆破。饭菜虽然简单,地瓜、土豆、南瓜、白菜,时咸时淡的咸菜,煎饼卷大葱,偶尔的白面馒头,让每个年轻人的身上,都充满了无限的力量。新发的军装仍然带着棉花的味道,父亲说,和

第三章 午时之12：00

白天阳光的味道一样，也一定像扑在娘怀里撒娇的味道。枪虽然是旧的，拉栓上膛一样带着快乐和清脆。刚刚领到枪的那一夜，铁锤和父亲都没有睡着。他们说，如果天空有夜游的飞鸟，他们说不定会打下一只。只不过，纪律不允许。

短短一个月的集训之后，迎来了几位首长的现场考核。每人三发子弹，父亲打了满环。负责考核的连长走过来，拍拍父亲的肩膀，"小伙子，不错呀。哪里人？"

"宁阳故城人。"父亲的回答响亮。

"还有什么别的本事吗？"

"我练过少林棍。"

"噢，在哪里练过少林棍？"

"我们集上有个卖艺的，教了我三个月。"

"打一打我看看。"

父亲接过铁锤递过来的木棍，一通行云流水的棍法，虽然看不出多精到，却让围观的战士们拍手叫好。

"好吧，从今天开始，你被选进尖刀班了。我是你的连长，梁守信。"

后来父亲问过梁连长，如果不是宁阳老乡，自己有没有机会进入尖刀班。梁连长问，"你有这个信心吗？"

"有。"父亲一个立正，"那么，能不能让我弟弟也到尖刀班来？"父亲搔着头皮问。

"你弟弟？"梁连长不解。

"铁锤呀。"

梁连长摇摇头,"你以为尖刀班是谁想进就能进的?让他跟着其他的战斗班,还是咱们一个连。这已经是照顾老乡的情分了。"

"别别,梁连长,这个铁锤我们炊事班要。这么大的个头,到哪里去找?兵马未动,粮草先行。铁锤,炊事班是战士们坚强的后盾,跟我来炊事班吧。我也是宁阳的,叫武衍保,老家在东庄北鄙村。"

所有新兵经过考核之后,各自分配到了华东野战军各个纵队。随即,父亲和铁锤随大队人马到了临沂。父亲的部队番号是华东野战军一纵一师一团一营一连尖刀班。这一番号让父亲终生引以为傲。铁锤则成了一连的炊事员。

铁锤满脸的不高兴,"我这兵当的,怎么就成了做饭的?说难听点,伙夫!"

父亲握着铁锤的手,"革命分工不同,都是战场上的光荣战士。如果没有人做饭,当兵的哪有力气打仗?我坚决支持你当一名称职的伙夫。到时候,你要偷偷给我多盛点儿菜,让我多吃点好的。咱丑话说在前头,有肉片子的菜,给我多打肉少打菜。要是给我的肉少,我就吃你的猪头狗耳朵。"

父亲开着玩笑,仍然不能让铁锤高兴。

"今天是伙夫,说不定明天就可以上战场。解放全国的重任在肩,谁都可能扛钢枪,说不定还能打上机关枪。宁阳曾经出过一位皇帝,叫刘盆子。小的时候,他只是一个放牛娃。当兵后成了伙夫,天天背着个盛菜的盆子。最后怎么着,被三十万大军拥立为皇帝。所以,干什么不重要,重要的是要有本事,有品德。"父亲再次劝慰铁锤。

第三章 午时之12:00

"我不做皇帝,只想打仗。如果我真能扛上机关枪,我一定冲在最前面。"铁锤声音低沉,如同有着千斤的重量,"让你的尖刀班,靠边儿站。"

父亲笑笑,夹紧的两根手指往外一甩。此刻,他在想,自己是不是真的需要一片树叶大小的尖刀,随身携带。遇到突发情况,一个甩手,唰的一道白光,接着是一缕鲜血洒地。小小的刀片,如果再弄成榆树叶子一样的绿色,绿色与红色,又该是怎样的快意侠胆?

父亲看见铁锤再次沉默下去,问,"你看外面的月亮,多好,像村头的河水。你——是不是想家了?你那媳妇挺俊的。"

铁锤一拳头抡过来,"瞎说!谁想媳妇,让谁腚上长疮!"

父亲侧过身子,"你说说,说说你和你媳妇的事。"

"你这个坏头蛆。"铁锤突然发现自己上当了,又一拳抡过来。铁锤叹了口气,"她太小了,还是个孩子。"

父亲沉默下去。看来,大脚奶奶的良苦用心是白费了。按照风俗,婆婆要检查床上垫物的,不知道铁锤和秀水是如何向大脚奶奶交差的。这事,成为父亲从铁锤处无意探得的秘密,让他每次面对秀水时,不得不多问几个怎么办。及至后来欧阳凤起与秀水的情感纠缠,父亲心里泛起的酸楚和不安,几乎让他动摇。放开一切,成全欧阳凤起和秀水,给他们办一场轰轰烈烈婚礼的念头,一度让父亲寝食难安。

"如果我死在战场上,有两件事,你要答应我:第一,把我的尸体带回老家;第二,给秀水再找个好人家。"

铁锤的话像直接劈在父亲头上的惊雷,让他无处可躲。父亲嗖嚅着,"瞎说。咱吉人自有天相,谁都死不了。等解放了全中国,咱一起回家。"

铁锤请求父亲答应的事,父亲曾经给母亲说起过。父亲说,自己并没有答应铁锤。那时,熄灯号刚刚响起,动听得像蟋蟀的鸣唱,他的手指正打着拍子。夜深人静的,他也有可能答应了。在是否"已经答应"这件事上,父亲对自己的记忆失去了坚定。父亲问母亲,"我给你说过吗?那个号手,竟然也是宁阳人,叫张立仲,比我大两岁,东庄公社大张庄大队的。"父亲常常问母亲她并未亲身经历的事,如同母亲早就知道了他们的姻缘,并且长出了千里眼。

除了父亲自己经常纠结于是不是答应过铁锤,没有人对他俩那个晚上的谈话,有过更多提及,包括那个号手的故事和他嘹亮的军号声,都像是世人无法窥视和探听的秘密,在父亲的生命历程中,变得越来越老,越来越模糊。

那个晚上之后,父亲和铁锤正式分开。父亲去了他的尖刀班,铁锤则去了炊事班。

尖刀班的战士都是神人,父亲说,每个人都是神枪手,什么枪都会使,三八大盖,美国制造,甚至清朝遗物汉阳造。

进入尖刀班的每一个人,都身怀绝技。

班长陈小坦,宁阳县伏山陈行村人,来去无影,可以穿墙而过,外号鬼影。常常让敌人头颅落地,还不知道是谁下的手。

会学十几种鸟叫的石天鸣,两片厚厚的嘴唇黑黑的,往外噘得厉害。舌头也比别人长很多,也更灵巧,外号老鹰。尖刀班的人常与他开玩笑,说他的嘴唇和舌头,是天下最般配的搭档。

第三章 午时之12:00

跑得飞快的罗小乐,外号兔子。他的足弓与常人迥异,弯度极高,脚心长毛,这便是常人口中的飞毛腿了。罗小乐不但跑得快,登高的本领也大,他只需三两步,便可以站在一棵树最高的树杈上。

会吹箫的李乐典,外号韩湘子。他的箫声永远如泣如诉,即便胜利之时,仍然像夜色被他硬塞进箫声里。兔子曾经与他开玩笑,"你是不是靠吹箫哄骗的媳妇?"话音未落,李乐典抓起石头就砸了过来。兔子只一个转身,便消失得无影无踪。

酒量奇大的倪克科,外号酒篓。据说打了胜仗之后,他第一个要找的便是酒馆,酒坛子往那儿一放,像喝六月的凉水。每次有任务,出发前班长都要特别问一句,"酒篓!""有!""棉袄里有没有藏酒?""没有。""到底是有还是没有?""有,没有。"然后酒篓摸着头,小声嘀咕,"让班长说晕了,简直比酒劲儿还大。"

飞刀绝技天下第一的李冠天,外号天刀。在没人看到他如何出手,刀片什么样子时,敌人人头便已落地。父亲最想学的就是飞刀,所以常常按他的要求,抓一把树叶,一片片地往远处扔。时间久了,竟能扔到五米以外。

力气极大的董玉杰,外号猛牛。有人专门试过他的力气,让他生掰一头牛的双角,他硬硬地把牛的脖子拧断。

会看天象的贺小凯,外号蚂蚁。对他能看天象,不少人持怀疑态度。但他预测阴晴雨雪,从来没失过手,让所有人佩服得五体投地。他逢人便讲,"人人头顶一片天。我的这片天,我说了算。"

手能刨地的葛亚,手指和胳膊极其粗壮,指尖上长出刀片一样的指甲,坚硬得能穿透树干,外号地老鼠。曾有人见过,他把手直接插进了敌人胸腔，抓出了血淋淋的心脏。

站在树梢上能纹丝不动的侯军舰，成了名副其实的猴子。下树的时候，他也常常一个腾空的翻转，像一只修炼多年的猴王。

懂些少林棍棒的父亲，外号自然被取为和尚。

父亲说，他们十一个人的尖刀班，可以各自为战，又可以三五成群。即使一个人悄悄出击，也会成为敌人的噩梦。他们曾经神不知鬼不觉地回过一趟宁阳城，从监狱里救出五名革命干部，顺手杀掉了里里外外十六名值班伪军，竟没闹出一声鸡鸣狗叫。父亲说，这事，县志里有记载，只不过被当成了志怪传说。我为此专门找过几版宁阳的县志，却不见任何文字记录。

3 小洼阻击战

父亲说，战斗就像是说来就来的游戏。所有的休整和放松，只是在蓄积力量。

春节刚过，战斗的命令就已经秘密下达。父亲不知道会奔赴哪个战场，会与哪一支敌军交锋。那一段时间，父亲浑身的力量几乎要冲出血管，恨不得一个飞腿就能踢倒一棵树，一个鱼跃就可以跳上树梢。父亲渴望自己人生的每一场血战，只是他没有料到，他所经历的几次战役，没有哪一次不是血战。

父亲说，小洼阻击战是一场挺直了胸膛任人刺杀的战斗，锻炼的是钢铁的意志和男人的血性。每一个参加战斗的人，都像是要在太君炉里淬炼的仙丹。自小洼阻击战后，父亲感觉自己身上多了耀眼锐利的灵光，眼睛能穿透浓雾，看到更多的东西。

1947年2月20日，华东野战军在陈毅、粟裕、谭震林的指挥下，发起了莱芜战役，意在围歼莱芜城中的国民党军李仙洲部。

小洼村，位于莱芜城以北一公里处。村子很小，只有十来户人家，又凹，像个锅底。就是这样一个很不起眼的芝麻小村，位置却至关重要。小洼村口有一条交通要道，通往北侧的吐丝口镇。吐丝口恰恰是国民党军的补给基地，更是其后退的固守据点。小洼村的天然地理位置，使其成为切断莱芜城内的敌军与吐丝口镇的联系，拦截莱芜敌军北向逃窜的第一道关隘。我军如果攻占了小洼村，就会使莱芜处于孤立无援的困境。

父亲所在的一纵一师一团一营一连，于2月20日夜晚接到命令，要在尽可能短的时间内，攻占小洼。

经过六个小时的急行军，一连在下半夜摸进小洼村。

尖刀班的十一位战士走在最前面，发现有一排宽大的营房里亮着灯。老鹰蹑手蹑脚地上前，透过窗棂看了几分钟，然后发出布谷鸟的叫声。班长陈小坦清楚，这是进攻的暗号。天空的新月像一条神秘的圆弧线，笑得有些迷人。父亲几乎是第一个冲出去，随着班长陈小坦，一脚踹开门。十几个赤裸裸的敌军从睡梦中惊醒，面对尖刀和枪口，乖乖举手投降。父亲说，那一刻，自己和尖刀班的战士，都有些失望。这样重要的关隘，就这样被轻而易举地拿到手。随后他们发现，小洼村地处锅底的最底部，两边山头都驻有敌军，几面火力都可以打到村里，而他们一个连全部处于敌人的包围之中。

往 生

连长梁守信命令所有人员,迅速做好战斗准备。父亲说,那时,他想起了诸葛亮挥泪斩马谡的戏。司马懿将马谡困在山上,断其水道,并放火烧山,令马谡的军队不战自乱,因此失了街亭。如今的一连,虽居于山洼之中,却没有应对周围山上敌军的任何优势。父亲正在疑惑,梁连长捅了捅父亲的后背,小声问,"和尚,想谁呢?"

父亲说,"想马谡。"

"马谡是谁?"梁连长问。

父亲说,"三国人物。"

"噢,我知道了。放心,小洼村不是街亭,是一座桥,是人的咽喉。"

父亲说,"我还想到了鱼刺。我们堵在小洼村,就是在敌人的喉咙处,扎上一根吞吐两难的刺,扎得越深越好,扎得越疼越好。"

梁连长小声说,"牢牢占住小洼村,我们就能够成为卡住李仙洲逃出莱芜城的钉子,揳进他的骨头里。"

2月21日上午,莱芜战役全面打响。父亲说,如果能够选择,他情愿去小曹村,第一个去冲锋夺城,打响攻城夺寨的第一枪。莱芜战役打响后的第一次冲锋,就是从小曹村开始的。

小曹村与莱芜城西关紧连,虽然村庄不大,却是国民党军的重要阵地,由七十三军十五师四十四团守备。华野一纵三师命令七团,派出一、三两个营,攻击小曹村阵地。因事先准备工作不够充分,加之地形对我军十分不利,土堰自西向东一块比一块高,敌人的火力很猛,致使我军一时难以突破防线,连续四次攻击都未能成功,有一个连的官兵全部牺牲。三师政委杨思一赴前线了解情况,并亲

第三章 午时之12:00

自指挥督促战斗,终于在拂晓前攻克小曹村。

国民党军副总司令李仙洲,眼看驻扎在莱芜城内有被全部围歼的危险,决定撤出莱芜城。可是,先头团一出城,就被小洼的解放军堵住了。国民党军深知小洼的战略意义,不拿下小洼,就无法逃出莱芜北门。李仙洲一急,派出七十三军主力十五师四十四团,加上李仙洲总部的特务营,由十五师代师长杨明率领,猛攻小洼。

父亲所在的一连,全连仅有140人。当时敌我力量是十比一,而且国民党军队普遍都是美式装备,火力异常凶猛。敌众我寡,力量悬殊,小洼阻击战注定是一场惨烈而悲壮的战斗。

1947年2月21日上午,小洼阻击战打响。国民党军十五师代师长杨明,指挥敌军向父亲所在的一连据守的洼中高地,发起猛烈进攻,以重炮不间断轰击父亲他们的阵地。之后,山上的敌军又封锁了一连通向营、团指挥所的通道,切断了一切联络手段。为了达到全歼一连的目的,敌军又增调九架飞机,对一连阵地进行狂轰滥炸。父亲说,我看着敌机飞来飞去,扔下如雷的轰鸣和一片片飞起的浓烟,眩晕如在梦里。浓烟散去,敌人兀地出现,像突然冲出浓雾的魔鬼。

久攻不下,杨明派出了督战队进行督战。李仙洲则下令关上莱芜城北门,督战人员见到往回退的士兵,就开枪射击,逼迫第四十四团和特务营,以必死的决心和决绝,一次又一次地向小洼阵地冲锋。

父亲说,小洼村阻击战,无论如何形容它的惨烈都不为过。血流成河,血染疆场,都像是书本上的字,太轻。敌人猛烈的远程轰

往　生

炸与近距离的迫击炮，轮番登场，连长梁守信、指导员彭程相继牺牲。在这危急时刻，一排排长王国栋站出来，向大家喊道："全连听我指挥！坚决守住小洼！我们红一连绝不当历史罪人！"如雷的炮声刚一停止，敌人的步兵就如潮水一般，向我军阵地蜂拥而来。在接近阵地时，国民党军开始投掷手雷，那是美式手雷，威力比我军的土制手雷大得多，许多战士避让不及，纷纷倒地牺牲。此刻的尖刀班，如同遇到了坚硬的钢板，天下绝技突然失去了辗转腾挪的空间。酒篓倪克科杀红了眼，刚端起机枪扫射，就中弹牺牲。父亲看着他倒下去的姿势，如同瞬间喝醉了酒，并且坚定地以为，只要酒醒了，他就能站起来。地老鼠葛亚刺杀了六七个敌人之后，自己力气用完了，待一批敌人冲上来，拉响了绑在一起的三颗手榴弹，他的手臂喷出血，无力地垂吊在手榴弹炸出的坑沿上。天刀李冠天的刺刀还没有顶到最上端，便一手拿着刺刀，一手持枪，朝敌人杀去，最后中弹牺牲。父亲说，他只身一人，悄悄绕到敌人身后，夺了一杆机枪后，向敌人猛烈扫射。父亲陷入敌人的包围，陈小坦如无影快手，近身贴过来，和父亲联手杀退了敌人一波又一波的进攻。那个时候，战争已经不是战争，而是意志的比拼。谁能咬住牙，憋到最后一口气，谁就赢了。眼看着敌军的进攻越来越猛烈，战斗已经进入了白热化，我军伤亡惨重，不得不收缩防线。

　　王国栋负了重伤，他把指挥权交给了机枪排排副李锦国。在李锦国的指挥下，战士们迅速组成两个班，依托两座残缺的房屋继续死守。在我军顽强的阻击下，国民党军始终没有突破我军的阵地。

　　战斗的间隙，父亲看到了一只不知名字的鸟，在战场的上空，

第三章 午时之12：00

来回飞翔。父亲说，它张开的翅膀真好看，像盛开的鸡冠子花。一片云很低，就在它的翅膀底下。父亲甚至怀疑，那是一只神鸟，是上天派来察看伤情的。那只鸟，成为父亲脑海中一生的图景，挥之不去。他后来说给母亲听，母亲一句话解开了父亲所有的疑惑，"你们打死了它的伴侣，它是来寻找的。""一定不是我们打死的，一定是国民党的部队。"父亲扭过头去，说出这话。

在另一场激战打响之后，通信兵卢学林抵达阵地，说，"营长指示，阻击任务已经完成，所有同志立即撤出战斗。"

父亲说，小洼阻击战，他们一连140人，打到最后，只剩下36名战士，尖刀班损失三员猛将。父亲说，这是他的第一场战斗，他觉得自己炼成了太君炉里的一粒丹，硬得刀枪不入。小洼战斗的每一名斗士，其实都是一粒丹，他们像全中国挺直脊梁的真男人，以血肉之躯，阻击了拥有大炮、飞机和各种美式武器的数千国民党军六个多小时，硬是顶住十倍于己的敌人的疯狂进攻，将企图夺路逃窜的国民党军，死死地堵在了莱芜城内。

父亲后来听传令员讲，早在一个小时前，营长就已经下达了撤退命令。先后派去的四名通信兵，在穿越火线的时候，全部壮烈牺牲。

小洼阻击战，让父亲认清了战争的真实，体会到鲜血和子弹搅在一起的残酷。父亲清楚地记得，他用长枪打破的第一张脸，露着稚气，满脸尘土，眼里充满恐惧。那一刻，父亲是犹豫的，如果不是班长陈小坦对他猛喊一句"你等死啊！"父亲打不出第一枪。父亲说，酒篓倪克科在战斗打响之前，偷偷喝过一小瓶酒，父亲还笑话

往 生

他不问生死只求醉。地老鼠葛亚牺牲的时候,身子缩在血泊之中,似乎真的变成了一只老鼠。父亲多么希望,他只是钻进地洞之中休息一会儿,很快会再次投入战斗。如果真的能够如此,那该是多么幸运的事,可以循环往复地生死,可以无休无止地战斗,直到全中国胜利解放。天刀李冠天的刺刀应该是一种宿命,他最拿手的是飞刀,却大意失荆州,因为一把刺刀丢了性命。

战斗结束的那个晚上,韩湘子李乐典坐在休整的操场上吹箫。父亲说,那箫声像一位武士醉酒之后,为同伴的离世发出的呜咽,像草原上丧偶的狼,一声空阔悲切的对月长啸,听起来让人心碎。连长梁守信死的时候,眼睛是睁着的,父亲想从梁连长的目光里,看清楚他生命的最后幻影。父亲听清楚了连长的最后一句话,"把我带回老家。"连长的话让父亲心里一紧。他想起了铁锤,想起铁锤有着与连长同样的心愿。回家,是每一位生者的结,更是每一位逝者的梦。

父亲说,小洼阻击战的惨烈,只是莱芜战役的一个缩影。后来,他无意中看到一份战情通报,脑海中记下了一组数字:解放军以伤亡8800余人的代价,3天内歼灭国民党军1个绥区前沿指挥所、2个军、7个师,共计56800人,其中俘敌46800人,毙伤10000人;南线及胶济路东段的协同作战,共歼敌70000余人,并乘胜解放了博山、淄川等13座县城。莱芜战役使渤海、鲁中、胶东解放区连成一片,严重打击了敌人的气焰,打破了国民党军南北夹击的计划,为粉碎国民党军对山东的重点进攻,创造了有利条件。

父亲痛恨阿拉伯数字,它枯燥、冰冷、单调,不像中国的数字

第三章 午时之12：00

那样，端庄而有力量。父亲告诉我，对战争的回味和总结，无论什么样的数字，背后都是一条条生命。如果能够和平，谁非要选择战争？如果只有战争才能让和平发生，来吧，他愿意做和平最后的守护者。父亲说这话的时候，已经是多年以后。他的话深刻而富有哲理，让我不得不对他刮目相看。父亲笑笑，偷偷告诉我，"这话，我是跟别人学的。这是个秘密，别告诉你娘。"

多年以后，我把一部电影光盘带回家，陪父亲看。电影的名字叫《集结号》。父亲一句话不说，静静地看，泪流得不像样子。

父亲问我，"你知道那个号手叫什么吗？他叫张立仲，比我大两岁，是咱宁阳东庄公社大张庄大队的。"父亲说，"营长已经在一个小时之前，下达了撤退命令。如果张立仲的撤退号吹响，我们会少死多少人哪。"

"老爹，你可能不知道，张立仲也在小洼阻击战中光荣牺牲。"

"我知道，小洼阻击战本身就是一场不需要军号的战斗。他就埋在了小洼村。"父亲长出一口气，"但有一个人，我一直有疑惑。"

"什么人？有啥疑惑？"我问。

父亲长吸一口烟，然后将烟雾慢慢吐出，如同吐出被岁月留下的伤。父亲看着烟圈一点点扩大，散开，最后变得踪迹全无，才说，"1966年底的时候，美越战争，美国出动飞机，轰炸了我国驻越南的大使馆。我清楚地记得，那天的《人民日报》写着，越南的副总理去看望中国大使馆工作人员，那时的大使叫朱其文。我一下子想起来，小洼战役中，我们的指挥官就叫朱其文。只是，我不知道是不是同一个人。我想打听一下具体情况，就去了县里的武装部。"父亲又装上一袋烟,继续说,"那天的报纸,强烈抗议美国的行为,号召全国人民团结起来,坚决要五倍十倍地惩罚美国强盗。我问当时的武装部部长,能不能打听一下那位朱大使,是不是我的战友。越南战场是不是像朝鲜战场那样需要我们的志愿军。如果需要,故城大队的青壮年带头报名。那名武装部部长长得矮矮瘦瘦,一看就不是块当军人的料儿,说话的声音娘娘们们,说要等上级通知。他还倒过头来问我,从哪里了解到这样的机密,怀疑我是特务。报纸上的白纸黑字,他竟当成了机密。可笑。看着他爱搭不理的样子,我很生气。第二天,我就和武助理员,带着几十个基干民兵,都穿上统一的蓝色民兵服,背着长枪,齐刷刷地来到武装部,坚决要求参军,援越抗美,上战场。"

我哈哈大笑,"老爹,你这是当兵的瘾又犯了。"

父亲也笑,"只要听说有人欺负我们,我就犯病。只有一门心思,上战场。自己去不了,孩子们可以去,民兵们也可以去。故城大队从来不缺顶天立地的汉子。几十位军烈属,可不是闹着玩的。"

"轰炸南斯拉夫大使馆的时候,你组织民兵去武装部了吗?"我和父亲开起玩笑。

"你说什么?谁轰炸南斯拉夫大使馆?也是美国鬼子?这事我怎么不知道?"父亲头上渗出汗来,说话的腔调变得虚弱无力,"还是那句话,就是拼上一条老命,咱也要跟他们打。谁怕那群王八蛋?"

"那个朱其文,到底是不是你们的指挥官?"

"不知道。没有人知道。"父亲摇摇头,"这样也好。"

第三章 午时之12:00

4　孟良崮战役

2020年，我与几位文友登上了蒙阴县的孟良崮。

据传，北宋名将孟良、焦赞带领人马路过蒙阴，来到山下。孟良在崮上安营，焦赞在山下扎寨，因得其名。山顶深浅不同的石坑，据说是孟良军营的旗杆窝。崮下有一片古遗址，据推测就是当年焦赞的营盘。关于宋代的那段历史，我们已无法进行更多的考证。他们因何而来，为谁而战，结局如何，都随着时间的烟尘，消失在山涧之中。他们留下的，或许只是一个名字——孟良崮。

70多年前的一场战役，让孟良崮在时间的坐标中，重新鲜活生动起来。而在70多年后，当一名战士的后代登上这座山的时候，它竟如害羞的少女，沉默无语，静若处子。相较于沂蒙山系的其他峰峦，孟良崮只是一座写满坚韧厚重、风云沧桑的山头，它不高，不雄，也不奇，更像山东男人的性格。站在孟良崮的最高峰大崮顶，四野极目，是胸襟的开阔和抒发，是望尽沧桑的时空穿越，是亘古不变的雄壮和年年复生新绿的变换交织。时值金秋十月，山上的松柏如往常苍翠，橡子树如心胸一样开阔，蔓生的绿色藤枝纠缠不休，层层的梯田、一层层的绿，像画，如诗，不只是写在歌里的景象。我在想，此时孟良崮的葱绿，与70多年前有何不同，70多年前的荒蛮与今日又相差多少，有多少树木依然是前时的模样，又有多少飞尘变换了生长的姿态，陡峭的山崖依然险峻，山风仍然是变幻无常。

往　生

我一直想弄清楚，在这片起伏不定的山野之上，究竟有多少爱国志士的躯体被尘土掩埋，鲜血被风雨冲刷，是不是还有弱如草芥的生命，甚至连名字都没留下？无论有多少可歌可泣的胜利和荣耀，我却仍然渴望那些追求正义和光明、为国家和民族未来视死如生的灵魂，依然年轻，怀揣理想，在每一个春日，像不屈的草，生生不息。想到这些，我再看这满山的绿，竟有了红色的反射光；再看这些沉哑的石头，每一块都写着一个人的名字；那些云蒸霞蔚的水汽和云烟，便成了万千战士的激情和青春，渐渐聚拢成一棵树、一座山的模样，让孟良崮有了温度，有了血脉，变得更加丰满和坚实起来。

在如此繁复坚韧的山上，我只想做一块石头，或者吟唱石头的歌手。

我曾经专门查阅过有关资料，孟良崮战役，华东野战军歼灭国民党军整编第七十四师及附属第八十三师一个团，共计32680人，其中俘虏19680人。解放军牺牲约2043人，负伤约9300人，其他减员约846人，合计12189人。透过这些资料和数字，我力图感知更多鲜活的史实，聚焦那些如我一样血肉丰满的生命。他们或者年轻，或者上有老下有小，为着自己的理想，为着祖国和民族的前途命运，抛洒自己的鲜血。在那些呐喊声中，在那些高昂的头颅中，在浩浩荡荡被尘封的脚印中，我努力寻找自己的父亲，历史的、真实的、神秘的、热血沸腾的父亲。

父亲曾经两次登上主峰，一次是在战役之中，一次是在退休之后。

关于孟良崮战役的史实和回忆，父亲常让我去看电影《红日》。

第三章 午时之12:00

他说,《红日》刚刚在农村放映的时候,他天天追着电影放映队跑。从一个村到另一个村,拿一个小马扎,早早地到空空的场地上占位置。甚至,父亲还会与七八岁的小孩子们,争抢靠近放映机的最佳位置。最后,父亲把电影队请到自己家里,一个人在院子里看,一连放了三遍。父亲说,他要一个人一个人地辨认,看看电影里面到底有没有自己的战友。而自己,是不是也被刻意隐藏在哪个镜头里,像一位真正的勇士,或者像一位地下党员。直到所有的演职员表出完,最后是一个大大的"完"字,父亲依然恋恋不舍。

父亲说,如果自己一直待在部队里,他会成为团长刘胜,会比刘胜立下更多的战功。那个结婚一个月就去当兵的杨军,让父亲想起铁锤,阿菊长得也像秀水。父亲看得明白,电影中的吐丝口战役,就是在小洼阻击战完成之后。大军完成了部队调防,才敞开小洼通道,故意让李仙洲带着七十三军和六十四军,分成两路突围。李仙洲的先头部队在吐丝口以南,遭到了正面阻击部队的猛烈攻击。李仙洲又急忙往回退缩。此时,莱芜城早已被我军占领。于是,五万敌军便被紧紧压制在北铺、芹庄、南白龙、高家洼这一块东西只有4公里、南北只有7.5公里的狭小地带上。在各路大军的同时攻击之下,敌军顷刻间土崩瓦解,纷纷举枪投降。父亲质疑电影中的吐丝口战役打得简单,好像一个尖刀班就能解决战斗,"如果真的那样,我们就会上去与敌人干了。"

父亲用了好长时间才明白,电影就是电影,电影是讲故事的,不能较真。比如那些绫罗绸缎的欢迎队伍,不像是老百姓,掩盖了历史真相。那时的百姓穿不起那么花哨的衣服,也不敢穿,除了地主老财家的女人们。黑色、灰色是男人的色调，在粗布上印上点白花，便成了女人们最喜欢的印花布。父亲曾经抄下报纸上的一段文字，我想最契合父亲的心思。文字这样表述："战争——是一滴血一滴血流下的新伤、旧伤、老伤，是被火烧到绝望的哭天喊地的呼叫，是能不能坚持到天亮的思想动摇，在一分一秒的苦熬之后，又重新燃起的希望和撕肝裂肺的绝望，是一只饿昏头等待喂食的小鸟，是渴了三天、只剩下最后一口气的鱼。那个时候，最渴望的是——能听到最后的冲锋号。可又有多少人，在冲锋的号角响起后，倒在了冲锋的道路上。他们，看不到山顶高高飘扬的红旗。"

父亲回忆，"孟良崮战役是在13日黄昏发起。我们和其他四个纵队，担任起割裂并围歼整编七十四师的任务。当晚，我们与第八纵队的一部分兵力，与七十四师实施正面交火。主力则从它的两翼，迂回向纵深揳进。这一谋略，与张灵甫在涟水与我军作战时的战术，相差无几。我们的主力先后攻占黄斗顶山、尧山、天马山、界牌等要点，割断了七十四师与二十五师的联系，并歼灭第二十五师一部，迫使剩余敌人缩回桃墟。14日上午，七十四师师长张灵甫得知天马山、马牧池、磊石山等地失守，预感有被围歼的危险，便仓促逃向孟良崮，向垛庄方向撤退，同时组织一部分兵力进行猛烈反扑。我们几个纵队合力围攻，在孟良崮形成了对整编第七十四师的四面包围。那个时候，敌人的战斗力仍然很强，所处的地形十分有利，占据了战斗的制高点，强攻成为消灭七十四师的唯一手段。"

对孟良崮的合围，又让父亲想起马谡的失街亭。其实，每一场战争都是"街亭之战"，攻与守，高与低，得与失，利与弊，都在一

第三章 午时之12:00

时一地之间转化。明白了这一点，战争的一切要义，都可迎刃而解。

父亲所在的一连，再次承担起攻坚的任务。

自小洼阻击战之后，尖刀班又补充了几名战士。不断的攻坚训练，让尖刀班再次焕发出生机和活力。此次任务与以往不同，自下而上的进攻，如同把子弹打向头顶的锅盖。尖刀班要提防子弹，提防落石，提防脚下随时滑动的石块。敌人一梭梭打向尖刀班的子弹，暴怒中带着哨音，哨音中带着狂妄，得意中带着残忍无情，恶狠狠地要把阵地和人，一同烧成灰烬，打成粉尘，消灭得干干净净。

半山腰的一个山洞，是天然的碉堡，集中了敌人的三挺重机枪，肆无忌惮地向尖刀班扫射。过不了这一关，他们就无法登上孟良崮。尖刀班的战士一个个主动请战，坚决要求去炸掉那个地狱魔鬼般的山洞。

班长陈小坦指了指罗小乐，"兔子，怎么样？"

兔子拍了拍胸脯，"放心。"

兔子抱起炸药包，真的像兔子一样冲了出去。

"蚂蚁，你掩护。"

贺小凯喊一声，"到，请班长放心。"

兔子在一块块的山石和树丛后面，迂回闪转。蚂蚁在离他两三米远的地方紧紧跟着，枪始终对着山上的洞口。敌人意识到了攻坚者的来临，机枪扫射一直不停。兔子猛然回头的时候，发现蚂蚁被射到胸口，鲜血瞬间淹没了兔子眼中的整个世界。兔子刚一挪身，准备去看蚂蚁一眼，敌人的枪声响起，恰好射在兔子腋下的炸药包上。一声巨响之后，便是死一般的沉寂。

往 生

班长的牙咬得咯咯响,两只手来回搓。

父亲走到班长跟前,"我有个主意,能让敌人发现不了。"

"快说。"

"我们推着石头上山。既能遮挡敌人的子弹,还能混淆敌人的视线。"

"能行吗?"班长怀疑。

"速度不会太快,但应该有效。"父亲说。

"好,猛牛、猴子、和尚,你们三个上。"班长下达了命令。

董玉杰和侯军舰对父亲的提议有些怀疑,父亲便自己先挑了一块石头,挡在头顶的正前方,努力地边爬边推。

父亲说,石头死沉,推起来肯定费劲,甚至要用上吃奶的力气。他们三个,一面观察着前面的地形和前进的路线,一面提防着敌人的机枪扫射。顶在前面的石头,如同有着千斤重量。父亲他们如同在干旱的地面上游动的蝌蚪,这让他想起"小蝌蚪找妈妈"的儿歌。随时可能滑落的石头,像一把悬着的剑,两只眼睛和两条胳膊,要配合得天衣无缝。在推出十几米之后,父亲开始后悔了,这样上山简直就是蒺藜秧上的爬行,被刺得血流遍地,却不能发出任何声响。父亲感觉到,光天化日之下,漫山遍野之中,他们真的变成了一块会行走的石头,唱着流血的歌。苍穹之下,谁会在意一块石头的位置呢?就在那么一个瞬间,父亲发现自己变成了一块会飞的石头,朝着敌人的洞口飞起,然后被一粒子弹,重又打回原地。父亲眨眨眼,他想看到一只飞鸟,或者一片好看的云。什么都没有,只有汗水,从额头流向地面,在身后像一条蚯蚓爬过的水痕。在父亲他们

第三章 午时之12：00

推石上山的过程中，敌人真的没有发现他们的移动。偶尔响起的枪声，像是在吓唬对方，也是给自己壮胆。父亲爬到离山洞还有十几米远的地方，他们才发现，敌人机枪扫射的洞口是在悬崖之上的。悬崖，恰恰成了他们最好的隐蔽点。他们三个搭起人梯。能站上树梢的猴子，此刻发挥了最大作用，他站在最顶端，把三个人的炸药，一并扔进了山洞。

父亲他们几个往下跑的时候，感觉到山被炸裂，耳朵流出血，甚至感觉自己被炸飞，血流了一地。

在听到炸药包响起的那一刻，父亲对着班长陈小坦高喊，"班长，我要入党。"父亲相信班长能够听见他的喊声，整个孟良崮，连同山上所有的树木和花草，都能听见。父亲觉得他是在用生命，向大地喊，向天空喊，向亿万万的共产党员和同胞在喊。

推石上山，成为孟良崮战役中极其特殊的攻坚策略，在以后的数次战斗中，被时不时地使用。父亲说，自己能为中国的解放事业贡献一点儿聪明才智，这是他的军旅生涯最大的安慰和收获。

父亲没有料到的是，猴子侯军舰和猛牛董玉杰，与山石一同被炸飞，壮烈牺牲。父亲，也被炸昏倒地。

被炸昏，是父亲一生的痛和结。他一直说，如果没有被炸昏，他一定会攻进张灵甫的指挥所，一定会活捉张灵甫。

让父亲稍感庆幸的是，击毙张灵甫的，也是宁阳老乡，东庄葛家庄的葛兆田。当时，葛兆田并不知道自己击毙的是张灵甫，只知道是一位将领。他看到了尸体肩膀上的两颗星，胸前缀满了勋章，山风吹过，露出一条假腿。关于这段史实，葛兆田回乡后有过一段

往 生

口述,后被整理成文字,发表在 2004 年 10 月 26 日的《中国国防报》上。父亲没有心情追问张灵甫死亡的方式,只为自己没有在战斗胜利的那一刻站在大崮顶而遗憾。

如今,大崮顶上张灵甫的指挥所,已然坍塌成一片石堆。没有石洞中的风云叱咤,没有硝烟战火的焦化痕迹,也没有战争胜负的实物遗存。

苏醒后的父亲,参加了后来的总结表彰会,方才明白孟良崮战役的重大意义。这次战役,基本粉碎了国民党对山东解放区的重点进攻,开创了在敌重兵密集并进的态势下,从敌阵线中央割歼其进攻主力的成功范例。整编七十四师这一"王牌军"被摧毁,沉重打击了国民党的嚣张气焰,鼓舞了人民解放军的士气,使我军由弱转强,全国的军事、政治形势发生了重大变化,这是解放战争由战略防御转为战略进攻的重要转折点,也为刘邓大军挺进中原奠定了基础。

父亲在会上见到了陈毅和粟裕将军,他推石上山的攻坚战法,还被点名表扬。父亲说,孟良崮,多好的名字啊,天空也好,土地也好,那里的人,更好。父亲的党龄,就是从那一次战役的起始日算起的。每每想起这一点,父亲总是哼起那首用陈毅元帅的诗句改成的歌。"孟良崮上鬼神号,七十四师无地逃。信号飞飞星乱眼,照明处处火如潮。刀丛扑去争山顶,血雨飘来湿战袍。喜见贼师精锐尽,我军个个是英豪。"

对父亲的歌声,我实在不敢恭维。母亲这样评价,"你爹唱歌,调不在调上,词不在弦上。听你爹唱歌的时候,一定要先检查一下座位，别被吓倒了。"

我上了大学，读了外国文学之后，给父亲讲过希腊神话中的人物西西弗斯。因为触犯了众神，诸神惩罚西西弗斯，要求他每天把一块沉重的大石头，推到非常陡的山顶上，然后朝边上迈一步出去，再眼看着这个大石头滚到山脚下。诸神认为，再也没有比这种无效无望的劳动更为严厉的惩罚了。

父亲沉默好久，才说，"对诸神最好的回答，就是在石头滚落的时候，喝酒庆祝。"最后他还追问一句，"你是在笑话我推石上山的经典战法？"

"我……我只是觉得，您老人家和西西弗斯一样聪明可爱。您老人家的战法，是不是经典不重要，但确实独特。"

父亲用他的烟袋锅敲了敲八仙桌的"脚趾"处，"无论我的办法有多笨，能够改变战斗的形势，就是好战法。作为战士，我就是在尽本分。人活着，不都得这样吗？"

父亲并不追究哲理。他只是按照自己的方式生活，尽心尽力地做好自己分内的事。"没什么大不了，出了事我担着。"这是父亲多少年不变的口头禅。说这话的时候，他大手一挥，真的像一位将军。我不得不承认，父亲的这种性格，深深影响了我和我的儿子——父亲的孙子，让我们祖孙三代，都有了面向世界的广阔胸怀，面对问题时的坚韧，遇到困难时的担当。

"男人就是要顶天立地，哪怕只是推石上山。"父亲补充道。

我又给父亲讲起阿喀琉斯，我觉得父亲就像一个把缺点隐藏于脚后跟的人，浑身上下都是坚硬的铠甲和战衣，没有任何利器可以伤害他一丝一毫。但他的柔弱又像水，化为见到铁锤之后的抱头痛哭的眼泪。

"哥，我也加入了主力部队，参加了孟良崮的战斗。"铁锤一脸兴奋。

"不干炊事班的活了？"父亲敲打着铁锤的肩膀，"你小子行啊，看来进步不小。"

"那当然。偶尔去炊事班，只是偷偷吃片肉。哈哈，我现在呀，最想上前线。"铁锤抓紧父亲的手，"我最近添了大毛病，每次战斗之后，特别想吃炒猪蹄。"

父亲放开铁锤的手，为他扯了扯皱巴巴的衣服口袋，"你还记得那个老乡董玉杰吗？他牺牲了。他的遗体，就埋在了孟良崮。"

铁锤沉默下来，看着父亲的脸，非常严肃地说，"我给你说过的话，你一定不要忘记。无论我在哪里牺牲，你都要把我带——回——故——城。"

父亲说，"铁锤一个字一个字地说，像是要把每个字，都咬碎了。"

父亲再次到孟良崮的日期不详，原因不详，我只知道是在20世纪80年代末。

5　茂义庄事件

娘的两个亲儿：

第三章 午时之12:00

娘想你们了。

识字班的教员说,俺可以给你们写信。他说俺认过的字,够了。

娘不知道你们是不是上了战场,打死了多少鬼子。娘只想让你们多杀敌人,保护好自己。

革命是需要流血的,娘啥都懂。可娘不想让你们死,最多伤点筋骨,没事儿。咱穷人不怕苦,更不怕伤。娘再嘱咐你们一万遍,等全中国都解放了,你们都得好好地给我回来。

娘很好,故城村的地下革命斗争,娘做了点工作,受到了组织表扬。地主阶级和一切反动派,都见不得阳光,也没有多少天日啦。咋呼不了几声,都是秋后的蚂蚱啦。娘说给你们听,娘在老家,就是拼上一条命,也要革命。娘带领村里的妇女同志,剪发、放足、反虐待。娘现在不怕别人笑话我的大脚了。女人们都得变成大脚,娘还怕啥?大脚有什么不好,跑得快,走得稳。娘要继续革命,把老家的一切地主,都打倒在地。地主们很坏,一个个都不死心,争粮夺地是他们的传家宝。党领导人民,争取解放,不会放过一个地主,枪杆子里面出政权,毛主席的话一点不假。

宁阳很快就会解放了,许书记说,宁阳有一大批伟大的战士,黎明就快来了。只是娘很笨,不好意思问他,黎明是谁。我听许书记讲,今年六月间,华野的"方桑团"的一个营,南北夹击大胡子张子明,打死了土匪头子和他手下三十多名杂牌军。然后又进军葛石的凤凰山,准备全歼那里的土匪。到那一

往 生

天，宁阳就全部解放了。

娘很想你们，白天想，夜里更想。铁锤和干儿子，都快当排长连长了吧？回来时，给娘骑一匹高头大马回来。

两个亲儿，枪子不长眼，你们长眼。你们要你帮我我帮你，怎么走的怎么回来。娘等你们胜利的好消息。

这封信是娘亲手写的，错字都让教员改过来了。教员说那些有病的句子，也得改。教员的话，臊得娘的脸通红。娘红着脸，抄了三遍呢。

你们在部队，也要多学文化，只有文化才能让人变聪明。

娘好着呢，别挂着。娘要像你们一样，参加宁阳的革命斗争。

致以革命战士的敬礼。

娘亲笔

大脚奶奶说给父亲写过信，父亲却一直否认。当我从父亲的遗物中捡拾起这张纸片的时候，我意识到这便是大脚奶奶说过的唯一的信了。时光让稚嫩笨拙的字迹变得模糊，但沉淀在笔画之间的历史烟云，突然间就在我的眼前变得鲜活而生动起来，也迅速点燃了我探究那段历史的欲望。我知道，我该为自己的家乡，为彼时的贫穷、勇敢、挣扎和斗争，为父亲和大脚奶奶们被遗忘的浴血光芒，记录下点滴，并永远珍藏。

战争不仅仅是战争，只有站在硝烟中的人，才明白胜利的方向。

大脚奶奶和父亲，极少交流战争的事情。我曾经问过缘由，没

第三章 午时之12:00

有得到正面回答。及至后来，我才从茂义庄事件中，探得端倪。而父亲，对大脚奶奶在茂义庄事件中究竟发挥了怎样的作用，一直讳莫如深。为此，我专门拿出很长时间，研究那段历史，探寻震惊全国的十大冤案的来龙去脉。

大脚奶奶加入宁阳最后的解放斗争之中，确是无意之举。当时，整个宁阳已经解放，只有九山、凤凰山、蟠龙山一带，在大小山头的山洞之中，在普通群众中间，隐藏着时聚时散、数量不等的土匪，并时不时地制造一些对革命干部的暗杀事件。

1949年底，七区稽征所稽征干部郭宗禄接到群众举报，茂义庄农会会长兼民兵班长孔令仁，私自开办酿酒店。按照政府当时的法令，私人酿酒属于违法行为。区委对孔令仁做出了罚款30万元（旧币）的处罚，限三日内上缴罚款。1950年1月18日下午，区委领导不见孔令仁按时缴罚款，派稽征干部郭宗禄前去茂义庄催缴。为保证路上安全，区委特意调派了两名民兵携枪随同前往。在郭宗禄协商完相关事宜出庄后不久，在村子的西北方向，就响起密集的枪声，郭宗禄与两名民兵在半路被人枪杀。

三人同时被害，引起了宁阳县委和县公安局的高度重视。县里立即成立了专案组，对案件进行侦查，大脚奶奶被抽调到县里的专案组，到茂义庄做群众走访工作。专案组坚定地怀疑，故城地主刘洪盎的妹妹刘洪月，嫁到茂义庄后，成了土匪打击革命干部的联络人。专案组要求大脚奶奶，充分发挥女干部的特殊优势，利用她与刘洪月自幼熟悉的先天条件，做好她的思想工作。要依靠茂义庄的先进村民和革命干部，盯紧刘洪月的一举一动，寻找破案的突破口。

为此，大脚奶奶天天游走于茂义庄的妇女中间，配合专案组，查寻蛛丝马迹。

经过长时间的摸排之后，专案组综合各种因素，分析认为：郭宗禄与两名民兵同时被枪杀，不是与土匪发生了遭遇战，而是遭到暗算被人谋杀的。孔令仁及供销社主任潘立振等13人因私自酿酒，受到郭宗禄的处罚，怀恨在心，因果关系明显，具备作案动机。在专案组的审讯之下，潘立振和孔令仁等人，对私自酿酒的违法事实，均供认不讳，但对枪杀郭宗禄等三名同志的重大犯罪，全都矢口否认。审讯一时陷入僵局。专案组内部在对案件的定性上，也产生了分歧。有人认为，潘、孔等人是刚翻身的贫苦农民，有的当上了区干部，有的是民兵，具有一定的阶级感情和政治觉悟，不可能对自己的同志下毒手。宁阳县内的几大匪首尚未落网，不排除被土匪杀害的可能性。有的人却认为，潘立振和孔令仁之所以不招供，是因为畏罪心理严重，怕以命相抵。在争论过程中，后一种意见逐渐占了上风。

在这种情况下，专案组不断加大审讯力度，潘立振等人终于挺不下去，供认了合谋杀害郭宗禄三人的犯罪事实。专案组有了口供，却一直苦于没有物证。正当办案人员想尽各种办法寻找铁证时，村妇女主任杜香香向大脚奶奶透露，"案发的当天晚上，我在大街上推碾，亲眼看到吴玉东等五人，从大安村方向走过来去往孔令仁家，还隐约看到有一个像是区里的人，我还听到他们悄悄说'枪在村西井里'等话。"大脚奶奶向专案组报告了这一重大发现，并在茂义庄村西的几处水井进行打捞，发现了郭宗禄及民兵的三支步枪。案子

第三章 午时之12:00

的人证、物证和作案动机,形成了完整链条。

1950年7月,该案被定性为"反革命预谋杀人"案,宁阳县人民法院判处潘立振、孔令仁等六人死刑,当年11月,被执行了枪决。

1950年底,鲁中南和泰安两个军分区,对九山一带的土匪实行军事清剿。1951年4月,最大的土匪头子耿继武被击毙,他的副手宁益山被击伤活捉。办案人员教育土匪要配合政府,特别强调,政府不会冤枉一个好人,也不会放过一个坏人。其中一个人反驳说,"哼哼,谁信?茂义庄事件你们还记得吗?潘立振、孔令仁他们六个,根本就没杀人。人是我们杀的。他们六个却被你们枪毙了。能说政府不冤枉一个好人吗?"审讯人员反映的话让县里惊呆,县委重新启动案件审查。

专案组对案件重新进行梳理,结合土匪的口供,慢慢揭开了事情的真相:1950年1月18日下午,郭宗禄带领民兵前去茂义庄,途经黑山头村村口时,发现一名妇女慌慌张张往村里跑。郭宗禄以为是有人给私酿酒户通风报信,便紧追不舍,被耿继武、宁益山抓获。耿、宁二人了解到郭宗禄此行的目的后,决定利用这个机会,嫁祸杀人。他们用民兵的枪打死三人,将枪支扔到茂义庄村西的枯井,制造了三人被人谋杀的假象。同时,他们又安排茂义庄的通匪分子,做了大量伪证。他们还实施美人计,通过侦察人员,刺探案件进展情况。专案组一开始就被耿继武牵着鼻子走,完全中了土匪的借刀杀人之计。办案人员需要什么证据,便会有相关证人、证物出现,这才让办案人员认为铁证如山,将案件定性为反革命分子的报复杀人。七区区委书记许希亮、区长赵圭卿、坚决反对专案组草率结案。办案人员则认为他们是在包庇杀人犯，替反革命分子辩护。县委在不明真相的情况下，又撤销了许、赵二人的一切职务，让他们停职反省。而彼时，大脚奶奶只把刘洪月当成最大的敌人，轻信了真正的土匪卧底杜香香的证言，只觉得她是村妇女主任，是党的干部，便放松了警惕，致使案件侦办在错误的道路上，越滑越远。

土匪招供后，县委对案子重新进行复核。复查结果上报后，山东省政府、泰安专署立即派人，进行再核查，最终认定确系一起重大错案。1954年6月2日，宁阳县委召开万人大会，郑重为潘立振、孔令仁等六名同志平反昭雪，宁益山被枪决，杜香香等人被判处有期徒刑。

"出师未捷身先死，可惜了。还是老话说得好哇，头大心不闷，脚大心眼子少。"士孺叔摇头晃脑。

"哎哟，俺的娘哎，你们说，我这是作的哪辈子孽哎。恨不得把这个没用的脑瓜子摔劈。"大脚奶奶抓着自己的头发说。

父亲不说话，只抽烟，在磕掉烟灰的时候才说，"其实，我给你的那些提示和分析，并没有给你带来益处。这次的冤案，让我体会很深，革命和斗争，都是雾里行军。有一条经验非常重要，必须走在正确的道路上。"

"一定不要犯经验主义的毛病，更不能把自己当作老资格。闹不好，蹲腚栽脸是小事，误了事业才是大事。"士孺叔斜睨大脚奶奶的样子，在大脚奶奶看来，比耍坏的猴子更可恨。

"只能说明革命斗争的复杂性。"大脚奶奶说，"不过，俺也确实犯了错误。六位同志平反那天,我为他们每人烧了一炷香。"

"革命从来都是残酷的,不管是在前线,还是在后方。"父亲的最后一句总结,似在宽慰大脚奶奶。

"俺承认,俺想当然,俺见识短。俺也慢慢咂摸出一个理儿,干革命光靠热情不行,还得有文化,会动脑子。"大脚奶奶也总结道。

"那个刘洪月怎么样了?"我曾经追问大脚奶奶。

"畏罪自杀。"大脚奶奶说。

"她有罪吗?"我问。

大脚奶奶站起身,拍拍屁股上的土,没有说话。

6 南麻战役

儿子发来信息,说马上下高速了。

父亲与儿子的感情很深,深到让我嫉妒和羡慕。父亲会在儿子回家之前,把他爱吃的五香花生米,一个个挑好。把不带包衣的、个头小的,留下来自己吃;再把个头大的仔细地装进塑料袋,包好放好。父亲会在儿子进家的第一时间,给儿子拿过拖鞋。如果儿子的脚丫子有臭味,他还要亲自兑好洗脚水。每次儿子离家前,父亲都要高调宣布,"我要亲自为丞儿包水饺。"从未做过家务的父亲,甚至连饺子皮都不会轧。母亲说,"这些琐事,他只给他的亲孙子干过。"话语间,母亲露出了酸酸的味道,然后是哈哈大笑。母亲趴在我的耳边,悄悄对我说,"丞儿是唯一能够骑在你爹脖子上为所欲的人。"母亲掩嘴笑过之后,又补了一句,"我后半句的话是,甚至可以拉……吭吭。"

儿子把自己的爷爷当作传奇英雄,常常缠着父亲给他讲战争故事。父亲不讲,而是给他买了许多有关战争的故事书,再后来便是源源不断地放战争影片给儿子看。儿子说,"我就不应该叫丞儿,应该叫争儿,甚至直接叫战争也行。"

儿子没有叫"战争",但他对战争的兴趣与日俱增。在他报考研究生的时候,谁都没有料到,他竟然放弃了最喜欢的现代汉语专业,跨学科报考了历史学,并把现代军事研究作为主攻方向。儿子说,他要从一场场的战争中,发现历史的细节和真相。偶尔有一次,父亲谈起了南麻战役。儿子马上亢奋起来,"爷爷,你参加过南麻战役?"

父亲沉默下去,不再说话。儿子一次次摇着父亲的胳膊,央求父亲讲一讲战争实况,父亲只是一个劲儿地摇头。

"有关资料显示,我们在南麻战役中吃了亏,是这样吗?"儿子问。

父亲仍然摇头。

"好,我说给你听听。华野歼灭整编七十四师后开始轻敌,认为胡琏的整编十一师是个软柿子,于1947年7月开始攻击南麻。让人没有想到的是,胡琏花了20多天,在南麻村庄周围,构筑了无数个梅花型子母堡工事。我军每打下一地堡,仅仅消灭对手两三人,而自己却付出至少一个排的有生力量。这样进攻了三天,南麻纹丝不动。黄百韬集团军的援兵此时也到了。粟裕将军两面受敌,难以支

第三章 午时之12:00

撑,不得已下令退兵。国民党军损失在 8000 人左右,三野大约在 1.4 万人。南麻战役失利后,粟裕将军为了鼓舞低落的士气,匆忙中做出决定,攻打临朐。让人没有想到的是,在我军发起进攻的时候,突然大雨倾盆,山洪暴发,河水猛涨,弹药受潮,攻城受挫。无数士兵被洪水冲走,淹死者不计其数,惨不忍睹。蒋军各路援兵又纷纷杀到,三野不得不全军撤退。爷爷,你是老革命,我说得不错吧?巧合的是,指挥了南麻、临朐战役的胡琏,恰好又指挥了金门战役,真是解放军的苦主。"

我看见父亲眼里泛起泪花,便给儿子使眼色,让他打住。儿子似乎有极强的倾吐欲望,甚至要从背包里找资料,印证他所言不虚。

我敲了敲桌子,"战争同志,你一定要记住,我们今天所有的幸福生活,都是从不断的失败中总结经验教训,取得更多的胜利才实现的,是用鲜血和生命换来的。"

"看看,看看,你这才是老虎的屁股摸不得。我们的党和国家,包括人民军队,是全人类最具有反省意识和自我修正能力的革命集体。正是有了这一点,我们才能够提出,并不断运用批评与自我批评,刮骨疗毒,始终保持健康的肌体,保持初心和本质不变。为什么我党要开展初心使命教育?这才是根源所在。对了,我忘记了,你不是党员,你听不懂的。"

儿子的话,让我无可反驳。儿子大学期间入党,此刻,我竟成了他的笑料。

父亲把烟袋锅里半暗半明的烟火,一左一右地磕在桌子的"脚

往　生

趾"上,这是他多年的习惯。父亲出了屋门,在院子里来回走,三步五步,漫无目的。待父亲一高一低重新走进屋子时,声音也有些高低不平,"丞儿确实长大了,能想事了,像爷爷的孙子。看来我给你讲的那些故事,入脑入心了。好,记住战争是好事。同时也别忘喽,每一个简单的数字背后,都是一个活生生的人,有血有肉,有父母子女,有过去和未来。战火燃烧过的每一寸土地,都埋下了无数战士的忠魂。这些道理,你当作家的爸爸天天给我讲。以前我不认,现在认了。"

父亲重又点上烟,浓烈的烟叶味道,在屋子里弥漫,像父亲飘忽不定的思绪。

"爷爷我给你数一数南麻战役涉及的村名、山名、峪名,你就知道什么是人民战争,什么叫最艰苦的战争。南麻、北麻、高庄、东高庄、西高庄、芝芳、悦庄、儒林集、龙巷、北安乐、荆山泉、崮山庄、永兴官、大张庄、河北庄、重喜官庄、刘家庄、南刘家庄、北刘家庄、古泉庄、伏家庄、埠下庄、田庄、西田庄、吴家官庄、大圣井庄、鲁村、刁村、石桥、胡庄、鹿砦、葛家庄。马头崮、九顶莲花山、石钱山、钓鱼台、历山、太平顶、大贤山、百子山、金敖子山、龙山、虎山、松山、虎皇顶、三轿山、北大雁、高崖顶、娘娘顶、南平顶、了景台、凤凰山、于家崮、大北岭。涝波河、胡家沟、沙家沟、冯家沟、豆腐峪、东西白峪、沂河头、菜峪、苍凉峪、高堂峪、朱家峪、下黄阉峪、银矿山、白虎山、遭子峪、悟子庵、三岔店、齐家屋子……爷爷老了,还有一些名字,都已经忘记了。特别是那些人名,以前都像是有一张脸跟着我的,陪着我笑,

第三章 午时之12：00

陪着我说话。清明的时候,我给他们扫墓,过年过节的时候,我给他们上香。可爷爷现在老了,他们的模样越来越模糊,再过几年,就忘得差不多了。唉——爷爷本不该是那忘本的人哪。"

儿子沉默下去,我也不知该说些什么。在那一刻,父亲更像一位将军,看尽满眼硝烟、车轮滚滚,听到嘹亮的军号声响彻在冲锋的道路上。

如同他还在南麻的战场之上。

已经是战斗的第三天了,蚂蚁贺小凯悄悄对父亲说,"这次的战斗,天不助我。看天上那些生气的云彩,今晚还有大雨。攻占马头崮,凶多吉少哇。"

"一样的天气,雨不光淋咱,也淋敌人。哪有助谁不助谁的道理?我看你呀,是真的假风水先生。"父亲开着玩笑。

"今天老鹰也说,山顶上突然飞出那么多的乌鸦,不吉利,也不正常啊。"蚂蚁又说。

"这有什么不正常?来一群老虎就正常啦?教导员还得批你们,封建迷信,唯心主义。枪杆子里面出政权,毛主席说的。你不能反对毛主席吧?"

蚂蚁摇摇头,"天要下雨,蚂蚁最清楚,要搬家。"

"我看是你的脑袋想搬家。"

"闹清楚没有,这几天,我们损失了多少人?"蚂蚁又凑过头来,问。

"那不是我们应该管的事。你最应该管的,是打个洞钻过去,把敌人的地堡全部炸掉。"

往　生

"我听老乡们讲，沂河的水都染红了。"蚂蚁叹着气说。

父亲沉默。

父亲回头看尖刀班的人，他们的目光都在盯着山上的碉堡。他们只等着陈班长的命令，便要以父亲发明的推石上山战法，去消灭敌人的地堡。

对于国民党军的子母堡，父亲以前并没有过任何接触。这次，陈班长进行了全面的讲解和安排部署。陈班长说，"敌军子母堡据点的样式，大致有方形、圆形、菱形、三角形、梅花形等，均属于独立自主的防御守备点。子母堡式的阵地，通常都有相对纵深和充足的配备。子母各堡都是相互连接的，各有重点防御的方向。堡与堡之间有交通沟联系，互为依托，互相支援。当周围某一堡失守时，其余各堡依然能独立作战，进行火力封锁。马头崮的子母堡，据说是胡琏的得意之作，也是他最坚固、最后的一道防线。我们只要攻破胡琏的子母堡，就能像全歼七十四师一样，灭掉十一师。"陈班长问，"大家有信心吗？"

父亲记得，尖刀班的十多个人，异口同声地回答，声音足可以震碎山石。

已是凌晨四点，父亲他们趴在潮湿的土地上，已经有四个小时。蚊子把自己的叫声当成百听不厌的情歌，叮咬在人脸上时却从不显露柔情。十多个人的尖刀班，被分成三个行动小组，从三个方向互相呼应，要分头炸掉敌人的二十多个子母堡。马头崮，是敌人最坚固的防守，也是最后的阵地。父亲明白，在他们趴着的地方，已经倒下了几百名战士，他们身体下面还留存着战士们鲜血的温度。父

第三章 午时之12：00

亲想象着那些杀红了眼的战友，一次次冲锋，一个个在枪声中倒下。那个瞬间，天空仍然是阴暗的，看不到一丝向晴的征象。

一切都在悄无声息地进行着。

陈小坦的进攻命令，伴随着天空中突然出现的一道闪电。石头在前进，石头后面的每一名战士，都像在黏稠的泥水中苦苦挣扎的鱼。父亲能听见每一块石头的脚步声，气喘吁吁。他看了看同组的老鹰石天鸣和兔子罗小乐。此刻，他们像一对生死恋人，离得那么近。自然界中的老鹰和兔子，是一对天敌。尖刀班里的老鹰和兔子，从来都是生死相依的弟兄，同吃同睡同战斗。老鹰是泰安市徂徕镇桥沟村人，兔子的姥姥恰是老鹰的堂姑姑。这层亲戚关系，也让他们的革命友谊，成了更加浓醇的酒。每每看到他俩的亲密劲儿，父亲总是想起铁锤，感叹着"如果他在，该有多好"。再听老鹰说起他显耀的祖上石介，父亲更是敬佩不已。老鹰说，欧阳修曾经写过长诗，"我欲哭石子，夜开徂徕编。开编未及读，涕泗已涟涟。……已埋犹不信，仅免斫其棺。此事古未有，每思辄长叹。我欲犯众怒，为子记此冤。下纾冥冥忿，仰叫昭昭天。书于苍翠石，立彼崔嵬巅。"父亲听不懂欧阳修的诗，但他听懂了后人的赞誉——英辨超然，能破万古毁誉。每次战斗打响之前，老鹰都要把怀揣着的一本家谱拿出来，放在平地上，磕上三个响头，嘴里念叨着，"祖上保佑，祖上保佑"。

南麻战役让老鹰放声大哭，他说自己的家谱丢了。此后的战斗，他便像丢了魂一般，打不起一点儿精神，一直到攻打马头崮的命令下达之前，老鹰依然是一副心不在焉的样子。

往 生

"要不要弄点儿酒喝?"兔子问。

老鹰摇摇头,"胜利之后吧。"

"行,这次我请客。"兔子承诺,"我给你买最好的酒。"

突然,父亲看见一个巨大的白色影子,在马头崮的山顶自上而下,悠闲地来回飘荡,像吊着的皮影。父亲想起传说中的狐仙,满身的白,连头发都如冰冷的雪,只有唇,红得像被鲜血染过。影子没有发出任何声响,在漆黑的夜色中,忽左忽右。等一声霹雷闪电交织而来,影子突然跳起舞来,尖利的牙齿从张开的血盆大口中伸出,在天地之间,像一把锋利的刀。影子红红的舌头四处打探,如毒蛇的芯子般,散发出邪恶的魔力。

随着影子一声响彻天地之间的凄厉吼叫,马头崮的所有枪都响了,向着飘浮在天空中的白色影子,不间断地扫射。父亲听到子弹与子弹相撞的声音,听到子弹打在山上的声音,听到子弹打到人身上的声音,听到被打穿的身体落在水中的声音……影子突然像飘动的纸片,单薄而无力,如即将飘落的风筝。随着一声声枪响,影子身上被射出一个个的洞来,洞口慢慢渗出血,然后洞口慢慢变大,鲜血喷涌而出,形成无数条红色的血流,汇成一片血海。更加巨大的影子聚集而来,它吸附了世间所有的白色,在天空中刮起一阵阵寒风。大大小小的石块飞来飞去,锋利的尖刀不停地游走和穿行,树木被连根拔起,一条河悬挂在每个人的头顶。那些狂流的水,突然变成尖利的冰,刺穿肩膀、胸膛和身上的每个细胞。天空在发抖,整座山都在晃动,黑暗长出通天贯地的白色獠牙,把声音聚集成一团拳头大小的包,瞬间爆裂开来,炸碎灵魂的巨响,让世界旋转起来，混沌一片。

父亲看见地堡变成血盆大口，吞噬了更多的人，数不清的血肉和骨头。

父亲看到老鹰站起身，冲向离他最近的地堡，怀里抱着炸药包。他跳进了敌人的碉堡，炸药却没有响。

父亲看见兔子扑进地堡，要去救老鹰，然后被四五把刺刀，挑着扔出地堡。

父亲看见陈小坦与影子在厮杀，长剑飘忽，被硬生生折断。

父亲看见会吹箫的李乐典，被敌人射穿身体时的最后一个动作，是拿出了他的长箫。他一定是想吹响最后一支思乡曲，然而聚拢起来的所有黑暗，却堵住了长箫上的每一个气孔。

父亲看到尖刀班的几名新战士，被自己推着的石头砸昏过去。

父亲看见，更多无法点燃的炸药包，连同手榴弹和身体一起，被扔进地堡。长长的影子变得狰狞恐怖，连眼角都流出鲜血。父亲看到所有的树木倒立，整座山被一条白色的袖子裹挟起来，像人握在手中的玩具。

父亲感觉到自己的肠子流了出来，咸咸的味道在舌尖涌起，在喉结处积聚成疮。父亲期待着十多个手榴弹扔进地堡时的轰响，却什么都没有听到。

父亲看到了倾盆而下的雨，在山顶聚集成一片汪洋，与无数的鲜血和尸体一起，灌向自己张开的嘴。

"炸药，你响一声吧，把我一起炸死。"父亲说，他清楚地记得，这是他昏倒前的最后一句话。他还在疼痛之中，颤抖着把身旁一块

往 生

小小的石头，塞进自己的口袋。

……

儿子进门，他是跪着爬到父亲跟前的。儿子掀开父亲的蒙脸纸，轻轻抚摸着父亲棱角分明的脸。儿子从怀里掏出一本书，"爷爷，我写了一篇南麻战役的论文，写到了你。我找到了一张南麻战役的老地图，你带上。不要在那里再次迷路。"

儿子哭得悲切，我的泪也串成了线。

7　秘密

妻子过来告诉我，姐夫崔克文仍然没有回电话。她已经打了不下十次。

我仍在期待。或许这只是我的一厢情愿，但我仍然坚信，那些与父亲相关的人，有着血缘或者各种情缘的人，如果得知父亲去世的消息，一定想着要送父亲最后一程。

我想起那束紫色花絮的蒲公英，像一个老去的童话，也像一个从来没有发生过的传说。如果此刻，它在父亲的枕边，他会留给那个苦苦期待的人吗？

舅舅和小姨来了。他俩一个86岁，一个85岁。我没想到他们会来。舅舅和小姨费力地跪下去，一只手扶着膝盖，一只手按在地上，哭得真切而深情。他们起身的时候，更加吃力和艰难。随着他们来的表哥表姐，连托带拉，把他们一一扶起。

第三章 午时之12:00

舅舅和小姨多次说,他们是随母亲嫁过来的,母亲和父亲在他们心里,就是他们的父母。对舅舅和小姨的话,我深信不疑。母亲曾经说,如果不是父亲,不知道他们俩还能不能寻个活路。母亲的话,我也信。

据母亲讲,在她与父亲成亲之后没几年,便赶上了抗美援朝。父亲极力劝说母亲,要让舅舅和小姨上战场。当时母亲就急了眼,"怎么,家里养不起他俩?你想甩包袱?还是要完成上级派给你的征兵任务?如果你想把他俩撵出去,我也走。"

父亲急得像得了红眼病的牛,来回打着转。"你一个妇道人家,懂什么?我这是为他俩的长远着想。再说了,国家有战争,有难,年轻人不应该为国分忧吗?"

两个人怄了三天气,母亲妥协,开始为他俩准备衣服鞋帽。

母亲说,"等下来新棉花,我给他们做一身新,再让他们走。可以吗?"

父亲点头。

因为部队里不要女兵,小姨年龄又小,父亲一次次去县武装部找。过完1953年的春节,舅舅和小姨戴上大红花,与县里其他20多名新入伍的战士,踏上征程,与三野的10余位老兵一起,开赴东北。自此以后,父亲经常到县里打听战争的进展情况,知道了中国人民志愿军和朝鲜人民军的反登陆作战准备已经开始,以美国为首的"联合国军",被迫放弃进行军事冒险的计划,于4月份恢复了中断6个月之久的停战谈判。舅舅和小姨到朝鲜后,还没有参加战斗,停战协定便已签订。他们帮助朝鲜人民,为战后的恢复和建设,做了大量的工作。1958年10月，舅舅和小姨作为最后一批志愿军，撤离朝鲜，返回祖国。回来后，他们被安排在县粮食系统上班，并各自成家。

舅舅和小姨说，在他们所有的工作表格和人事表格中，家庭成员一栏，从来都是把父亲放在第一位，家庭成分一栏，更是随着父亲光荣的"贫农"身份。小姨说，每次写"贫农"两个字的时候，心里都涌起骄傲和感恩。

母亲常说，"没有你父亲的坚持，我是不会让他们上战场的。如果不是你舅舅和小姨的帮衬，我和你爹，是养不活这一大家子人的。"

我相信父亲的军人情结，是他一生最大的荣耀，也是他生命中最坚实的信仰。

比如母亲刚刚打开的木箱。

木箱六十公分见方，老旧得像被历史掩埋了几个世纪，木纹开裂，黑漆一块一块地掉落，简陋斑驳。

木箱最上层，是父亲的木制假腿，四十公分左右。这条腿在20世纪80年代，被更轻便的塑胶腿替代，父亲却一直没有舍得扔。在父亲假腿的问题上，我几次与他争吵。我总想用最时髦、最轻便的材料，为他专门定制假肢。"钱没地方花了？"父亲总是以这样的反问，一口拒绝。

假腿的下面，放了几个纸袋子，松松垮垮的，发黄，磨出了毛边，与木箱一样老旧。

母亲拿了一块干净的方巾铺在桌上。母亲的方巾仍然是粗布印

第三章 午时之12:00

花。母亲说,自从她嫁到故城村来,粗布方巾就成了她的最爱,也成为她的标志。生活条件再好,母亲也没有一丁点儿更换的意愿。

母亲把第一个纸袋慢慢倒空。母亲的方巾上,是三枚奖章和一张残废证书。三枚奖章有两枚是一等功,一枚是二等功。一等功的奖章正面,鲜艳的斧头五星红旗居于正中,边上是黄色的麦穗,底下正中是深蓝底色的"一等功"三个字。二等功奖章的图案则是蓝色的底色,周边排列了一圈红色五角星,中间两杆抽象的枪杆子,衬托出"二等功"三个字的苍劲有力。残废证书由"华东野战军抚保委员会"印制,残废等级为二等,编号为"第59517号"。

见到这些奖章和证书,母亲脸上的讶异,与在场的所有人一样。母亲一个劲儿地念叨,"怎么会呢?怎么会呢?他怎么从来没有给我说起过。"母亲像一个被蒙在鼓里几十年的傻子,低声抽泣起来。我想起父亲总是要把我们姊妹几个每次考试得到的各种奖状,一丝不苟地贴在堂屋的墙上。父亲向每一位来往的客人炫耀,没事的时候,一个人一张张地看,并且会念出声来。而他自己,竟把以生命和鲜血换来的战斗奖章,藏得如此严实,如地堡深处的无穷秘密。

母亲坐下去。她把头抵在被子上,说不出话。

军人事务管理局的一行人,一个个都木在那里。他们不知道,是不是应该让母亲把另外的三个袋子打开。

我拿起第二个袋子,解开缠绕着的线绳。原本白色的线绳,变得黄而黑。我把手伸进袋子,拿出了里面的一个小记录本和成堆的纸片。我翻开父亲的记录本,看到第一页上写着"沉睡不醒的南

往 生

麻"，字迹一如他以往的笨拙和粗壮。翻开来看，竟然是他不知从何处抄写来的南麻战役日记：

南麻歼击十一师战役，下午3时部队开始运动，黄昏开始攻击。

7月17日，下午2时、3时运动至7时，到达指定位置，二十七师八十一团下午7时占马头崮、沙沟庄及西南小高地，七十九团7时到芝芳无敌，向钓鱼台前进，占小高地及钓鱼台，正攻历山（步连二、重机连一），估计二十六师已至攻击地点。

18日，1时九纵：七十九团历山激战，八十一团已占历山西之小山。2时二纵：部队尚未打响，六纵占620、480、420高地（胡家沟正南）。

粟示：九纵主力今晚攻歼高庄之敌，以二十五师分西路一路经永兴官庄，一路经许村控制苍凉峪、高堂峪、了景台等高地，与六纵十七师打通联系，尔后再向东北压缩；二纵今晚应包围并解决吴家官庄、河北庄、石钱山之敌，并应迅速积极动作；六纵今晚解决东西南刘家庄、埠下庄及古泉庄以东高地，十七师向西北与九纵二十五师打通联系，明日敌如向大张庄方向突围，应坚决堵击，以便于运动中围歼十一师。估计敌有二可能：一、夜间收缩兵力，明日白天在飞机掩护下突行反击；二、准备于明日白天向西南突围，与六十四师（1）旅靠拢。因此，各纵于解决上述地带之敌外，应乘晚夺取敌所有外围阵地，并应付明日敌人之反击。尽一切力量守住阵地，以便压缩敌人

第三章 午时之12:00

于狭小地区内实行围歼,预定于明晚实施总攻,解决南麻之敌。

19日23时15分六纵:马头崮敌已退守山顶,古泉庄正在围攻爆破鹿砦中。

24时50分六纵:粟令拂晓前一定要攻下古泉庄东小高地,并且要应付敌人的反击。马头崮亦应尽量摸上去,求得今晚解决,将其压缩于山顶,明日用炮火轰击之。

南麻战役是父亲一生的痛。这一点,我非常清楚。我私下揣测,父亲对其念念不忘,除了南麻战役的失利之外,更重要的是他自己差点命丧南麻。他所在的尖刀班,除了他几乎无一生还。来去无踪影子一般的陈小坦,据说还在淮海战役中出现过,无人确证。其他人,都成为父亲的记忆终点,让父亲苦痛难当。只是我不明白,在他零星抄录的南麻战役日记中,父亲究竟要寻找什么?当战争的惨烈和血腥渐渐被历史遗忘,他又想在时光的深处,打捞什么样的珍贝?我更想知道的是,在南麻战役之后,父亲又去了哪里?藏在口袋里的南麻的小石子,何时丢失,又丢失于何处?自以为是留给人间的最后一句话,父亲是否还记得?

母亲打开了父亲留下的第三个纸袋子。袋子上写了四个字——三野老乡。同样是一个小小的记录本。打开,第一页是一行小字,"每一个等着回家的灵魂"。再翻,里面详细记录着参加过第三野战军的所有宁阳老乡的名字。我慢慢查看,想在父亲粗粗的笔画间,寻找他偶尔向我念叨起的那些名字,以及他们曾经的影像:

往 生

1. 乔庆现，1925 年生，城关公社关王庙大队，三野十三纵队，1948 年 11 月淮海战役中牺牲，葬于徐州。现家有老母亲，多病，已探望。

2. 石道立，1925 年生，城关公社关王庙大队，三野十三纵队，1949 年 1 月淮海战役中失踪，1981 年 10 月被追认为烈士，葬地无考。现家有老父亲和兄弟，生活无忧。

……

14. 董玉杰，1923 年 11 月生，城南公社肖村大队，31 军 63 师，1947 年 7 月南麻战役牺牲，葬于南麻。现家中无人。

……

23. 陈小坦，1925 年生，伏山公社陈行大队，第三野战军战士，参加战役、死亡时间、安葬地点均不详。家中父母健在，需常探望。

……

57. 张立仲，1927 年 8 月生，东庄公社大张庄大队，第三野战军，司号员，1947 年 2 月牺牲于莱芜战役，葬于莱芜北。家人去向未明，需继续探访。

……

91. 蒋西山，七区蒋集，生卒年不详，三野 28 军 82 师 244 团七连战士，何时何地牺牲不详，葬于何地无考。家人一直未曾寻找到。

父亲的记录本，记录了 91 个名字，竟与父亲的年龄完全契合。

第三章 午时之12：00

是巧合还是宿命？在看到父亲留下的这些名字时，我已明白，这些年，父亲最惦记的是什么，在每年外出的时间段里，他又干了些什么。我在想，在完成父亲的丧礼之后，我要探访父亲曾经的足迹，写出他已经完成和尚未完成的心愿，这或许是告慰父亲最好的方式了。可是，一部书，能写出父亲的多少离合悲欢？又能写出多少时代的变迁和沉浮？

那么，铁锤呢？我突然意识到，他并没有在这91人的名单之中。

母亲颤巍巍地打开最后一个袋子。她觉得那根细细的线绳，柔软无力。白变成灰，如同岁月变了颜色。母亲把纸袋子倒空，发现一张"革命军人牺牲证明书"，写着铁锤的名字，另外还有几张模糊不清的照片，一个巴掌大的小记录本，上面密密麻麻地记录着日期、地名、人名。

"这是你父亲寻找铁锤的记事本。"母亲对我说，"你大脚奶奶经常给我说起她的一个梦，看见区里的许书记和一名穿着军装的人，一前一后地进了故城村的北大门。你父亲迎上去，他们便说铁锤牺牲了。她甚至看到了眼前摆放着的"革命军人牺牲证明书"。你大脚奶奶便指着他们每一个人，骂他们是一群骗子。有一位部队的同志，一遍遍地说着淮海战役，说铁锤很勇敢。她在梦里还十分清醒地说，不能告诉秀水，不能给所有人说。如此看来，铁锤牺牲，你父亲和你大脚奶奶，都是知道的。哪里是梦啊？是你大脚奶奶从天上扯下的一场雾。只是苦了秀水，这么多年。你们是不是应该把你大脚奶奶和秀水叫过来，看看这些东西。还有刘会计，这么多年的优抚体恤，村里都支在了哪里。"

母亲再翻拣其他东西，竟然发现了用秀水名字开户的两本存折，里面记录了从1951年10月起的每一笔存款。

那些大大小小的照片，都是些泛黄的黑白照。母亲拿起来，看不出哪一个是铁锤，或者，上面根本就没有铁锤。

我想起父亲曾经说过，铁锤要他答应，无论牺牲在哪里，都要把他带回老家。那么，父亲是不是找到了铁锤的尸骨？而铁锤，究竟葬身何处？

母亲哭出声来，"这么多年，他向我隐瞒了这么多东西。他每年都有一两个月在外，说是县里开会，或者是干部疗养。他一定是背着我，去找那些战友了。他的心，该有多硬，我又是多么粗心大意，像个傻瓜，一直被他蒙在鼓里。他这一辈子，什么时候把老婆当成知心人了？什么时候，又当成人了？呜——"

郗局长把手放在母亲的膝盖上。"婶儿，你别太难过。有些事我们应该提前告诉您。可他老人家给我们立下规矩，只做事，不宣传，严守秘密。这些年，他帮我们发现、认证了二十多名烈士。没有他，这些烈士连个名字都不会留下。甚至，会被当作国民党，打入另册。他说，他们在战场上死得惨烈，地底下不能再蒙冤受屈。他随着我们去山沟里探访老兵，一次次在山路上摔倒，从未喊过疼。他和我们一样，啃干馒头，喝白开水，吃咸菜，从没有过一句怨言。"

母亲的情绪稍稍平复，看到落在方巾上的一张纸。纸折叠着，似乎隐藏着更多的秘密。母亲缓缓打开，上面只写着一个名字——刘洪流。

第三章 午时之12:00

我知道这个名字,是村头二奶奶家的孩子。

父亲和母亲经常说起二奶奶,说她有偷听别人谈话的习惯,总是躲在暗处,听别人说些什么。母亲说,"一个人把孩子养大,不易。孩子下落不明,搁谁都是块心病。一个人的日子,清汤寡水的,过得苦。"在士孺叔眼里,她就是一个盗听者,隔了墙,就有她的耳。更严重的,二奶奶还经常偷听村干部们开会,被抓了几次,并为此被罚扫了三个月的大街。二奶奶经常到我们家里来,问父亲,"俺儿子洪流,有消息了吗?他一定是加入了八路军,不是国民党。不能活着回来,就是能当个烈士,俺也知足。"二奶奶见到干部模样的人,都要上前问,"你认识刘洪流吗?"直到某一天,二奶奶听镇武装部的领导讲,"八成是当了国民党,跑台湾去了。"二奶奶不再说话,抹着泪回到家,再没走出家门。

刘洪流究竟是加入了八路军还是国民党,父亲不知。整个故城的人都不知。

父亲为何要带上刘洪流的名字,这让人揣摩不透。

8　南麻之后

父亲在南麻战役中受了重伤,肝和脾均被切掉四分之一,右腿膝盖以下截肢。

父亲说,从战地医院出来后,他就在离南麻只有二十多里路的山区养伤。村子不大,名字好听,叫翠屏村,在翠屏山的半山腰,

往 生

只有十几户人家。父亲说,失去半条腿并不让他沮丧,让他难过的是他再也上不了战场。躺在老乡家的石炕上,父亲的心比冰冷的石头还凉。父亲说,那个冬天,是他一生中感觉最冷的冬天,呼啸的山风,厚厚的积雪,连阳光都是凉的。更凉的是,距离家和战场都十分遥远,如同没有生的希望。

老乡姓李,叫李奎,六十多岁。李婶也是差不多的年纪,瘦,话不多。吃饭,干活,做针线,大多数情况下一言不发。

"我是李奎,不是《水浒传》中的李逵。不过,我们是同乡。"老乡不识字,分不清李奎和李逵的写法有多少区别。

老乡善谈,对于国共形势和一场场的战争,了如指掌。"你想没想过,南麻战役,我们为什么损失那么大?就是因为一个坏蛋胡琏。他打仗用的办法,都是损招、辣招、绝户招。刺猬胀蛇法,够毒了,子母堡,是毒上加毒。你上过战场,一定听说过他的刺猬胀蛇法吧?装成刺猬,把身上的刺缩起来,让贪心的蛇,放开胆子使劲儿缠。等到蛇缠完后,刺猬猛地鼓起身子,把硬硬的刺竖起来。完了,说完就完了。蛇的肚子撑破了,让刺猬分成几段,一口一口,细嚼慢咽。说不定,还得配上二两小酒。"

老乡把自己手里的小酒品得咂响,谈兴更浓。"我听人讲,蒋介石对胡琏在南麻战役中的表现非常满意,通电嘉奖。夸奖他是常胜将军,颁授一等宝鼎勋章。呸,还常胜将军!要不是老天爷帮他的忙,咱的部队就能逮住他了,扒掉他的皮都有可能。老百姓编了个顺口溜,骂孙子一样骂他:胡琏胡琏真可怕,阎王再世就是他;胡琏胡琏真可恨,剥皮抽筋马分身。唉,我们的军队,只能说时运不

第三章 午时之12:00

济,来年再战。不过,凡事都讲反过来倒过去,我听说部队一直在反思南麻战法,慢慢琢磨了对壕作业、逼近冲锋的贴身紧逼,专打子母堡和各种暗堡,破坏副防御。几下子就能把敌人打垮。"

"老叔,你怎么这么关心战事?我猜,你一定是党的基层干部。"父亲问。

"不瞒小战士说,我儿子也在部队上。咱也是革命家属,我还参加了担架队。说实话,南麻战事,睁不开眼。担架队抬不迭呀。啧啧,太惨了。"

父亲不再说话。父亲回味李老伯说的反思战法,心情暗淡下来。推石上山,自己创造的得意招式,在某些实践中,被证明是不能打胜仗的。不能打胜仗或许并不可怕,关键是面对因此而丢掉性命的战友们,自己该如何谢罪?父亲想起自己尖刀班的战友,想听老鹰的鸟叫,想看兔子的连环腿,想让韩湘子月下吹箫,想陪酒篓喝酒,想看天刀的如叶飞刀甩出一道长长的弧线,唰唰闪出一道冷冷的光,想看猛牛粗壮的手指把鸡蛋大的石头抓碎,想让蚂蚁再看看自己手心里的纹路包蕴着的生命悲欢,想让地老鼠悄悄从城里带回沂源的小吃,想让猴子摘下榆树顶上最大的榆钱打打牙祭。一切的回忆,都不可能再实现。自己的少林棍,也将因为一条断腿,成为永远的遗憾。

"我那些死去的战友,都埋在哪里了?"父亲问老乡李叔。

"沂河两岸。只能就地掩埋。怎么,你有什么想法?想去祭奠祭奠?"

"所谓叶落归根,他们谈起过,让我把他们带回去。"父亲说。

往 生

"你这不是犯傻？兵荒马乱的，你以为是一张照片？断胳膊断腿的好说，还能认出个模样。那些炸飞的，天上一块地下一块，你到哪里去找？"李叔说，"你呀，先安心养伤。我呢，去山上找一棵千年古柏，给你做半条假腿，这是正办。"

李叔给父亲做的半条假腿既结实又轻便。他还特意在与膝盖的连接处，做出一个碗口形状，钉上牛皮，覆上一层厚厚的绒布，再用羊皮制成的皮套把膝盖和木碗套住。瞬间，父亲成了一个健全的人。在崎岖不平的山路上走，除了膝盖处的磨痛感之外，父亲竟然没有太多不适。

从深秋到暮春，父亲在翠屏山住了半年的时间。父亲喜欢李叔的石屋，大石块挤着小石块。哪怕再小的石子，也露出温暖和笑容。弯弯曲曲的每一条石缝，都长满了光阴，绿苔由葱绿到枯干，像一只鸟飞去飞来。翠屏山的美让父亲驻足流连，一遍遍地感慨苍天的神妙。那些远近不同的山峰，每移动一步都是另一种景致，像狂傲不拘的笔，更像挺拔不屈的竹；像文人自由心生的写意，更像沙场上的将士策马搭弓的豪情。冬日翠屏山的孤傲与沉默，像时光老人凝神思考的头颅。春日的翠屏山，则像披了绿色盛装的少女，生机蓬勃，随风起舞。翠屏山的石头，经过了时光年轮的精心雕刻，深浅各异的每一道皱纹，都写满风云变幻，醉过失意潦倒的过客，也感动过天涯尽处的浪子。翠屏山周围有成片的湖，也有独立的滩，每一片水要么是绿的，要么是蓝的。飞鸟或流云是它们最好的点缀，变成颜色流动的波，一层层荡去，又一层层欢腾雀跃着返回。水的温度随人的心情而变，温热或者清凉，都是一样清澈，像儿童诗般

第三章 午时之12:00

韵律。翠屏山的草,又黑,又亮,又绿,如同被观音菩萨的净水洗过。或者三五成簇,寂寥如失恋的少女;或者茂盛如海,像浪漫爱情的无边畅想。躺在草地上,妙似蜷缩在绿色的云端,或者慵懒在地毯里。清晨或者黄昏,悠远的寺庙钟声回荡在山谷间,厚阔传扬,让所有的苦痛和黑暗,消弭于一叶慈悲。在这样的景致里,父亲似乎忘记了战争。他与李奎老叔谈天说地,与每一只飞鸟对视,与墙上探头探脑、摇来摆去的草,喃喃私语,喋喋不休。

父亲让李叔打听部队的下落,寻问自己是不是还能上战场。一天夜里,李叔领来一位魁梧高大的勇武硬汉。"我介绍一下,这位是沂源县委敌后武工队的左队长,左太传。你们谈,我去外面抽袋烟。"

父亲与左队长的交谈,从南麻战役开始。从交谈中,父亲了解到,左太传自抗日战争开始,就已经是让敌军闻风丧胆的"地雷王"。在与国民党军队的战斗中,他带领的飞行小队,每次都赶在敌人之前,把"阎王雷"埋到敌人必经的每个角落。左太传和他的爆破队,先后受到鲁中军区通报嘉奖六次,获得过"飞行爆破大王"和"特等民兵爆炸英雄"等荣誉称号,荣立特等功两次,一等功四次。

"我们尖刀班……"父亲一声长叹,哽咽失声。良久,父亲问,"我还能上战场吗?"

"组织上安排我一定做通你的思想工作。依你目前的身体条件,不适合再上战场。在敌后,同样可以成为一名优秀的共产党员,在建设新中国的征程中,建功立业。组织上派我们武工队,把你护送回原籍。"

父亲下山的那夜,月色清朗,风亦微凉。在山脚下,父亲向李叔鞠了一躬,"感谢您和婶子的照料,我还会再来的。"

父亲的一个"再来",已是40年之后。那次他并没有见到李奎老两口,他们已于十年前去世。父亲见到了李奎的儿子,他是在战场上受伤后回到翠屏村的。李奎的儿子,过着朴素单调的生活,像一位纯粹而地道的山民。他娶妻生子,砍柴烧火,偶尔采挖一些山货,在人迹罕至的村口,摆三五日的地摊,权作打发时光。当我再去寻访父亲踪迹的时候,石屋里居住的已是李奎的孙子一家,他们与我年龄相仿,马上就要离开老屋,去省城照看他们的孙子了。一栋老屋,转眼已是三代。翠屏山的山风未变,人,成为山石翠柏之间的一个过客,匆匆忙忙地来来往往。我常常想,万千世事多像捻在手里的一根线,捻断了,对上线头,再捻,以此延续。接不上的线,重新来过,捻出另一条线,织出更新的景致。比如父亲和李奎的儿子,都曾经是战场上的勇士,在生活的洪流里,走出了多少相似,又踩出了多少不同。

父亲常常盯着自己的影子看,看那条假腿和真腿的影子,是不是亲如兄弟。一次醉酒后,父亲说出他心里的秘密,他说南麻战场上那个白色的影子,经常变成一条吐出芯子的蛇,缠绕着他的梦。梦疼,他也疼,浑身着了魔似的疼。

再问李奎孙子的生辰,竟与我是同一年同一月同一天出生。时光与时光交替,年代与年代轮回。世间的一切巧与妙,是必然的宿命吗?我不知。

第三章 午时之12:00

恰如，我去寻访父亲踪迹的时候，陪着我的，正是左太传老爷子的儿子儿媳。如此机缘巧合，又该怎样解释呢？

寻访父亲足迹的行程，是在父亲去世之后。我依循父亲参加的三个战役的时间，去实地探访。小洼村已经没有了丝毫痕迹，村里的宣传展板详尽介绍了小洼阻击战的来龙去脉。孟良崮是父亲的荣耀之地，他的推石上山战法，让敌人最先进的美式武器失灵。对这三个地方进行探访，我不是想复原战争的残酷原貌，只想知道父亲在20世纪80年代故地重游时，都做了些什么。我拿着父亲的照片，去莱芜战役纪念馆和孟良崮战役纪念馆，让那些老同志辨认。其中的一个老馆长一眼就认出了父亲。"我知道这个人，他来过两次。执拗倔强的瘸子老头，哈哈，这话有些不敬，他活得更像一位将军，非让我们给他找手里那些人的资料，找照片，证书，遗物。找到了还非要带走不可，不让带他就耍赖，坐在地上不走，有一次还放声大哭。这些遗物，都是党和国家的宝贵财富，咋能说带走就带走呢？"

"那他怎么放弃了？"

"叫来了我们领导。领导一句话，部队里的规定。你是老战士，服从命令是天职。哈哈，老头挺可爱，抹着泪就走了。对了，他还挨个碑挨个坟地去看，摸着那些名字，哭得没老没少，没黑没白。问他有多少熟悉的人，他只是摇头。"

在孟良崮，我曾像父亲一样抚摸那些英雄的墓碑，2865个，只有103个有名有姓。我一直揣测，2865，是全部的牺牲者吗？103，是完整的尸骨吗？当我将心里的疑团抛向纪念馆的陪同领导时，他们并未给我一个明确的答案。一场惊天地泣鬼神的拼杀,一场内攻外阻的攻坚,一场你死我活的搏命,摧枯拉朽,遮天蔽日。据战场附近的百姓讲,战争结束之后,天降大雨,山谷中流淌的水都是红色的。这场用生命和尸骨换来的胜利,时至今日,仍然让凭吊者心绪难平。我无言于巉岩绝壁的陡峭,亦无言于战争的宏阔与残酷。我自豪于父亲曾经是其中的一员,高举着胜利的长枪,呼啸于这片奇迹不断的红色原野。

你父亲——执拗倔强的瘸子老头,活得更像一位将军。我回味着老馆长的话,泪水自胸腔泛起,几乎要淹没整个孟良崮。

假如用这句话给父亲写墓志铭,母亲会同意吗?从老头到将军,如何关联和演进,又如何与母亲一辈子纠缠不清,恩恩怨怨绵延不绝?

执拗倔强的瘸子老头,活得更像一位将军。

多好哇。

9 鞭子

"你给我站到南墙根下,我必须抽你一鞭子。"父亲的音调,完全不像是发怒。

我坐在小凳子上没动。外面的蝉声,叫得像心烦意乱的迷途者。循着声音,我的目光在树叶深处,寻找那个几近于灵魂安慰者的弱小者——那只隐在树枝下的知了,此刻,它与我成了烦躁而苦恼的

第三章 午时之12:00

同类。我甚至猜测着它的生平逸事,有过多少像钢铁战士一样的拼杀,有过多少怯懦者般的逃避,又有过多少恩怨情仇。

"听到没有?你给我站到南墙根下,我要抽你一鞭子。"父亲的声音变得尖厉起来。

我仍然坐在小凳子上,没动。

"他又碰到了你的哪根筋?"母亲的声音不高。我听到母亲把一壶热茶冲得风生水起。我闻到了茶的香,是母亲喜欢的珠兰。我听见母亲把第一碗茶端到父亲跟前,"喝杯茶,消消气。"

"我说的话你没有听到吗?给我滚到南墙根,站直喽!等着挨我的鞭子!"父亲怒不可遏,话音伴着茶碗摔到地上的声音落下。

我扭过头,看到了扭曲变形的父亲的脸。

我没有说话,轻描淡写地起身,像被谁的翅膀鼓起的风。我走出堂屋,面向南墙站定。

"转过身来!"父亲怒吼。

我看到父亲拿鞭子的手哆嗦着,手里的鞭子也像受到了惊吓。

母亲站在父亲身后,一副随时要拉住父亲胳膊的架势。

父亲高高举起胳膊,在鞭子几乎要甩出去的时候,自己一个趔趄,差点儿摔倒。父亲重又站直身子,左手抖着,似乎在酝酿着浑身的力量。我听见啪的一声巨响,盖住了我的整个头顶。那声音似乎从墙头上炸裂开来,炸飞了墙上日积月累的灰尘。我听见墙上的一块砖掉落在地上,激起了南墙下隐藏着的一群飞虫。飞虫们在我的身子周围旋转,似乎在抱怨我惊扰了它们的夏日梦。

接着我就听到嗖的一声,父亲的鞭子像一片闪着暗光的刀片,在我的脸上划出一道深深的血痕。

我听见母亲猛地哭出声,急跑过来,"我的儿啊。"

母亲抱住我。

母亲用瘦小的身躯,努力地把我整个身体都揽进她的怀里,如同我还在襁褓之中。我感觉到母亲把我的身体努力往下压的力量,我顺势蹲下,接着就听到另一声鞭子的响声,落在母亲的后背上,像麻绳一样抽过。

父亲扔下鞭子,出门去了。

母亲抱紧我,我抱紧母亲。我听见母亲的哭声渐渐低下去,便搀起她,进到屋里。

"你大姐,也是这样被鞭子抽。"母亲把一杯茶递到我手上,"你大了,懂事了。别怨你爹。"

这次被鞭抽的经历,我曾经给儿子谈起过。儿子问,"你怎么不跑?"

"老话讲,跑得了和尚,跑不了庙。"我这样回答。

"是和尚离不开庙。"儿子辩驳。

我离得开庙吗?我这样问自己。

儿子追问这次被鞭抽的原因,我笑着告诉儿子,"你爷爷想让我去参军,我不想去。再加上当年我没有考上高中,是求了你奶奶,一起去城里找了你爷爷的战友,托关系进的宁阳一中。我还特意告诉人家,我不学文化课,只想学艺术。"

"那我爷爷是因为你不去当兵,还是因为你托了关系,或者因为你学艺术,才拿鞭子抽你?"

第三章 午时之12:00

"你觉得呢?"

"应该都有。"儿子肯定地回答。

或许,儿子的分析是对的。这次的经历,成为我映鉴给儿子的反面教材。我开玩笑地对他说,"鞭子是咱家的传家宝,是治家的法器,要一代一代地传下去。"

"哈哈,别吓唬我。"

鞭抽事件之后,我给父亲找到了一张1985年6月11日的《解放军报》,将头版头条的新闻一字一句地读给他听:"邓小平在军委扩大会议上宣布,我国政府决定,军队减少员额一百万……"

"你告诉我这个是什么意思?"父亲问。

"意思是,如果你再让我去当兵,就是违背中央精神,不支持裁军决定。"

父亲沉默下去,目光在茶碗的热气之上飘忽不定,"当兵,是咱家的传统。"

"用鞭子抽,也是。"我有些得理不饶人的架势。在我说出这句话的时候,我看见父亲的肩膀似乎一抖。我明白,我一定刺痛了父亲。

那日,在我挨过父亲的鞭抽之后,鞭子在院子里无人问津。母亲没有去拾,我也像看待仇人一样,恨不得撅断了它。整整一个下午,鞭子都带着罪恶和忏悔,躺在被高温烘烤的院子里。偶尔有麻雀落地求食,看到地上的鞭子仍然透着愤怒,便一溜烟地飞远了。

直到黄昏时分,父亲才回家。他看到院子里的鞭子,二话没说,

往　生

便默默收起。我见他把鞭绳绕在鞭杆上，鞭梢无精打采。鞭子如同父亲见不得人的珍宝，被塞进厨房黑暗的角落。我问母亲，"大姐被抽过之后，那条鞭子，还抽过别人吗？"

母亲吃惊，抬起头，"你问这个干吗？"

"你应该烧掉那根鞭子。"

母亲好久没有说话，"我问你一个问题，你知道风箱里的鸡毛，是公鸡毛还是母鸡毛？"

我同母亲方才一样吃惊，想弄清楚母亲关于这个问题的确切用意。

10　处分

故城村的围墙说倒就倒了。

上级要求故城村推行全面的填河造地。士孺叔极力反对，大脚奶奶问，"北京的城墙都拆了，故城的就不能拆？你知道城墙代表的是什么？是封建社会的最后堡垒。"

大脚奶奶翻过白眼，不再说话，低着头看自己的脚，昨夜梦里，地主家的车马碾过，至今还有点儿疼。

蒯三皮站在旁边，偷偷地笑，笑出了声。没人知道他什么时候进来的。时不时地到村子里转一圈，是蒯三皮的习惯。大脚奶奶曾经吼他，"别有事没事到大队里来。这里有你爹还是有你娘？"

"我说有我老婆你信不？"

第三章 午时之12:00

大脚奶奶便追出去打,"揍死你个龟孙子。"大脚奶奶追不上他,把鞋子丢出去一只,一会儿再一颠一颠地去捡。

"亏了是一对大脚。"士孺叔在旁边说。

蒯三皮叫蒯波。故城村里几个叫"波"的人,都被士孺叔写成三皮,也被叫成三皮。

蒯三皮独家独户。因揭发地主有功,被公社特批入党。对此,大脚奶奶一直耿耿于怀。"蒯三皮,他凭什么能入党?还是上级直批。到底还有没有组织程序?他看人的眼,像剥刺的针。看起来老实巴交,不知道肚子里装了多少坏水。还有,他有个外号你们知道不?蹲坑。"

"蹲什么坑?"士孺叔问。

"当然是茅坑啦。只要生产队一出工,他就得先去蹲一会儿。闲起来没事,他也要去蹲一会儿。邻居们说他啥?说他心术不正,借着蹲坑偷看女厕所。有一次,让邻居抓了个现行。"大脚奶奶呸了几口,"你们说,这算什么玩意儿?"

父亲与士孺叔,似乎并不赞成大脚奶奶的看法。蒯三皮人长得精致,微黑,中等个头,平时不多言不多语的样子。父亲甚至觉得,蒯三皮肚皮里的货不少。至于看人的眼光,并不像针,倒像是静观外物的蛇。

有一天下午,父亲一个人走上围墙考察。这个环故城村修建的破败之墙,建于何时,何人初建,又修整了多少次,已经无从知晓。在父亲的记忆中,围墙日渐衰落,原先还可以走车马,后来一截截坍塌下去,如同一位病朽之人的赴死之路。日军侵略时期,曾经有人在村里募资,要打造天底下最坚固的城墙,不过也仅是说说而已。日军从兖州到宁阳,从宁阳到兖州,都要路过故城。进村奸淫抢掠,炮轰几户人家,都是平常之事,城墙从来没有起过任何保护和阻隔作用。村子留下三个门,东门、西门和北门,为何独独没有南门,这似乎成了千古谜案。有人说,故城的风水是向北的,各个朝代的官府都在宁阳县城,心之所向,便是城之所建。南门之"南",又与"难"谐音,回避也是人之常情。但不管如何,故城围墙的倒塌是一种必然,如今连根清除,也是形势需要。即便如此,父亲仍然心存不甘。或许,围墙还有其他用途呢?比如什么呢?父亲实在想不到还有什么,便任所有的遗憾慢慢消解。

墙的顶端,地面是坑洼不平的,夏天积了水,便如摔碎的一面镜子;冬天积了雪,便像患了斑秃。那些草长得任性而随意,毫无章法可言,从墙缝中冒出,或者突兀地出现在被人遗忘的角落,探头探脑,像偷窥历史的人。

蒯三皮从一段断墙爬上来,突然间就站到了父亲面前。

父亲听到了碎石落地的哗啦声。

"书记,我想给您商量件事,您看行不行。我们家的老屋呢,从祖上传下来就没修过,透风漏雨的。我能不能借这城墙上的砖用用,修修老屋。"

"借?什么时候还?"父亲问。

"哈哈,这无主的墙,连公家的都算不上。还给谁呀?"蒯三皮嬉皮笑脸。

"公社已经安排下来,要拉去修水库。不光这墙上的砖谁都不能

第三章 午时之12:00

动,就连老林里的石碑,也都要全部征用。"

蒯三皮不再说话,"书记,你看今天的太阳,够好的哈。"

"我问你个事儿,你为吗总要去蹲坑?"

父亲的问题让蒯三皮猝不及防,他嘿嘿笑着,"我要思考生活,思考生活。"

征用林地里的石碑,士孺叔第一个反对。士孺叔说,"老百姓意见很大,连骂带撅,把公社书记的祖宗八辈都骂全了。如果他的祖宗是活人,能被骂死。"

大脚奶奶哈哈大笑,"是你骂吧?老林里有你们家那么多的石碑,你父母的都还立在那里。舍不得,可以理解。话又说回来,这可是上级安排的工作,总是要不折不扣地执行吧?别忘了你是党员。关键时刻,要发挥带头作用。你家的石碑,你舍不得,我可以替你带头掘喽。"

士孺叔不再说话,他知道上级安排的任务是挡不住的。他嘴里一边抱怨,一边和大脚奶奶一起,带领十几个社员,挨家挨户宣传政策,做好统计。其中免不了有抵触情绪大的,尤其是那些家境曾经殷实的人家,他们给祖上立的碑,也都高大威武。士孺叔便说,"别有情绪,这次,我带头。"

"许亮书记的碑,也在咱村里。拆不拆?"大脚奶奶突然想起来。她常常怀念老区委书记许亮。"谦和而有力量",大脚奶奶竖起大拇指,对许书记这样评价。父亲总怀疑,大脚奶奶一定是听别人说的。

"你看着办吧。"父亲答。

看着办的唯一结果,便是拆。据说,把许亮书记的墓碑扳倒的时候,大脚奶奶哭晕在墓碑旁。

故城大队的人,一半在拆墙,一半在挖掘林地里的墓碑。

故城大队超额完成公社下达的石方砖方任务,父亲舒了口气。掘碑之事非同小可,在大脚奶奶的亲自督战下,一切矛盾竟都化解得如风行水上。拆墙之事,却引起了不大不小的风波。县里和公社同时接到了人民来信,说父亲私自扣留了拆墙时挖出的宝贝,并且言之凿凿地写出了明细:铜钱三百枚,青铜鼎一尊,齐国青铜剑一把,幻影杯一尊。县里和公社几乎同时派出了工作组,对父亲和故城大队的所有人,进行隔离审查。

父亲因为炼钢炉倒塌所受的处分还没有到期,这次的审查似乎更加迅猛。大脚奶奶说,他听工作组的人讲,如果情况属实,有些人要进监狱。父亲明白有些人指的是谁。父亲不再出门,随时等候工作组的调查和讯问。让人意想不到的是,三天以来,没有任何人与父亲进行接触,两级工作组悄无声息地撤走了。公社书记把父亲叫到办公室,只说了一句话,"好好干吧。"

"就这样?"父亲问。

"你还想怎样?还想让公社书记给你一个大队书记认错?"

父亲用假腿踢了门一脚,嘭——啪——

大脚奶奶和士孺叔后来分析这股莫名其妙的风,始终想不出是谁在捣鬼。父亲不说话,他心里已然明白所有的因由。大脚奶奶说,"我们要开全大队的党员会,要发动全体党员,动员所有的社员,开展一次全面深刻的阶级斗争教育。要动员广大的普通群众,发现身边的坏人,净化故城大队的政治空气。"

第三章 午时之12：00

父亲笑笑，"毛主席他老人家说，与天斗，与地斗，与人斗，其乐无穷。最关键的问题是，你得知道对手是谁呀。"

即使知道对手是谁，父亲也不想与任何人斗。父亲只想创造一个平和而温暖的故城村。他一遍遍地给母亲描绘他理想中的故城大队——夜不闭户，路不拾遗，见面有说有笑，有难互帮互助，没有高低贵贱，不分阶级阶层。"我故城大队所有有本事的人，都能各展其能；所有的贫弱者，都能各安其命。叫什么'老吾老幼吾幼'的那句？猴子经常说的那个——邦托乌？"父亲问母亲。

"乌托邦。"母亲答。

父亲不知道，为何总是有人与他斗。县里和公社调查组的再次造访，已经是多年以后。同样是匿名信，反映的是父亲的男女作风问题。似乎罪大恶极，细想却是可笑至极。起初，故城村的人没有一个人相信，最后却有许多人摇着头说，"多少得有点儿事吧。"举报信中说，父亲和秀水私通，秀水怀孕，生了孩子。父亲为了掩盖丑行，把孩子送到城里的小姨子家寄养。

父亲没有见到这封信，大脚奶奶见到了。"胡扯八卦！这第一条，秀水没有怀孕。第二条，我们家的孩子是铁锤让人送回来的，是铁锤的骨肉。"

"那么，拿出证据来。怎么证明孩子是铁锤的？"调查组问。

大脚奶奶拿不出证据，但又没法明说孩子是某位知青的杰作，便沉默下去。沉默的结果，便是调查组认定事实基本清楚。

调查组再找秀水核实，秀水一个劲儿地哭，她更不敢承认与欧阳凤起的事。秀水说，"我担上罪名，坏了名誉，都不要紧，他年轻，还有前途。"问她与我父亲的关系，她只有一句话，"那是俺的亲哥哥，秀水一辈子的恩人。"再往下，又是什么都不说了。

再调查村里的其他人，大多数人不相信父亲与秀水能做出那种事，但也有些人不怀好意，比如蒯三皮，一个"按说不该"，等于认定了所有问题。

"你能签字负责吗？"调查组问。

"签字？按说不该。我必须签吗？"蒯三皮问。

在得到调查组的肯定答复之后，蒯三皮一本正经地写上他的名字，如同他真的那么正直高尚。而他的这一举动，也成了故城村最有名的歇后语：蒯三皮签名——按说不该。

母亲想出面为父亲做证，被父亲拉住，"你傻呀？我撇清了关系，秀水呢？那个欧阳凤起呢？铁锤的名誉呢？不管到什么时候，只要我们认定一个事儿，北斗就是铁锤的，是烈士的后代，革命军人的后代，就行了。至于我是不是背黑锅，受处分，没有那么重要。"

"那你，也不去县里找找？我听说你的一些战友回来了，做了县里的大官。"母亲问。

"求人舍脸的事，我从来不干。身正不怕影子斜。只要你明白事实真相，就好。"

"孩子们呢？孩子们会不会因此受影响？"母亲追问。

父亲沉默下去。父亲一生最大的特点，是他的沉默。沉默，成了他唯一的武器，对抗所有的不公、无奈和未知。

士孺叔进门，"你怎么还能这样坐得住？"

第三章 午时之12:00

"怎么,我得去大街上跑?"父亲哈哈一笑。那笑声,透着太多的无法言说。父亲问:"你这个老猴子,不会认为我和秀水怎么样吧?"

"千古奇冤,千古奇冤。"

无处辩驳的父亲,再次得到一个警告处分。拿到处分决定的那个中午,大脚奶奶摆了一桌子席,把父母、士孺叔和武枪神,都请到家里喝酒。秀水在城里照顾孩子,大脚奶奶请了专门的厨子做了"四八"。大脚奶奶边喝边唱,"有日月朝暮悬,有鬼神掌着生死权。天地也,只合把清浊分辨,可怎生糊涂了盗跖、颜渊?为善的受贫穷更命短,造恶的享富贵又寿延。天地也,做得个怕硬欺软,却原来也这般顺水推船。地也,你不分好歹何为地!天也,你错勘贤愚枉做天!哎,只落得两泪涟涟。"

"大婶子,你最应该唱黑头,像咱剧团里的刘麻子。"士孺叔吱的一声端起一杯酒,眯着眼说。

"要不,我让玉侬儿过来助助兴?"武助理员喝到兴头上,问父亲。

父亲摆摆手,看着士孺叔对着大脚奶奶起哄,"跟着那个瞎子学的那一段,叫什么来?《寡妇相亲》,来来来,《寡妇相亲》。"

大脚奶奶脱了软塌塌的鞋子,就要扇士孺叔。

武助理连忙抬起手捂住鼻子,"你老人家呀,快点儿把鞋子穿上,太臭了。"

母亲不说话,笑着看几个人瞎闹。

母亲说,那个时候她还抱着我,看着几个人疯疯癫癫,我的小

往 生

胳膊小腿开始乱舞,差点打翻一只盛鸡的大碗。母亲说,那个时候,她只觉得委屈,委屈得让人说不出话,只能憋屈在肚子里。更让母亲没有料到的是,此后更长的岁月,母亲的委屈有增无减。特别是北斗在县城上了学,依然吃住在小姨家,他的户口,也不知道父亲通过什么渠道,给落在了县城的一个单位。而我和几个姐姐,依然是故城大队的忠实社员,没有得到比北斗多一丝丝的父亲的偏爱。这也让母亲受不了。母亲一个人躲在被子里哭,哭完便像没事人一般,照顾父亲和一家人的饮食起居。好在,北斗争气,考上了大学,硕士、博士连着读,毕业后被分配到部队里的科研单位。每次回来的时候,北斗总是要回家,住一晚上,陪我的父母吃一顿饭。每次,母亲表现得比秀水婶子还兴奋,满脸红润,把各种好吃的摆上,再时不时地夹起北斗愿意吃的菜,送到他嘴里。

父亲说,他最后一次接受组织调查,已经是许多年之后了。蒯三皮拿着一个记录本,说镇党委要求核实一个情况,有人反映父亲在村委会选举中拉票贿选,对党委提名的村干部刻意打压,滋黑尿,泼脏水,并且想成立老干部顾问团,对村委的干部实施道德绑架和越界监督。

"镇里提名了谁?"父亲问。

蒯三皮嘿嘿笑着,"我。"

"那,我打压你了吗?"

蒯三皮又是一阵嘿嘿笑。

"老干部顾问团也是你自己的创造吧?"父亲又问。

蒯三皮的两手搓着,"老书记,你看你这话说的。"

第三章 午时之12:00

"你能当上村干部?"父亲又问。

蒯三皮把记录本放在桌子上,站起身,来回在屋子里转,"老书记,不是我劝你,这老房子啊,确实该重建了。我听说,前一段你跟婶子闹别扭,就是因为房子的事。"

"我跟你婶子闹别扭?你听谁说的?"父亲黑着脸,问。

"呵呵,听说,听说。不打扰了。我知道怎么给上边汇报了,请老书记放心。"蒯三皮倒退着离开了我们家。

"蹲坑,哈哈,到处是坑。"父亲把蒯三皮没有关严的门,嘭的一声一脚踢上。

父亲说,关于第三次的组织调查,是不是真的存在,他说不准。但有一点可以肯定,所谓的树欲静而风不止,总是有些原因和来头的。

父亲信了士孺叔的话——蒯三皮,是狡猾的狐狸和敌人。或者说,他更像一条随时准备出击的蛇,并且特别善于伪装,咬了你,你都不相信会是他干的。

"我习惯正面作战。"父亲说。

"可敌人总是在迂回。"士孺叔说。

再到后来,蒯三皮几乎成了士孺叔与父亲闲聊的固定话题。士孺叔把从街头巷尾听到的闲言碎语,当成笑话讲给父亲听,说蒯三皮搜集了几十页的黑材料,状告现在的支部书记刘焕天,说"他一个地主的后代,有什么资格当书记?"说他在计划生育年代,组织棍子队,公报私仇,把斗过他爷爷、他爹的人,全部打了一遍。材料中还详细记录着,哪一年,哪一月,刘焕天贪污了多少三提五统,卖掉知青楼他又拿了多少回扣。至于村西的沙场，也是刘焕天与兖州的黑社会合伙开的，他占了多少股份……

"还有更可笑的，油坊家的三孙女，你看长得像谁？"土孺叔问。

"像谁？"

"蒯三皮说，她像刘焕天。仔细一看，还真像。哈哈。"土孺叔端起喝茶的杯子，与父亲碰了碰，"刘焕天有一次与我聊起，说蒯三皮和油坊家的儿媳妇相好。简直是牤牛蛋子耙地——乱套了。"

"狗咬狗。"

"这话，你老人家不能说，我可以说。"土孺叔的笑淹没在深深的皱纹里，"你说，作为老党员、老干部，我们是不是有责任向上级反映一下真实情况啊？"

父亲沉思良久，"能帮，还是要帮一把。"

"帮谁呢？没一个成器的。"

父亲长出一口气，"唉，不管他们啦。我还有更重要的事情要做。"

11　还账

我仔细翻看着父亲保存的几个档案袋，觉得应该还有更多的秘密。我问母亲，"父亲一辈子不摸钱。可他的钱呢？全部交给你了？"

"地里的收入，我都清楚。他自己有什么钱？"

"国家对他们这部分老革命，有过一次性补贴，也有过不少特殊

第三章 午时之12:00

政策。"坐在一旁的郁局长说。

"那他的钱呢？看看档案袋里是不是有存折。过去事儿，也可以去信用社查查，你爹有没有开过户。"母亲疑惑，"对了，我想起来了，他有一次提起过，好像还欠代销店一些钱。家旺，你去问一下，看你爷爷是不是欠他们的钱？"

在诸多大事上，父亲没有与母亲商量的习惯。

比如他的退职。

在我考上高中之后，大脚奶奶怂恿父亲把房子翻盖一下。父亲回乡后盖的几间房子，虽然几次翻修，大都是小打小闹的补漏。最大的工程，便是在墙体外面加了一层砖，在房顶上挂了一层瓦。眼见着别人家的房子从三间改成五间，由平房改成楼房，我们家的房子一如既往地低矮。再加上人口不断增加，房子更显拥挤。好在我们姊妹几个，在外上学的居多，只有在寒暑假，院子里的人才一下子多起来。

"你看五妮，眼看着就要长大了，马上该说个媳妇啦。还是这样的旧房子，媒婆子都没法进门。那些撇腔拉调的小洋妮，更看不上。"大脚奶奶满脸忧虑。

"没事，咱家五妮争气，自己领一个城里的姑娘回来。房子不房子的，媳妇不讲究。"母亲答。

父亲的立场与大脚奶奶一致，不几天便开始找人拉砖画线，要拆旧房盖新房了。

"钱从哪里来的？"母亲问。

"别管啦。"父亲答。

母亲再问。

父亲答,"办了退职。"

父亲成为亦工亦农的公职人员,在村里工作,不拿村里工资。公社是在落实上级照顾退伍军人的政策,母亲知道。从公职人员办理退职,母亲听了像傻了一般。"你……你……你这个人,就不为五妮想想?他如果考不上学,有你这份公职,还能接个班啥的。你现在不是要断了他的后路吗?"

父亲一挥手,"放心,五妮肯定能考上学。他命里带着的。"

"你不是不信命吗?"

"不信。五妮不一样,就像我以前给你说的。他是在改革开放的大环境下成长起来的,与我们生活在不同的时代。他的命是国家的,国家的命也是他。国家变好了,孩子们想不好都难。"

"认命是女人的事,男人从来不认命。"母亲学着父亲的口吻,"这次,你怎么突然变卦了?还把五妮的命,夸得像欢鸡冠子花。"

"认一次又怎样?"父亲大声笑着,如同被母亲搔了腋下的笑穴。

对于父亲的自信,我是高兴的。但对于父亲不与母亲商量便做了如此重大的决定,我们姊妹几个都不认同。母亲抱怨父亲浪费了一个接班的指标,邻居们笑话父亲把一家人农转非的机会丢掉了。母亲不死心,努力探寻父亲退职的初衷。难道仅仅是为了盖房子?像,又不像。盖房子之前,父亲的脸是阴郁着的,盖起了房子,父亲突然就高兴起来,走路都哼着小曲。

高玉财从供销社的国有商店开始,到现在经营着个人的门店,几十年没离开过故城村。家旺找到他的时候,他正准备到我们家来。

第三章 午时之12:00

高玉财进屋,"二婶子,你不找我,我也得找你呀。二叔在我店里,还留下了不少账,我都留着底子。"

高玉财抱出三个记账本,"这两本是清了的,从解放前到1970年,再到1984年。你们家盖房子的时候,二叔突然还了一笔账,我听说是他退职的钱。1984年之后,他有钱就还一部分,没钱就不还,现在还欠2万多。他以前给我说,父债子还,哪天他没了,就让五妮还。"

我愣在那里,心里疑惑,父亲怎么会欠了那么多的账?原来他还抽些旱烟,后来烟都不抽了,酒也喝不多,怎么会欠了那么多钱?

"我看看明细。"

我再次愣在那里,高玉财清楚地记下了每一笔账,茶叶、白洋布、胶鞋、红糖、烟叶……日期、寄送地址、收货人是谁……而这些名字和地址,恰与父亲留下的烈士名录上的地址和名字相符。

"我知道二叔瞒着你老人家一些事。二叔不光往外寄东西,寄过粮票、布票、谷子、高粱,还通过邮局往外寄过钱。他从来不让我给别人说。就连困难时期,也从来都没有间断过。"高玉财补充道,"说实话,我劝过他老人家。自己家里都本命不顾,怎么胳膊肘子还往外拐?不该谁,不欠谁,挺清楚的一个人,最后变成一笔糊涂账。"

"娘,这些事,你可知道?"

话刚出口,我就看见母亲的泪再也忍不住,一声吞吐不出的声音,在嗓子里憋了好久,最后变成一声长哭。"你再看看这个,这个狠人,他还留下一份遗嘱,要你把这些烈士,再探访一遍,每年还要给他们寄点儿钱物。你说他荒不荒唐,他还给你大姐分了几户。"母亲掏出一张纸递给我,"我昨天还想把这份遗嘱,一把火烧掉。"

"留给我们吧。"郗局长说。

"当了一辈子的英雄,死了死了,留下一屁股账,还硬充什么英雄。呜呜——"母亲把父亲的那份遗嘱,捏得死死的,生怕被别人抢走一般,"遗嘱留给上级没问题,他……他的遗体,是不是可以不火化,放到纪念馆里?"

郗局长挠着头皮,"对不起,老人家,他……也只是一名普通党员。"

"我们不会给局长出难题的。"我站起身,"娘,我觉得现在最重要的,是弄清楚我爹还欠多少外债。我身上带着一些现金,住院结账剩下的。我们是不是让村里,在大喇叭上喊一喊,火化之前,谁有爹的欠条,全部来兑现。我们不能让爹欠着债上路。"

母亲的泪流得更猛。她轻轻一点头,泪就成了河。

"如果弟弟的钱不够,我家里还有一些。"心莲嫂子说。

"我卡里也有一些。"儿子把他的银行卡塞给我。

我给刘焕天打电话,几分钟就听到了他在喇叭上下紧急通知。士孺叔来到的时候,三五成群的人犹豫着,聚集到院子里,手里攥着大大小小、新旧不一的欠条。

我把钱交给士孺叔,"我已经让同学取出现金,在赶来的路上了。麻烦你老人家,费心收一下欠条,把钱还给乡亲们。"

士孺叔戴上老花镜,坐在院子里的方桌前翻看着,比他做村会计时更加认真和仔细。让士孺叔没有想到的是,所有的人,都把欠条交到士孺叔手里,钱却一分不要。

"把欠条烧掉就好,祭奠我们的老书记。"有人说。

"我们欠老书记太多了。他欠我们这点儿钱,还叫钱吗?"

"老书记只给我们打欠条。我们欠他的,从来不让打。"

……

第四章
申时之16:00

第四章 申时之16:00

1 婚礼

在时昏时醒的那段日子,父亲时断时续地,为母亲描绘了一场盛大的婚礼。

父亲这样描绘:

理想中三进院落的房子,一进是会客厅。来自全国各地的高官、雅士、亲朋,都会在会客厅里发现我是一位十分出色的一流画家。我的写意山水和工笔花鸟,与任何人的都不一样。山水既可以狂浪不羁,也可以含情脉脉。山涧中的水与云对唱,云与水缠绵。工笔画是慢工夫,比你的绣活还要耗费时日。我会画吟唱不停的鸟,它的每一根羽毛都会歌唱。它的喙是黄色的,通体是刺眼的红。你会喜欢我的山水,那是你的梦想之地。你更喜欢我的花鸟,每一片花叶都会说话,每一只鸟都会伴你飞行。更令所有人想不到的是,我还是情意缱绻、浪漫无边的诗人,会以一句"今生爱恨均未老,更逊来生付君情"记述你我的缠绵婉约和美好心愿。

二进做我的书房。所谓的耕读诗书,我首先会耕。我要成为最好的车把式、种田人,我要种天下最好的蔬菜,最饱满的粮食,最新鲜的水果。我要让我的孩子们,成为土地的朋友,与每一株植物对话,与每一只牲畜和谐相处。其次才是读。我要与你一起读,读你喜欢的《红楼》和《西厢》。你手中的扇子上,我会给你画数不清的桃花,让家国情仇都像李香君的爱情。说实话,我并不喜欢梁祝,以悲情结束的爱情,总让人撕心裂肺。但又能怎样呢?世间最美的爱情,是爱而不得,离而不远,虽然心疼无奈,却是最切实的念想。我会和你,和孩子们一起读书,都是竖排的版式,怀旧与精致都在。孩子们摇头晃脑,有认不清的字,便向我请教。你是文静沉思,偶尔淡淡一笑,看我的目光柔柔的、暖暖的。我看的书,当然是最厚的,或许是黄恩彤的全集,或许是他编写的宁阳县志。我更喜欢他的《抚远纪略》。说到底,他也是农家子弟,最后被英国的《泰晤士报》称赞为"第一个睁眼看世界的人"。我没有黄恩彤的才气,但可以向他学习。

三进则是我们的卧室了。家具要按照你的心意,从南方购买最好的花梨,从床到柜子,再到每一只或方或圆的凳子,让每一条花纹,都溢出醉人的香来。床上的被褥铺盖,要用最好的丝绸做面,最细最软的棉布做里,棉花用当年新下的二茬棉。至于枕头,用不软不硬的那种,面料当然是绣了花的缎子面。缎面上的花,你要亲自绣。至于结婚时放进去的红枣、栗子、花生、核桃、莲子,便是我们盼望着的五子登科了。

不得不说,我们的整个婚配过程,该多么严谨合礼,又浪漫至极。

我要找全县最有威望的人去你家提亲,不要媒婆们七分说满地

第四章 申时之16:00

添油加醋。有威望的提亲人，一定是县里的名士。不需要他把我们家说得多么显耀荣华，只要说出稍许的殷实和富足就好。不需要他把我说得有多么远大的前程，只要告诉你父母，我是一个英朗正直，具有上进心和同情心的青年就好。当然还有悲悯之心，坦然面对世态炎凉，温情给予卑微生命，原谅一切罪恶，体察所有不堪。提亲时带数量合规合矩的绸缎、上等茶叶和不同样式的甜点，或许还会依了你父亲的爱好，带上几册世上少见的古籍善本。在经过你的父母大人、我未来的岳父岳母严格的相亲，或许还有你的兄嫂私下打听寻问的"暗相"之后，我们家会毕恭毕敬地递上"求亲帖"。帖子会用"谨遵冰语，愿结良缘，不揣寒微，敢慕高门"表达敬重，会用"仰企金诺，愿效秦晋"表达诺言，会用三代族人的姓名传承，体现严肃正规。虽然我一辈子都不认命，但事关你我一生的幸福和顺遂，我会用太阳的高度做标尺，精确到时辰，写上我的生辰八字。这个时候，我最盼望的就是你家的"许亲帖"了，只要能看到帖上的"承蒙厚爱，仰答玉音"几个字，我就会连翻十八个跟头。

接下来便是"通启"了。所谓的通启，就是确定我们大婚的日期。要以父亲的名义，写上"鸾笺肃通，敬求金诺；前名地顿，后福天长；天地氤氲，咸享盛会；长命富贵，金玉满堂"。通启的重点在于谨遵历书，选择嫁娶婚元定于某年某月某日的哪个时辰，你进我们家为最吉。通启在农村被称为"送盒子"，要附上彩礼与盒礼。我会拿出全故城最高的彩礼表达对你的爱慕，会比普通的八色礼重一倍，把十六色礼送到你们家。我会为我们的吉日良辰高兴，对院

往 生

子里的每一棵树表达自己的兴奋和激动。我会向天空的流云送去赞歌，为每一缕风写诗唱颂。如此重要的日期，是一生之结，也是一生之系。我怎么会等闲视之呢？你知道帖子会怎么写吗？会这样写："猴年榴月最为良，选择十七大吉昌；送女客忌地龙虎，丑时梳妆甚安康；上下车轿及坐幛，面向喜神正东方；路逢井盖花红盖，福寿双全永无疆。""东方"，多么美丽的字眼。在我的想象里，你如伫立云端的天使，无论在什么时辰，都会是我们家福寿无疆的使者与庇佑。

对我们结婚的每一个环节，我都会一丝不苟。接下来的请帖，我要让刘士孺的父亲来写。他是远近闻名的秀才，只差那么一点点，就成了举人。你想想，如果是宁阳最后的举人，该是多么荣耀的事。可惜，只差那么一点点。有人说，是刘士孺的母亲命理有梗，结婚又晚了一个时辰，克着了刘士孺的父亲，他才变成落魄文人。依我看，他的命运结局，应该不仅仅是他老婆的事，比如他自己的名字，就很有问题。刘落，字晚。无论"落"字，还是"晚"字，都不是好的状态。更可惜了他的才华，他的文章，他独具一格的字。刘士孺说起这些世人求之不得的宝贝，只一句话，"过去的烟云罢了"。我并不赞同刘士孺的话。尤其让我羡慕的是，刘秀才分得清亲戚里姻伯、眷伯、姻晚、眷晚、眷再晚、娅兄、娅弟等等所有错综复杂的关系，并且会在帖子上，十分虔诚地写上"治家方略，恭听指教；届时会临，无限欢欣"，以及顿首、揖拜之类的礼节用词。至于那些亲朋送来的贺幛，我也会让刘秀才写，让那些花好月圆、翠珠金钗、福禄寿禧、五世其昌之

第四章 申时之16：00

类的祝福语，成为婚礼之中最美好的记忆。

为了我们的完美婚姻和大好前程，有些禁忌我是要提醒给你的。比如在给你缝制陪嫁被褥的时候，一定要找夫妻和睦、儿女双全的人；比如你结婚当天的所有衣服，都必须是全新的，口袋里不能装任何东西，否则会带走娘家的财运；比如你离家时，必须喜极而泣，号啕大哭，哭声越大越好，给娘家留下"水头"，旺家旺财；比如用于分发的喜饼，你是不能吃的，忌讳把自己的喜气吃了；比如上香的时候，千万不要把香头插歪或者插断，更不能把香拔出来重插；比如在我们度蜜月期间，我们是不能串门的，否则会被人认为不吉利，认为我们带走了他们的喜气；还有非常重要的一点，婚礼结束，亲友离开时，对任何人都不能说再见，点头示意或者挥一挥手，都是不失面子的礼数。你该懂不说再见的含义吧？

那么，此时，我不得不说一说婚礼当天的情形了。按照传统的风俗，我们的婚礼要按最高规格进行，俗称大娶——我要亲自去你们家，迎娶貌美如花的新娘。子时之后，星光是暗夜中仅有的光明了。于我，世界上所有的路，都会因为这一天，不再有黑暗和坎坷。我会带着三十二人的鼓乐班子，前后各有十六个人，为我们吹响幸福之歌。从我家到你家，不管路途多么遥远，我都会让乐手们一刻不停地吹，如同我们的婚姻会有终生的美好和欢畅。抱鸡的男童我会找全故城村最帅的，让他的笑容能够驱散所有的邪恶和苦难。我的伴郎，会是我的兄弟，懂事体贴，会亲自为我扶好上马的木凳。那些抬着家什的青壮年家丁，平时都是我的朋友，他们的笑容甚至比我的还灿烂。当然，他们的笑里，掺杂着一些坏意。他们做好了

往 生

大闹洞房的准备。把尿盆钻了洞,或者藏一些盐疙瘩、木蒺藜在被子里,都是他们惯用的伎俩。甚至,会有年龄更小些的,藏在婚床底下,偷听新房里的动静,也是常有的事。所谓婚礼,讲的就是热闹。越热闹越是好兆头。我会让所有迎亲的人,都佩戴一根七彩的凤凰羽毛,插在衣服口袋里,或者粘在衣服领子上。我要让每一个人,都穿得夸张和华丽,边走边唱,喧哗鼎沸,如同要去参加盛装舞会。

等送上了离娘肉,我便要耐心候轿,等待最好的时辰。你会携所有的吉祥和爱恋,在最恰当的时刻,与我同行而归。人世间,有多少时间都是在等待。此刻我等的,是人生最美的未来。此时,你一定是在给长辈们行跪拜礼了,然后端坐在椅子上,被嫂子盖上"蒙头红"。只等三声炮响,我看见你被抬出家门,油纸伞撑在头上,被举得老高。我们渴望着无风无雨的一生,渴望着阴晴无忧的幸福快乐。我听见你的嫂子喊你三声"妹妹——",拖着长长的腔调。你未曾应答,有多少寓意,我懂。此刻,我要请你,让我以爱人的身份——请你,坐进我备好的八抬大轿。你要把三寸金莲抬得高高的,不能沾染世间的一丝俗尘。我的高头大马雄壮威武,踏在地上的嘚嘚声,比山泉好听,比百灵好听,比三月绕梁的韶音好听。我就在你的一侧,陪伴你面对所有的黑暗和光明,平坦和曲折。

曾经多少次,我就是这样想象自己的迎亲大典,像古代的英雄,仗剑如侠,还要有诗意和婉约。马蹄急迫,那些迎娶的人们跑得气喘吁吁。我沉浸在对你和未来无边的想象中,让爱恋滋长、漫延,像越来越近的黎明。听到五声炮响,我知道吉时已到。迎宾已将大

第四章 申时之16:00

红花轿围住,先是两个俊俏的女童各端一盏油灯,背对背围着轿子转三圈,这叫"燎轿",你应该知道的,驱邪,求旺财。兄长抱着贴红纸的斗木,里面放着一根秤杆。"兄长抱斗,越过越有",更寓意你我的结合,该是多么称心如意的一桩姻缘。女迎宾会为你放好下轿的方凳,放心,这些凳子我一一检查过了,用榆木新做的铆榫严丝合缝。我要让我的爱人,丝丝扣扣都是完美无缺的。母亲已经准备在香台前焚香了,她准备了大大的木升,用红纸包裹着,把平安高升的祈求和祝福,化成一炷冲天的高香。

娶亲红总此时会以高亢嘹亮的洪钟之声喊,"吉日良辰已到,拜堂仪式开始。"此时,我的父亲要先祭祖,再由族长宣读告文,"谨以牲酒之仪,敢告于本宗历代考妣之神前。天地交泰,保合太元;人间美景,星会桥边;新郎新娘,天配良缘;合卺大吉,齐拜祖先;华堂吉庆,笑语嫣然;互敬互爱,好合百年;吾祖在上,自亦欢颜。伏希吾祖,佑其后贤;百世齐昌,瓜瓞绵绵。"我们要依次拜过天地、高堂,然后对拜。进入洞房之后,我会拿起红纸包着的秤杆,配合着迎宾女的呼喊,"蒙头红,挑三挑,等到明年有个小",挑开你的红盖头。那杯合卺酒,该是人间多美的醇酿啊。我看见你的手在颤抖,我的心也在颤抖。我想把自己口唇中的酒香,与你分享,也想把你唇齿之间的柔情,融化在我的骨血之间,成为我一生最美的香酪。"要看娘家几床被,再看婆家几行榆","七个栗子八个枣,十二个铜钱活到老",是你我的命定,也是相濡以沫的诺言。让我从此与你,生死与共,贫贱不移。至于我喂给你的第一顿饭,一定是水饺。会有人问你"生不生",你要回答"生";问你"咸不咸",

你要说"不咸(嫌)"。我知道我是配不上你的。在你面前,我就是俗人和粗人。为此,我愿意陪你一起,读醉酒泗渡的词,品宫墙外的杨柳,做一棵香飘两季的楝子树,而不是四仰八叉、蛮横坚硬的高粱茬。我会把你喜欢的那些书,放在你的梳妆台上,或者缎面的枕头旁,触手可及,如同我睁眼就能看到你的笑。我仅以自己的一生,贪婪、沉醉于你的娇羞、你的美貌、你的婀娜多姿、你的款款而行、你的细语妙言、你的善解人意、你的如水似蝶、你的悲喜如歌……

这便是我理想中能够给你的婚姻,明媒正娶、严谨合礼,而又浪漫至极。

如果有来生,我会把这样隆重热烈的婚姻,给你——我的爱人!

有来生吗?父亲拉着母亲的手,下巴抬得老高,孩子似的问。

2　往生

母亲被父亲为她虚构的盛大婚礼感动不已,竟泪流不止。

母亲一次次问父亲,"你说的是真的吗?"

父亲点头,或者母亲看见父亲点头,之后父亲便倒头昏睡,或者摸着头皮问,"我刚才说什么了?"

母亲说,今生的苦难也好,幸福也好,都是修行,都是命。母亲说,她希望这个世界上的所有人,都能够各安其命,蛾子是蛾子的,麻雀是麻雀的。她为自己选择了一次活命的机会,她庆幸自己的选择，虽然历经苦难，却是幸福而坚定的。母亲说，你父亲就是一块三角四棱、龇牙咧嘴的石头，被扔进海里。临死，他还是那块石头，毛边刺沿没有多少改变。我是海里的水，是被石头划伤的水。泪水被海淹没，变成了海。我的孩子们，呜……我理解母亲说这话时的委屈。但我又能做什么呢？我只能为自己的父亲母亲，为天下所有人的父亲母亲，为他们的苦苦挣扎和走过的路，为他们经历过的所有悲欢，写一首悲壮的歌。时代给了父亲和母亲生命存续的更多可能性，甚至包含着苦难，那又怎样？时代的宏阔，像父亲的脊梁，像母亲的胸怀，让我们所有的红尘旧事或者奇幻新章，每天沐浴在平安升腾的阳光之中。时代敞开的是胸膛，我们不该伸出一只手吗？我们无法选择出生时的地域、家庭和各种成长经历等，不过这些并没有那么重要，努力而坚韧地活着，才是最重要的。如同父亲和母亲平凡而卑微的生命，能存活于时代的洪流里，像英雄一样坚持战斗，本身就比肩山河般雄壮、伟岸和崇高。

如果有来生——

有来生会怎么样？我追问母亲，母亲不答。

母亲常说一句话，"只有牺牲，才能成全"。这是她常常用来教育子女的，她自己又何尝不是如此。我想起西方传说中的两生花。在神秘的卡娜米雅岛上，遍地生长着奇特的一蒂双花。两个花朵亲密无间，却始终朝相反的两个方向开放，永远看不到对方的容颜。待到花期将尽，同蒂的两个花朵极力地扭转腰肢，只在陨落的那一瞬间，才有了生命过程中仅有的一次相对。一生相爱却背对的两朵花，终于在死亡的前夜相遇。那么，这两朵花，前生该有多少仇恨，

往 生

今生才会如此决绝？它们，还会有来生吗？来生它们还愿意并蒂同根吗？即使仅有一次凝视，也不会后悔和无怨吗？来生，多像窗外飘过来的星星点点的光，在冰冷的玻璃上，游移不定。

  如果有来生，父亲又会怎样？在近百年波澜壮阔的岁月中，父亲，作为一家之主的父亲，作为大队书记的父亲，作为革命战士的父亲，一直活得像三条不同流向的河流，偶尔在某一个汉口相遇、激荡、碰撞，又迅速消解。父亲隐藏于内心的诸多秘密，潜藏于各色人等背后的所有心事，都消弭于母亲的疼爱、宽容、忍让与悲悯之中。母亲是父亲的海，容纳下父亲所有的荣耀和不堪。那么，父亲是什么？是山吗？是雄浑无言的泰山吗？假如有来生，父亲还会是一样的山吗？

  父亲时而清醒时而迷糊，有时表现得像一位勇士，有时又成为怕黑怕冷的怯懦之人。他说等他死了，谁都不用回来，每个孩子都有自己的事业。他说共产主义的伟大事业，都是在孩子们手中实现的。有时，他又暗自流泪，说想让孩子们都回来。他要给每个人，说一说对这个俗世人间的愧对和迷恋。这些话被父亲絮叨了成千上万遍。守在他身边半年的我，只剩下麻木和厌倦，我甚至能背出他说的每一个字。只有当他说起棉棉，让她放下架子，找一个好男人过日子的时候，我的泪才会涌出来。大多数时候，父亲已经忘记了棉棉的年纪，记不起棉棉小时候的任何事情。但他幻想着，在他临死之前，棉棉还能找一个对她嘘寒问暖的男人，嫁出去。

  父亲在时而清醒时而迷糊的时间罅隙里穿梭，我在努力分辨他何时是清醒的，何时是糊涂的，努力趁他清醒之时，寻讨他更多的

第四章 申时之16:00

故事。某一次，母亲突然打电话给我，"你老爹闹绝食了，你快过来。"

我赶到医院，问父亲怎么了。他突然间就放声大哭起来，"你们不要再瞒我，电视上已经播了，中国和美国打起来啦，贸易战。贸易在哪里呀，我怎么不知道？我命令你，马上给我联系县武装部，告诉部长同志，我要去打仗。"

我脸上的笑被母亲看到。我拍了拍父亲的肩膀，"组织上已经决定，第一批就要派你上前线，攻打贸易高地。他们还制定了作战方案，坚决采用推石上山的战法。组织上明确要求我们，必须让你吃得好好的，保证身体健康，随时准备上战场。战友同志，从现在开始，你必须服从命令，好好吃饭，组织上随时发出征召令。"

父亲喜极而泣，"真的？组织上批准啦？我什么时候可以上战场？"

"组织上正在招募人员。你安心等电话，会有人通知你的。别忘了，必须先吃饭，才能上战场。"

父亲狼吞虎咽起来，吃下平时两倍的饭食。母亲告诉我，那个晚上，父亲上了两次厕所。在翻来覆去的梦中，父亲一直重复两句话：贸易战，征召令。

下午四时，大脚奶奶和士孺叔先后来到，他们要为火化的父亲送行。

"孩子们都没到吗？"士孺叔问。

母亲先是不语，然后叹了一口气说，"要么远在天涯海角，要么消失得无影无踪。也好，清静。"

往　生

　　自姑姑十年前去世之后，故城村的人，谁都不知道谷穗——后来改称妙音的出家女的任何一种联系方式了。至于她的去向，也再无人提及。母亲不知道青秧去了武汉，如果知道，她一定会担心。我是如此渴望青秧能够回一个信息，告诉我她身在何处，是否平安。至于父亲的葬礼她能不能回来，这都不重要。我在想，改了国籍的人，就不再懂人情伦理了？我希望她能知道，父亲和母亲，该是多么盼着她能回来看一看的。棉棉寸步不离地守在母亲身边，她要时刻搀扶哀痛中的母亲。尽管她亦老去，疾病缠身，但仍强忍着各种疼痛。那么，还有谁呢？只有我的大姐，或许还有回来的希望和可能。我再次看妻子，她正把手机递到我的面前来，示意"应该是大姐的孩子"。

　　我接过电话，努力把手机贴近耳朵。我几乎听不到任何声音，"喂，你说话。"

　　"俺……俺……是错生。舅……舅……俺娘，她今天早上，在镇卫生院里，死了。"

　　世间所有的生死，如同被人写成了剧本，悲苦的——凄冷的——无法复制的命运轨迹……像天空中猛然劈出一把冰冷闪亮的刀。我该如何给母亲说大姐的死讯，如何为躺着的父亲，抚平一生的遗憾，如何给逝去的大姐，送一缕略带亲情和安慰的哭声。父亲和大姐，在同一天离世，是命吗？是巧合吗？这样的结局，一下子消弭了他们之间二十年的年龄差距，也将他们之间的所有恩怨，一笔勾销。两个坚定决绝的人，都没有能够在鲜活的尘世，留给对方忏悔和宽恕。我盼望着的所有和解，大姐之于父亲，父辈之于历史，曾

第四章 申时之16:00

经苦痛沉重的生命个体之于国家和时代，都止于此，止于此，止于此。所有——所有——所有的恩怨，随着生命的消亡，一笔勾销。

那个从来不信命的父亲，此刻，会信命吗？我压抑住自己的哭声，努力想弄清楚，在去往天国的道路上，父亲和大姐，是不是走上了同一座奈河桥，他们是在桥头相遇，还是冥界相拥？彼时，如果只有一条半腿的父亲无力行走，大姐会搀扶着他吗？往生的路如果满是黑暗，大姐是否会给父亲点一盏明灯？如果父亲还是一样的暴躁脾气，大姐会原谅他吗？如果父亲问大姐，假如有来生，你还愿意和我再做父女吗？大姐，你会怎么回答？如果父亲叫一声"闺女"，大姐会不会应，会不会哭？会不会喊声"爹"？彼岸的一对父女，是冷眼相对，还是转身而逃？大姐，你又有何处可逃？求生与赴死的人，有谁不是奔走在赴死的路上？悲喜交加，恩怨纠缠，怀想着往生的美丽，期盼着来生的荣华。父亲和大姐，都在苦度的艰辛中，寻一条度苦的路。

母亲拉了拉我的衣服，"还等吗？"

"不等了。"我的话一出口，母亲便扑到父亲身上，泣不成声，"你这个狠心的人哪，你让我怎么不恨你？下辈子……"

我低下头，任泪流得像一个任性的孩子。被我放进口袋的手机还在喊，"舅……舅……我是错生。"

三声炮响之后，我看到父亲被抬到火化的灵车上，我看到满眼的孝衣，雪一样白。我看到人是白色的，树是白色的，路是白色的，脑海中的山水江河，都是白色的。我知道，父亲此一离去，回来便是肉体焚化之后的骨灰，如挥手可扬的轻尘，再没有任何质感和重量。那些骨灰，还是我的父亲吗？

　　突然，我看见父亲，气宇轩昂地立于我的前方，右手包住左手，两个拇指并拢，先是对着小洼两侧的山峰，躬身作揖。父亲阔步走向孟良崮的大崮顶，对着绵延的群山，磕下头去。在南麻尸横遍野的血坑前，父亲跪下去，将头埋进土里。父亲再站起身的时候，已经站在故城村头，他跪向土地和天空，久久未能起身。父亲来到大脚奶奶跟前，跪着，端起一杯茶。我听见父亲清晰地叫了一声，"娘，铁锤是我的亲兄弟，可我没能把他带回来，是我的罪过。"父亲与士孺叔握手，拍拍他的肩膀。我看见父亲怀揣着一束紫色的蒲公英——乡邻称之为婆婆丁的草，未开的花上沾满露水。父亲把那束蒲公英，藏得若隐若现。父亲走到母亲跟前，问母亲，"那场盛大的婚礼，我的至爱，你还满意吗？"我看见父亲满含眼泪，向所有人深鞠一躬，问，"来生——我们，还能再见吗？"

　　恰在此时，我看见村头拥来一群人，几位穿着老旧军装的耄耋老人，胸前挂满依然光彩夺目的荣誉勋章，坐在轮椅上，被他们身后一群军人推着，缓缓走近父亲的灵车。走在最前面的，是两个二十岁上下的年轻人，举着一幅黑字白布的横幅，上面写着："革命战友，天地同悲！"

　　"立正——"

　　"我代表华东野战军一纵一师一团一营一连的全体官兵，祈福老兵，走好最后一程！"

　　"敬礼！"

　　我的手机铃声突然响起，"兄弟，你最后确认一下，墓碑上的名

第四章 申时之16:00

字，究竟怎么写？"

我用袖子抹了一把脸，看着天空中划过的一颗流星。

"只写一个名字，王生。"

2019.10.28—2020.3.21 初稿于宁山之阳

2020.5.01—2020.5.17 修改于泰山脚下

……

2021.1.1—2021.2.17 第7次修改于泰山脚下

图书在版编目（CIP）数据

往生 / 愚石著 . —济南：山东文艺出版社，2021.4
 ISBN 978-7-5329-6360-7

Ⅰ. 往… Ⅱ. ①愚… Ⅲ. ①长篇小说—中国—当代 Ⅳ. I247.5

中国版本图书馆 CIP 数据核字（2021）第 088791 号

往 生

愚石 著

主管单位	山东出版传媒股份有限公司
出版发行	山东文艺出版社
社　　址	山东省济南市英雄山路 189 号
邮　　编	250002
网　　址	www.sdwypress.com

读者服务	0531-82098776（总编室）
	0531-82098775（市场营销部）
电子邮箱	sdwy@sdpress.com.cn

印　　刷	山东新华印务有限公司
开　　本	880 毫米×1230 毫米　1/32
印　　张	9.75
字　　数	200 千
版　　次	2021 年 4 月第 1 版
印　　次	2022 年 1 月第 2 次印刷
书　　号	ISBN 978-7-5329-6360-7
定　　价	39.00 元

版权专有，侵权必究。如有图书质量问题，请与出版社联系调换。